지식

e

inside

+

ㅅ

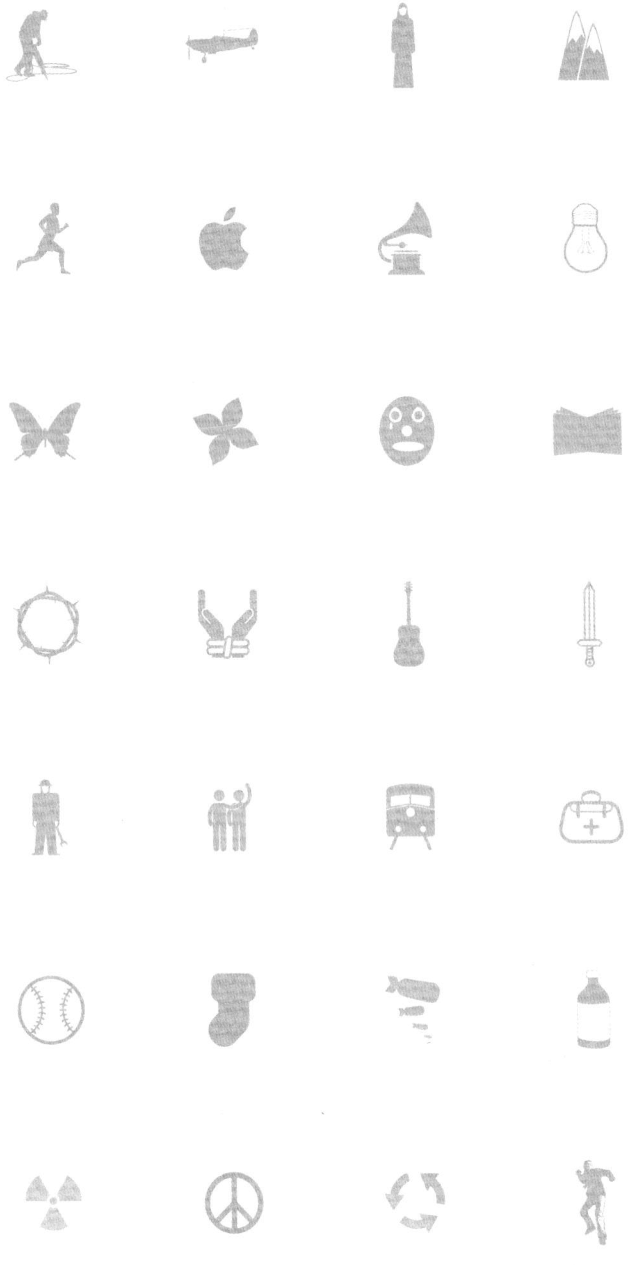

inside
지식ⓔ

EBS 미디어 기획
EBS 지식채널ⓔ 지음

북하우스

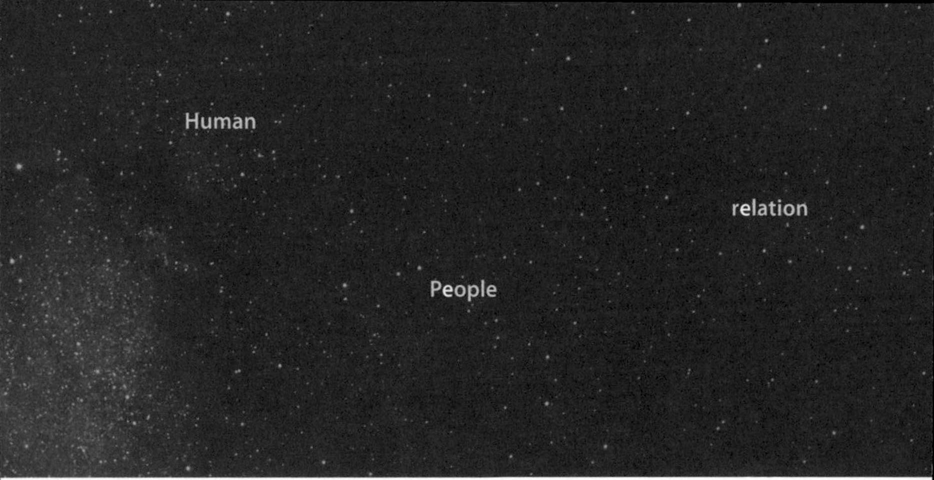

Cogito ergo sum

생각한다. 그러므로 존재한다.

— 데카르트1596~1650

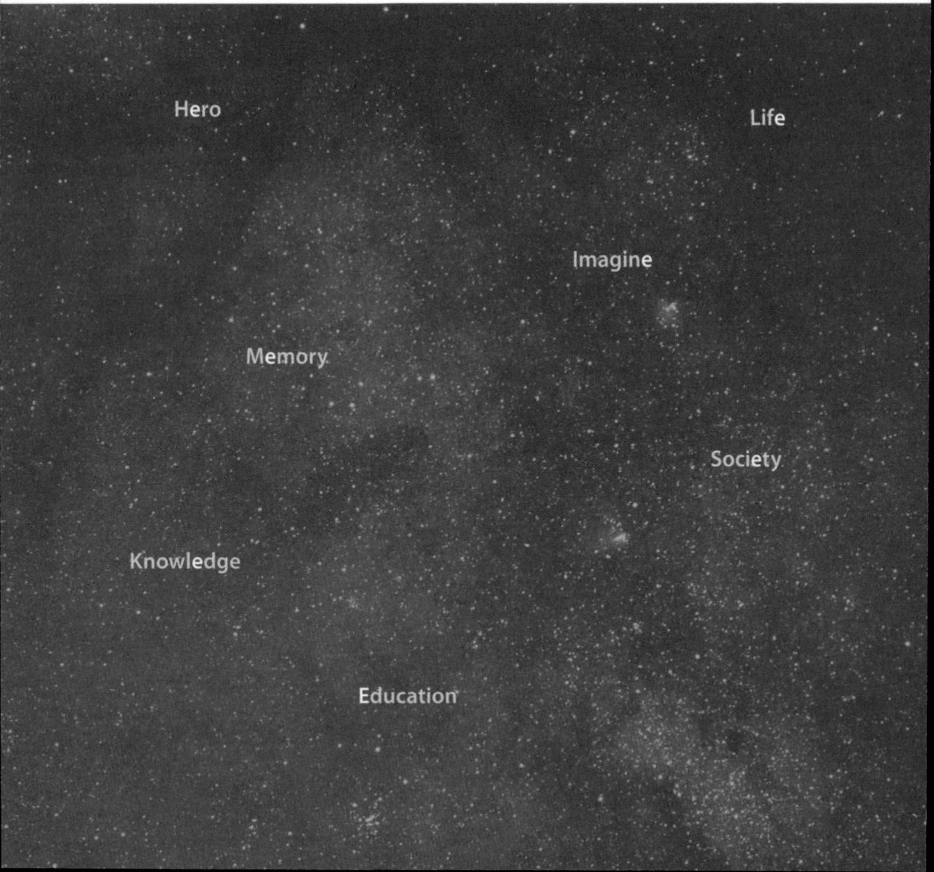

Sentio ergo sum

느낀다. 그러므로 존재한다.

— 지식채널ⓔ 2005~

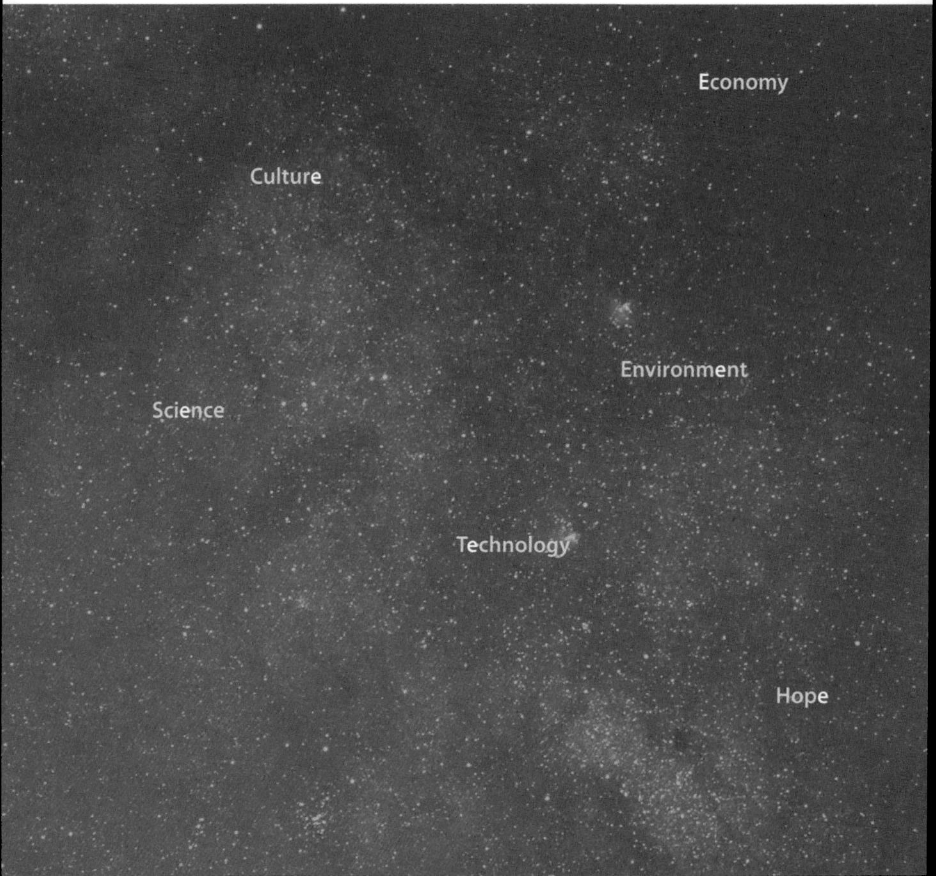

prologue 01

그는 '거인' 같은 형상으로 우리를 이끌었다

김수현 〈지식채널e〉 프로듀서(2012. 8~2014. 2)

2013년 4월 30일. 〈지식채널e〉의 1000번째 방송이 나갔다. 세계인권선언 제1조인 '당신은 태어날 때부터 자유롭고 존엄합니다'로 시작된 첫 글귀는 '작은 희망Hope을 볼 수 있게 하는 지식Knowledge이기를'이라는 문장으로 끝을 맺었다. 그후로도 150편이 넘는 방송이 시청자를 만났다. 아홉 명의 프로듀서와 스물한 명의 작가가 그곳, 〈지식채널e〉에서 지난 시간을 함께했다.

나는 〈지식채널e〉와 181편을 함께했다. 그중에 1000번째 방송도 있었다. 그 방송을 만들 때 참 괴로웠다. 나의 그릇이 〈지식채널e〉의 역사를 담아내기엔 턱없이 부족했기 때문이다. 그만큼 〈지식채널e〉는 몇 줄의 기획의도로 간단히 형용해낼 수 없는, 프로그램 이상의 무엇이었다.

나에게 〈지식채널e〉는 한 편 한 편의 프로그램이 쌓아올린 '거인' 같은 형상을 하고 있다. 형상만 그런 것이 아니라 그 자체로 실제 살아 있는 존재 같다. 수많은 프로듀서와 작가를 거치면서도 그의 가치관과 성격은 크게 바뀌지 않았다. 그는 사람을 존중하고, 힘센 것보다는 힘없는 것을 사랑한다. 세상의 그림자를 외면하지 않으며, 대부분의 사람들이 보지 못하는 사각지대를 찾는다. 정의롭지 못한 것과 싸우고, 무엇이 옳은지 늘 고민한다. 돌이켜보면 그의 존재가 너무도 커서 프로그램을 만드는 제작진이 그를 움직였다기보다 그가 제작진을 이끌어주고 움직였던 것 같다. 제작진으로서 그를 실망시키고 싶지 않다는 생각도 많이 했다. 그리고 그로부터 참 많은 것을 배웠다. 무엇보다 지극히 개인적인 성향이었던 내가, 나 혼자 행복한 것을 행복이라 여기지 않고 다른 사람의 불행이 나의 불행일 수 있다는 것을 알게 되었다.

이 책에 실린 서른 가지의 이야기들은 공존과 공감, 공생에 관한 것이다. 1퍼센트의 가능성만으로도 선수를 포기하지 않는 야구 감독, 에베레스트 최초 등정가가 될 수 있었지만 동료를 기다려준 셰르파, 엘리트 코스를 밟고도 가장 약한 사람들을 위해 헌신한 의사…. 지난 시리즈에 실린 원고 중 일부가 수정을 거쳐 이 책 『지식e inside』에 다시 실린 것은 그들의 삶을 지금 이 시기에 다시 일독하기를 바라는 마음에서였다. 자기 자신만을 위한 삶을 살지 않은 이들의 이야기에서 감동을 받는 것은, 함께 느끼고 서로 돕는 삶이 그만큼 가치 있기 때문일 것이다.

1000회가 넘는 방송이 이어지면서 〈지식채널e〉가 바란 것은 천 가지의 지식을 알리는 것이 아니었다. 다만, 각자의 인생에서 중요한 몇 가지를 생각해볼 수 있는 시간을 마련하는 것이었다. 1000회에서 그저 181회를 함께한 나에게 그랬듯이 말이다.

prologue 02

60개의 목소리, 60개의 얼굴이 만들어낸 6만 개의 빈칸들

김이진 〈지식채널e〉 작가(2005. 9~현재)

2014년 6월, 불혹을 넘겨 마흔셋. 이 나이쯤 되면 조금은 맘 편히 살 줄 알았는데… 오늘도 여전하다. 열두 시간 뒤면 편집을 해야 하지만 단 한 줄의 원고도 없다. 그래도 예의상 원고를 쓰기 위한 '표 그리기'는 해놓는다. 표의 첫번째 칸 왼편엔 '그림' 오른편엔 '자막'이라고 타이핑한다. 그 아래엔 그림과 원고로 채워 넣어야 하는 약 60개의 빈칸이 있다. 60개의 목소리와 60개의 얼굴이 있다.

1000회를 만드는 동안 〈지식채널e〉 작가들은 이 6만 개의 빈칸 채우기를 해나갔다. 매회 그 빈칸을 채우기 위해 수십 권의 책을 읽고, 수백 개의 기사를 읽고 수천 컷의 그림을 봤다. 그럼에도 빈칸은 좀처럼 채워지지 않는다. 우리가 찾아 헤매는 것은 화면 너머 저 뒤에서 들릴락말락 들려오는 숨죽인 목소리이고, 주인공의 웃음이 숨겨버린 누군가의 흐느낌이며, 뉴스에서 사라진 얼굴들이자 책 귀퉁이 단 몇 줄의 서술로 끝나버리는 이야기이기 때문이다.

몇 시간 후면 '2014 브라질월드컵' 한국과 알제리의 축구경기가 벌어진다는 오늘, 집 가까운 광장에서는 응원을 위해 모든 이들의 한껏 들뜬 목소리가 확성기를 통해 들려온다. “대한민국~ 짝짝 짝짝짝!”

그러나 나는 빈칸을 채우기 위해 90년 전쯤으로 시간을 되돌린다. 90년 전, 1920년대의 대한민국, 여기 살았던 사람들의 분노와 울분 그리고 좌절과 체념 그럼에도 버리지 않았던 고귀한 마음을 찾아 헤맨다. 결국 빈칸은 눈여겨보지 않았던 누군가의 희미한 표정과 앞뒤 논리도 없는 서툰 표현들로 채워질 것이다.

‘마지막 비행, 프리다, 초몰룽마의 두 사람, 네번째 사과, 하늘과 바람과 별과 시, 연가, 의사 장기려, 한잘라, 기타의 전설, 正生…’ 이 책에 등장하는 사람들과 그들이 남긴 말들은 반세기를 넘어 이미 한 세기를 지날 만큼 오래되었고, 그래서 낡은 것들이다. 그럼에도 2014년의 지금을 담은 듯 생생하다. 그 생생함이 나를 아프게 한다.

여전히 기억해야 하는 목소리들, 잊지 말아야 하는 얼굴들로 가득찬 이 책을 내 앞의 빈칸 채우기가 막막해질 때마다 꺼내볼 생각이다.

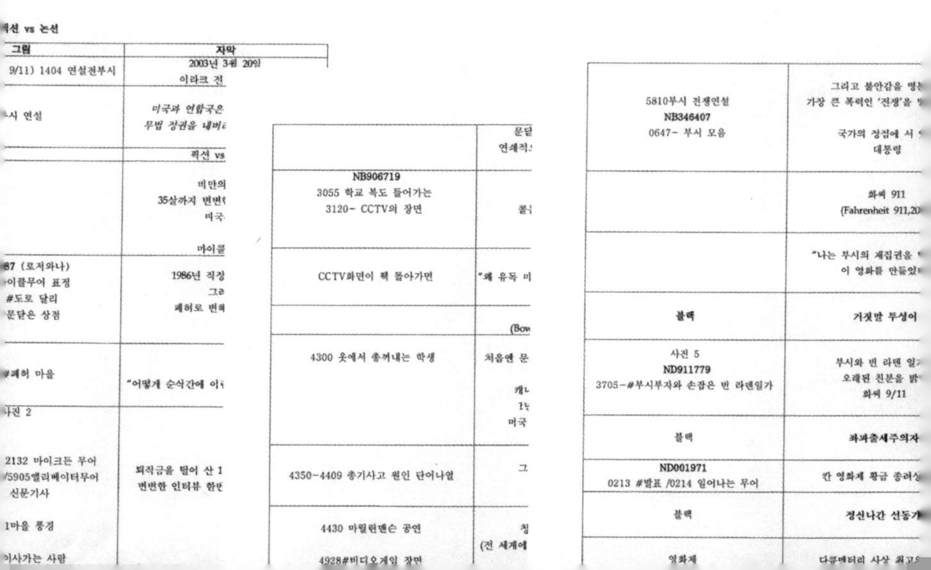

prologue 03

나는 새로움을 원한다
그것은 '작업'이 아닌 '기억'에 관한 이야기다

이미성 〈지식채널e〉 음악감독(2005. 9~현재)

〈지식채널e〉를 생각하면 가장 먼저 떠오르는 단어는 '새로움'이다. 2005년 9월 5일, 〈1초〉를 시작으로 〈baby sign〉 〈우주탐험의 새로운 역사〉 〈Red〉가 전파를 탔다. 새로운 스타일의 프로그램이 탄생했다는 느낌이었다. 음악의 역할 역시 기존의 프로그램과 달랐다. 음악이 내레이션이나 해설을 보조하는 역할이 아니라, 프로그램 전체를 이끌 수 있을 만큼 실험적인 작업이었다. 게다가 기존 텔레비전 프로그램에서 사용하기 힘들었던 음악들을 거침없이 쓸 수 있었다. 프로그레시브 록, 모던 록, 일렉트로닉, 하드록, 재즈, 고딕메탈, 데스메탈 등 들려주고 싶은 음악을 들려줄 수 있었다. 그런 면에서 〈지식채널e〉를 작업하는 일은 음악감독으로서 즐거움 그 자체였다. 요즘에는 다양한 프로그램에서 이런 음악들이 쓰이고 있지만, 그 당시에는 누구도 하지 않았던, 어쩌면 하지 못했던 것이었다.

나뿐 아니라 작가, 프로듀서를 비롯한 〈지식채널e〉 모든 제작진에게 '새로워야 한다'는 것은 마치 주어진 숙제 같았다. 누가 시키지 않았음에도 스스로에게 부여한 과제였다. 물론 '새로움'에 대한 고민과

추구는 다른 프로그램도 마찬가지일 것이다. 하지만 〈지식채널e〉에서의 '새로움'은 조금 달랐다. '작업하는' 방식이나 '보여지는' 방식이 아니라 '기억되는' 방식에 있어서의 새로움이었다. 그것은 글, 편집, 음악들이 새롭게 표현되는 것을 넘어서는 일이었다.

〈지식채널e〉의 어느 한 편을 보고 깊은 인상을 받았다고 했을 때, 나는 그 한 번의 인상으로 모든 것이 끝나기를 원하지 않는다. 오랜 시간이 지난 후 다시 그 방송을 접했을 때, 혹은 사춘기 시절 보았던 방송을 어른이 된 후 다시 접했을 때, 처음 본 것과는 다른 무언가를 새롭게 찾아낼 수 있다면 그것이야말로 내가 바라는 일이다. 그것이 우리가 지향하는 '새로움'이다. 그런 새로움을 향해 〈지식채널e〉가 진화해간다면, 이것을 지켜보는 시청자들도 기꺼이 우리와 함께하지 않을까.

1000회가 넘도록 시청자들에게 관심을 받으며 많은 공감을 불러일으켰지만, 나는 이 프로그램이 한 사람 한 사람에게 조금씩 다르게 다가갔으면 좋겠다. 각자 자기 삶 속에서 자기만의 감성으로 읽고, 듣고, 느끼면서, 자기만의 이야기로 간직할 수 있는 프로그램이 되었으면 좋겠다. 그렇다면 〈지식채널e〉는 프로그램을 보는 이들의 손에서 또 한번 완성될 것이다.

이 책에는 '음악감독으로 뽑은 〈지식채널e〉 명곡 50선'이 실려 있다. 선곡된 음악은 음악에 관한 이야기이기도 하지만, 음악에 관한 이야기만은 아니다. 10년 가까이 〈지식채널e〉를 만들다 보니, 음악만 따로 생각할 수가 없었다. 어쩌면 〈지식채널e〉를 만들어가는 이들에게 각자의 분야라는 것 자체가 이젠 의미 없어진 것 같다. 그저 하나의 작업에 모두 동참하고 있는 느낌이다. 그 느낌이 내겐 또하나의 새로움이다.

contents

prologue 01 김수현 프로듀서 6

prologue 02 김이진 작가 8

prologue 03 이미성 음악감독 10

공존 共存

01 33인 16

02 마지막 비행 32

03 프리다 44

04 초몰룽마의 두 사람 56

05 나는 달린다 72

06 네번째 사과 84

07 마에스트로 98

08 빛의 전쟁 110

09 나비에 미치다 122

10 길 위의 인생 134

공감 共感

11 이 순간을 보는 법 *144*

12 안돼! *154*

13 글짓기 하지 마세요 *164*

14 하늘과 바람과 별과 시 *178*

15 이노센트 맨 *188*

16 아름다운 사람 *200*

17 슬픈 얼굴의 기사 *212*

18 어머니의 그림 *224*

19 연가 Pokarekare Ana *236*

20 모든 사람 *248*

공생 共生

21 은하철도의 밤 *258*

22 의사 장기려 *270*

23 수제자들 *280*

24 그림자 아이들 *292*

25 한잘라 *304*

26 라듐 걸스 *324*

27 시민, 과학자 *336*

28 기타의 전설 *350*

29 새벽의 도시 *362*

30 正生 *376*

supplement 음악감독이 뽑은 〈지식채널ⓔ〉 명곡 50 *386*

공존

33인

마지막 비행

프리다

초몰룽마의 두 사람

나는 달린다

네번째 사과

마에스트로

빛의 전쟁

나비에 미치다

길 위의 인생

e 共
+ +
人 存

ⓔⓣⓢ

01 33인

© Getty Images

2010년 8월 5일

광산이 붕괴된다

Date 2013.12.12. / 2014.1.2.

Director 김수현 | Scriptwriter 이신화

Music 〈New Life〉 by Burkhard Dallwitz

출구를 가로막은 70만 톤의 바위
90퍼센트의 습도
섭씨 32도의 더운 공기
광부 열 명의 이틀 치 식량
기름이 떠다니는 산업 용수

700미터 아래 어둠 속 서른세 명의 광부는
두려움과 불안감에 휩싸인다

2일째

광부들을 한데 모으는 현장 총책임자

"식량 배분은 똑같이,
같은 시간, 같은 곳에서 먹는다."

3일째

'함께 있던 사람들에 대해
많은 것을 알지 못했다.
하지만 사고를 당하고 우리는 단결했다.'

— 프랭클린 로보스

5일째

멀리서 들려오는 드릴 소리

'세상이 우리를 구하러 온다!'

9일째

12시간에 한 번 먹던 식량은
어느새 36시간에 한 번으로

11일째

활력을 주던 리더 세풀베다가 쓰러지자
그를 간호하며 눈물을 흘리는 동료들

"우릴 엿 먹이지 마쇼, 대장."
"당신이 없으면 우린 버티지 못해요."

13일째

헛것이 보이고 악몽을 꾸지만
함께 나누는 희망의 대화

'이곳을 나가게 되면
33총사로서 영원한 우정을 나누자.'

14일째

"우리는 죽음의 대기실에 있었다."

16일째

세풀베다는 아들에게 남길 유언을 작성한다

"아들아, 〈브레이브 하트〉처럼
가족을 지키는 전사가 되거라.
이제 네가 우리 집 가장이다."

17일째

2010년 8월 22일
세상이 그들을 찾아냈다

그러나 700미터 깊이의 단단한 암반
구조팀과 지질학자들은
3~4개월의 긴 싸움을 전망한다

구조 작업 이틀째

지상과 광부들을 잇는
작은 구멍 세 개가 뚫리고
지름 10센티미터의 튜브에는
'비둘기'를 뜻하는 '팔로마'라는 이름이 붙는다

팔로마를 통해
가장 먼저 들어간 것은
카메라

칠레 국가를 부르는 광부들의 모습에
급상승하는 대통령의 지지율

이후 급격히 달라지는
광부들의 생활

잠든 동료의 숨소리를 확인하며
서로를 바라보던 시선은 TV로

생존을 위한 토론은
채널 다툼으로 바뀐다

그리고 그들은
재난 생중계 리얼리티 쇼의
주인공이자
MP3 플레이어, 휴대용 게임기, 특수양말, 휴대전화의
광고모델이 된다

지쳐가는 광부들에게
제공되는
'미디어 대응 교육'

"지루하게 인터뷰하면
두 번 다시 인터뷰 요청을 받지 못합니다.
반드시 보디랭귀지를 배워
풍부한 감정 표현을 해야 합니다."

그리고
한 광부가 기록한 일지를 두고 벌어진
출판사들의 판권 전쟁

인근 광산에서는
이들의 생존기를 담은 영화 촬영이 시작된다

2010년 10월
마침내 다가온 구조의 날
광부들은 침묵의 서약을 한다

이곳에서의 일은
이곳에 묻어두자

2010년 10월 13일
광산이 무너진 지 69일째
발견된 후 52일째

33인의 광부는
그들이 살았던 지상과는
전혀 다른 지상으로 올라온다

© 연합

01 폐허 안 유토피아

2010년 8월 5일 칠레 코피아포 인근 산호세 구리광산이 무너져 채굴중이던 광부 33명이 지하 622미터에 매몰되었다. 지진우발지역인데다 안전시설도 제대로 갖추지 않은 칠레의 광산은 애초에 각종 사고와 질병에서 자유롭지 못한 곳이었다. 광부 대부분이 사망했을 거라는 암울한 추정 속에서 구조대는 사고를 수습하고 생존자를 찾아 나섰다. 무의미한 수색작업은 사고 17일째 되던 8월 22일, 탐침봉에 '피난처에 33명이 모두 살아 있다'는 쪽지가 매달려 올라오면서 생환 프로젝트로 극적 전환되었다.

칠레 정부의 주도 아래 꾸려진 구조팀은 생존자들과 소통하기 위해 뚫은 구멍으로 식수, 약, 음식 등 생필품과 함께 작은 카메라를 내려보냈다. 이로써 33명의 광부가 지상과 닿기 전 어둠 속에서 보낸 17일과, 구조되기를 기다리며 보내는 하루하루가 각종 매체를 통해 전 세계로 타전되었다. 그에 따르면 광부들은, 땅속에 매몰된 뒤 작업반장 루이스 우르수아의 지휘 아래 일사분란하게 움직였다. 우르수아는 먼저 모든 사람이 목숨을 부지하도록 공평하게 음식을 나누었다. 생환에 대한 불안에 사로잡힐 때마다 사람들을 안심시켰다. 그는 광부들을 세 조로 나누어 역할을 주는 한편으로 결속력을 다졌고, 식사시간과 기도시간, 회의시간으로 짜인 시간표를 만들어 삶이 흐트러지지 않게 조율했다. 민주적인 의사 결정, 서로에 대한 무한한 신뢰 위에서 광부들은 작은 유토피아를 창조했다. 당뇨병이 있는 어머니를 돌보느라 알게 된 의학기술을 동료들에게 활용한 요니 바리오스는 '의사'로 불렸다. 다니엘 에레라는 '간호사', 전기기술자 마리오 세풀베다는 '대변인' 노릇을 했다. 최연장자 마리오 고메스는 정신적 버팀목이 돼 주었다.

쓰나미가 도시를 휩쓸자 사람들은 이성을 잃고 폭도로 변한다. 상점을 약탈하고, 건물에 불을 지르고, 스스로를 보호하고자 타인에게 방아쇠를 당긴다…. 만인의 만인에 대한 투쟁. 할리우드 재난영화가 재현하는 대중의 모습이다. 그러나 1906년 미국 샌프란시스코 대지진부터 2005년 뉴올리언스의 허리케인까지, 전 세계를 강타한 거대 재난을 면밀히 분석한 미국의 사회운동가 레베카 솔닛은 이것은 만들어진 이미지이며, 실제로 벌어지는 일과 전혀 다르다고 주장한다.

거대한 재난이 가져온 죽음과 파괴 앞에 사람들은 충격에 빠진다. 그러나 슬픔과 함께 작은 기쁨이 찾아오고, 만족감과 새로운 사회적 유대가 생겨난다. 1906년 샌프란시스코에 대지진과 화재가 발생하자 사람들은 자발적으로 구조 활동을 벌이고 공동체를 만들었다. 누군가는 아기를 돌보고, 누군가는 음식을 나누었으며, 누군가는 무너진 집을 손보았다. 회복하기 힘든 상실감 속에서 사람들은 서로를 의지하며 평화를 지속했다. 샌프란시스코로 달려온 구조대원은 폐허 속에 펼쳐진 세상을 보고 급식소 벽에 이렇게 썼다. "자연이 한 번 손대면 전 세계가 친구가 된다."

솔닛은 재난 후에 펼쳐지는 "이 놀라운 사회에서는 사람들이 이타적이고, 공동체적이고, 융통성 있고, 상상력이 풍부한 원래 모습으로 되돌아간다. 이것이 바로 우리가 알고 있는 인간의 모습이다. 천국은 이미 초기 설정값으로 우리 안에 있다"고 말한다. '재난 유토피아'는 시공간을 초월하여 인간이 구현할 수 있는 보편적 세계라는 것이다.

"재난은 지옥을 관통해 도달하는 낙원이다"

재난을 틈타 파괴를 일삼는 세력은 오히려 정부와 군대, 기업 같은 정치경제 권력과 엘리트들이다. 샌프란시스코 지진 때 이들은 선량한 시민을 약탈자로 몰아 살해했다. 1985년 멕시코시티 지진 당시 정부가 무너진 산부인과병원을 불도저로 밀어버렸을 때, 대학생들은 생존자를 수색해야 한다면서 그 앞에 누워 시위를 벌였다. 이런 식의 '사후 처리'는 21세기에도 계속되었다. 2005년 허리케인 카트리나가 뉴올리언스를 덮쳤을 때, 미국 정부는 2000명의 주민을 슈퍼돔에 몰아넣고 통제했다. 오래지 않아 폐쇄된 건물 안에서 가난한 흑인들이 강간, 살인, 약탈을 일삼는다는 소문이 번졌다. 언론은 아무 검증도 없이 이를 보도했다. 그러나 소문은 곧 유언비어로 판명되었다. 슈퍼돔에 널렸다던 시신은 스스로 목숨을 끊거나 자연사한 여섯 구에 불과했다. 폭력은 오히려 현장에 투입된 군인, 경찰, 용병과 인종주의를 장착한 백인들에 의해 자행되었다.

왜 권력은 재난에 대한 근거 없는 통념을 앞세워 대중을 적으로 간주하고 통제하려 들까. 솔닛은 '엘리트 패닉'으로 이를 설명한다. 재난 앞에서 발현되는 인간의 이타심과 연대, 상호부조와 희생정신은 참여민주주의와 '자결自決의 무정부 상태'를 빚어낸다. 권력이 민중으로 넘어가는 순간 권력집단의 존재근거는 흔들리게 되는데, 엘리트들은 이를 위협으로 여기고 민중을 적대시한다. 재난을 아비규환으로 만드는 것은 이들의 불안이다.

지진, 태풍 같은 자연재해뿐만 아니라 전 세계적 경기침체도 오늘날 인류에게 닥친 거대 재난이라면, 시민을 개인적 만족에 집착하는 파편화된 소비자로 만드는 '경제사유화' '사회사유화'를 무너트리는 일도 재난 유토피아에서 이루어질 수 있다. "재난은 지옥을 관통해 도달하는 낙원"이라는 솔닛의 명제는, 폐허가 된 사회구조를 똑바로 바라보면서 새로운 연대, 새로운 협력의 가능성을 탐색할 것을 요청한다.

폐허 밖 폐허

광부 33명은 2010년 10월 13일, 매몰 69일 만에 모두 구조되었다. 가족들은 광산사업주를 상대로 1000만 달러의 손해배상을 청구하고, 정부 쪽에도 1700억 달러 배상금을 들어왔다. 이와 별개로 사방에서 크고 작은 액수의 성금과 기부금이 들어왔다. 이들의 극적인 생존기를 책으로 쓰고 영화와 TV 프로그램으로 제작하겠다는 문의도 쇄도했다. 모두가 생존자들이 벼락부자가 될 거라고 예상했지만 실상은 달랐다. 대부분의 광부가 정신적·신체적 후유증을 호소하면서 현장에 복귀하지 못한 가운데, 기업과 정부 어느 쪽도 배상금을 지급하지 않았다. 영화나 책의 판권 수입도 없었다. 사람들의 무관심 속에서 생존 광부들은 생활고에 시달리고 있다.

광부들의 69일을 기록한 『더 33』의 저자 조너선 프랭클린에 따르면, 무너진 탄광 안에서는 알려진 대로 아름다운 일만 있었던 게 아니었다. 매몰 초기 광부들은 세 그룹으로 나뉘어 파벌 싸움을 벌였고, 생존에 대한 공포에 카니발리즘(식인습속)을 언급하기도 했다. 맨 처음 광부들의 모습이 비디오카메라를 통해 공개됐을 때 28명

© Getty Images

만 화면에 등장한 것은 분열의 한 단면이었다. 화면에 나오지 않은 5명은 하도급업자와 맺은 별도 계약에 따라 작업하던 사람들로, 한때 독자적으로 터널을 파 탈출할 궁리를 하기도 했다.

밝은 얼굴로 "칠레여, 영원하라"를 외치던 광부들의 모습도 다소 조작된 것이었다. 처음 카메라가 들어가 찍은 45분가량의 영상 가운데 널브러져 있거나 흐느끼는 광부들의 모습은 모두 삭제되었고, 바깥에서 지시한 대로 활짝 웃거나 구조대(와 정부)에 감사한다는 말을 하는 장면만 5분 분량으로 편집해 방송되었다.

'광부 구출 프로젝트'로 63퍼센트까지 치솟은 세바스티안 피녜라 칠레 대통령의 지지율은 오래지 않아 급락했다. 건설 중심의 경제 부양, 공교육에 대한 부실 투자, 국영기업의 민영화 등의 정책을 추진하면서 시민들의 거센 저항에 부딪힌 탓이다. 사고 발생 1년이 지난 2011년 10월 피녜라 대통령의 지지율은 31퍼센트로, '피의 독재자' 아우구스토 피노체트보다도 낮았다.

칠레 광산의 안전은 정부와 기업의 무관심 속에 개선되지 않았다.

ⓔ⊕㉦

02 마지막 비행

Date 2006.12.26.

Director 김진혁 | Scriptwriter 김이진

Music 〈Man of the Hour〉 by Pearl Jam

그에게 허락된 생애 마지막 비행
여덟 시간을 버틸 수 있는 연료
여덟 시간밖에 머물 수 없는 하늘…

너무나 날고 싶어하던 한 소년

"어머니 기억나세요?
저는 수레에 날개를 달고 싶어했지요."

열두 살이 되던 해
처음으로 비행기에 올랐고

스무 살이 되던 해
공군에 입대
비행기 수리 임무를 맡으며 비행의 꿈을 키웠다

스물한 살
1시간 12분 연습만으로 조종사 면허 취득

스물세 살
비행기 사고로 두개골 파열,
비행을 고집하다 약혼녀와 파혼,
그 충격으로 비행의 꿈을 접고
타일 제조회사 사원, 자동차 공장 사원으로 취직한다

그러나…

"난 언제나
나를 순수하게 해주는
곳으로 가고 싶다."

스물여섯 살
다시 항공사 정비원 취직,
생명의 위험이 따르던
야간 우편비행 업무 시작

스물일곱 살
사막 한가운데로 발령
그가 맡은 일은
사막에 불시착한 비행기 수리,
조난당한 비행사 구조

서른다섯 살
상금 걸린 비행대회에 도전
리비아 사막 불시착
닷새 만에 구조

서른여덟 살
과테말라 상공에서 비행기 추락
두개골과 좌측쇄골 파열

서른아홉 살
전투기 조종사로 복무

마흔세 살
연령 제한으로 조종사 자격 박탈

마흔네 살
2차세계대전…
비행대장 설득 끝에
마지막 5회 비행 허가
최고령 전시조종사로 출격

그에게 허락된 생애 마지막 비행,
여덟 시간을 버틸 수 있는 연료
여덟 시간밖에 머물 수 없는 하늘…

"나는 늘 어린 시절의 나이길 소망한다."

1944년 오전 8시 30분
그가 탄 비행기는
연료 소진 시간이 지나도 돌아오지 않았다

마지막 비행 1년 전
『어린 왕자』를 집필한

생텍쥐페리 Antoine Marie Roger de Saint-Exupéry, 1900~1944

"내가 죽은 것처럼 보일 거야.
하지만 그게 아니야."

꿈을 좇아
하늘로 사라진 사람

02 밤과 별과 고요를 사랑한 남자

앙트완 드 생텍쥐페리는 1900년 프랑스 리옹에서 태어났다. 어머니의 사랑과, 온갖 놀이와 이야깃거리가 넘쳐나는 대가족 속에서 어린 시절을 만끽했다. 이때를 일생의 이데아로 인식한 그는 '어른 되기'를 일종의 '추방'으로 받아들였고, 스위스 프리부르Fribourg에서 함께 공부하던 동생 프랑수아가 죽으면서 허무주의적 운명론을 내면화했다. 그는 채울 수 없는 상실감과 인생무상의 비애를 비행과 여자, 문학으로 보상받으려 했다.

그러나 비행사가 되기까지 수많은 좌절을 겪었다. 1917년 해군사관학교 입시를 준비하지만 2년 후 구술시험에서 떨어졌다. 미술학교에 청강생으로 건축과 수업을 듣지만 공부를 계속하지는 않았다. 1921년 전투기 조종사가 되려고 해군에 입대하지만 지상에서 정비사로 일해야 했다. 빚을 내 민간 항공기 조종사 수업을 받았으나 초반부터 크고작은 사고를 연이어 당했고, 1923년 학창 시절 만난 루이즈 드 빌모랭과도 파혼했다. 이후로도 불행은 끊이지 않아서 1935년 파리-사이공 비행기록을 세우려고 이집트로 출발했다가 리비아 사막에 불시착해 극적으로 구조되었고, 1938년에는 과테말라에 추락해 두개골과 좌측쇄골이 파열되는 심각한 부상을 입었다.

계속되는 실패에 생텍쥐페리는 세상에서 버림받았다고 느꼈다. 그가 꿈꾸던 '모든 것이 무화無化되는 곳으로의 비상'은 죽음과 절망의 다른 표현이었다. 생텍쥐페리는 유쾌한 카드 마술사, 재담꾼, 여자가 끊이지 않은 카사노바였으나, 고질적으로 우울했고 망명자의 심정을 공유했다. 일생 동안 그를 잠식한 "현실의 삶은 중요하지 않다. 중요한 것은 내면의 삶밖에 없다"라는 비관주의는 사망 1년 전에 쓴 『어린 왕자』로 결정結晶되었다.

군에서 제대한 후 사무원과 트럭 외판원을 전전하던 생텍쥐페리는 1926년 4월 프랑스 항공회사에 입사해 첫 비행을 했다. 그해 10월 모로코 남부 캅쥐비의 우편중계소 소장으로 임명되었고, 18개월 동안 사막에 기거하며 밤과 별과 고요를 배웠다.

전투기에서 마감한 순정한 삶

생텍쥐페리의 작가 이력은 1926년 잡지 『르 나비르 다르장』에 실은 단편소설 「비행사」로 시작되어, 모로코에서의 경험을 바탕으로 한 『남방우편』(1929) 『야간비행』(1931)으로 이어졌다. 장편 데뷔작 『남방우편』에서 생텍쥐페리는 비행에 대한 매혹과 강렬한 죽음충동을 여과 없이 펼쳐놓는데, 주인공의 사망을 알리는 전보 내용 "비행사 사망. 비행기 기체는 손상 없음. stop."은 향후 그의 운명을 예견했다.

『야간비행』으로 프랑스 주요 문학상을 수상한 생텍쥐페리는 1939년 『인간의 대지』를 펴냈다. 파란만장한 비행사史를 겸허하게 기록한 이 자전적 에세이는 프랑스와 미국에서 작품성과 대중성을 인정받으며 베스트셀러가 되었다. 프랑스와 미국을 오가며 작가로서, 조종사로서 절정의 희열을 만끽하던 생텍쥐페리는 3개월 뒤, 2차세계대전이 개전하면서 고국에 착륙했다.

1939년 9월, 프랑스가 전쟁에 가담했다. 예비역 장교였던 생텍쥐페리는 툴루즈 기지로 출두명령을 받았다. 불혹을 앞두고, 숱한 사고의 여파로 좌반신 사용이 자유롭지 못한 그는 정찰과 고공촬영을 맡은 2/33비행중대에 배속되어 중요 임무를 수행했다. 그러나 "비행기는 아름다워도 비행기의 역사는 아름답지 않다. 그것은 잔혹함을 연료삼아 창공을 갈라왔다"라는 고백에서 짐작되듯이, 전쟁에 대한 혐오감으로 1940년 7월 휴전을 빌미삼아 전역했다. 이후 드골 정권에 불신을 품고 미국으로 망명하여 3년 동안 『전투 조종사』와 『어느 인질에게 보내는 편지』, 그리고 유언과도 같은 『어린 왕자』를 연속 출간했다.

전쟁이 막바지로 치닫던 1943년 5월 4일, 생텍쥐페리는 프랑스로 돌아와 참전허용을 요청했다. 드골 정부는 '비겁자'라고 공공연하게 그를 비방하며 불허했다. 생텍쥐페리는 죽음으로 명예를 회복하려

했고, 그 결심은 "왜 내가 전투기에 몸을 싣고 순정한 삶을 살도록 허락하지 않는단 말인가"라고 토로한, 당시의 편지글에 이미 예고돼 있었다.

1943년 7월 21일, 생텍쥐페리는 우여곡절 끝에 2/33비행중대에 복귀했다. 라이트닝 비행기를 타기에는 나이가 너무 많았던 그는, 단 5회만 정찰비행을 수행한다는 조건으로 조종석에 앉았고, 1944년 7월 31일 출격한 후 돌아오지 않았다.

생텍쥐페리의 죽음은 '자살설' '정비불량설' 등 여러 추측과 함께 오랫동안 미제사건으로 남았다. 프랑스 작가 장-피에르 드 빌레르스는『어린 왕자의 마지막 비행』이라는 소설을 통해 격추 가능성을 언급했는데, 2000년 5월 프랑스 마르세유 근해에서 생텍쥐페리와 함께 실종된 P38의 잔해가 발견되면서 신빙성을 얻었고, 2004년 나머지 동체를 수습하면서 사실로 판명되었다.

2008년 3월, 2차세계대전 당시 독일 공군 전투기 조종사였던 호르스트 리페르트는 프랑스 언론과의 인터뷰를 통해 자신이 생텍쥐페리를 살해한 장본인이라고 밝히면서 다음과 같이 말했다.

"이제 안 찾아다녀도 된다. 내가 바로 생텍쥐페리의 비행기를 격추시킨 사람이다. 나중에야 바다에 떨어진 그 비행기에 생텍쥐페리가 타고 있었다는 걸 알았다. 나는 제발 그가 아니길 바랐다. 우리 시대 모든 젊은이들이 그러했듯이 나도 그의 책에 빠져 있었기 때문이다."

성경 다음으로 많이 인쇄된 어른을 위한 동화

『어린 왕자』는 1943년 3월, 미국에서 출간되었다. 뉴욕의 어느 식당에서 출판사 편집자와 식사를 하던 중 생텍쥐페리가 냅킨에 끄적인 그림이 단초가 되었는데, 그 아이가 누구냐는 편집자의 질문에 생텍쥐페리는 "마음속에 담아가지고 다니는 어린 녀석"이라고 대답했다. 편집자는 '어린 녀석'에 대한 이야기를 책으로 쓰자고 제안했고, 생텍쥐페리가 고심 끝에 이를 수용하면서 『어린 왕자』가 탄생했다. 초판은 뉴욕에서 발행되었으며 프랑스에는 저작권 문제가 해결된 1945년 11월에 소개되었다. 그러나 2차세계대전으로 인쇄용지가 부족해진 까닭에 상업적 판매는 이듬해 4월에서야 이루어졌다.

세계 180개국에서 번역된 『어린 왕자』는 2006년 남아프리카공화국의 11개 공식언어 가운데 하나인 줄루족 언어로 옮겨져 화제가 되었다. '성경 다음으로 많이 인쇄된 책'이라는 수식어가 무색하

© Neftali / Shutterstock.com

지 않게 초판 이래 8000만 부 이상이 인쇄되었으며, 독점 판매권을 갖고 있는 프랑스 갈리마르 출판사는 아직도 해마다 35만 부씩 찍어내고 있다. 책에 대한 프랑스인의 사랑도 각별하여, 1999년 '20세기 프랑스 대표문학'을 가리는 설문조사에서 알베르 카뮈의 『이방인』, 마르셀 프루스트의 『잃어버린 시간을 찾아서』, 장 폴 사르트르의 『말』 등을 제치고 1위를 차지하기도 했다.

'어른을 위한 동화' 『어린 왕자』는 오늘날까지도 각계각층의 사랑을 받고 있다. 이를테면, 프랑스의 마임이스트 마르셀 마르소는 "중요한 것은 눈에 보이지 않아"라는 『어린 왕자』의 구절로 자신의 세계관과 예술관을 대변했다. 일본의 애니메이터 미야자키 하야오는 "처음으로 다 읽었을 때의 기분을 잊을 수가 없다. 말로 내뱉으면 소중한 뭔가가 빠져나가 버릴 것만 같아 아무 말 없이 조용히 있었다"라면서 청소년 필독서로 '강추'하기도 했다.

03 프리다

평화 Frida

Date 2007.9.3.

Director 김진혁 | Scriptwriter 김광원

Music 〈El Antifaz〉 by Liberacion

여섯 살에 소아마비를 앓고
열여덟 살에 교통사고를 당한다

온몸을 관통한 쇠창살
11개로 조각난 다리
으깨어진 어깨와 발
골절된 쇄골 갈비뼈 골반 척추
퍼즐 맞추듯
그녀의 몸을 조립한 의사들은
걷기는커녕
생명조차 장담할 수 없다고 했다

"하지만 나는 죽지 않았다.
살고 싶었고,
깁스를 하고 누워 있는 것이 끔찍하게 지루해서
무엇이든 해보기로 했다.
나의 그림은
그렇게 시작되었다."

평생에 걸친
32번의 수술…
보장구와 진통제 없이는
서 있기도 힘들었던
고통의 시간들…
사랑은 아예
불가능해 보였다

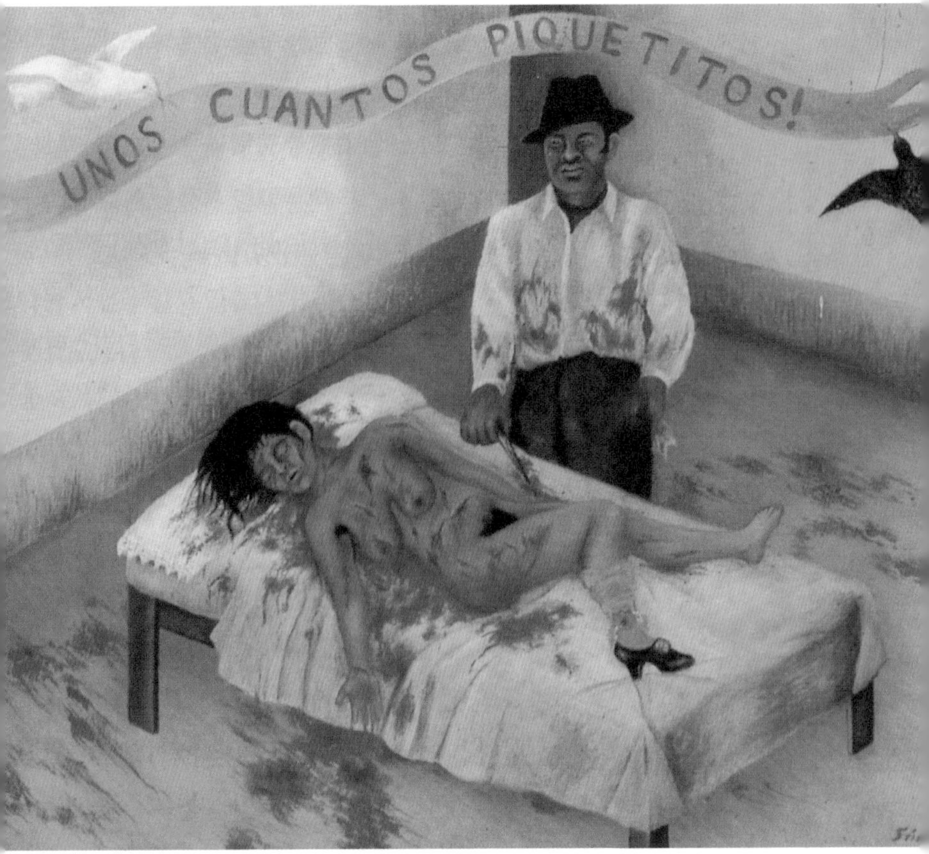
UNOS CUANTOS PIQUETITOS!

"우리집에 와서 내 그림을 평가해주세요."

그녀의 솔직한 젊음
당돌함에 반한
멕시코의 한 중년 화가는
21살 연하의 프리다와 결혼한다

모든 걸 바쳐 사랑한
이 세상의 유일한 사람
디에고 리베라

그러나 끝없이 이어지는
남편의 외도…
급기야 그녀의 동생과 딴살림을 차린다

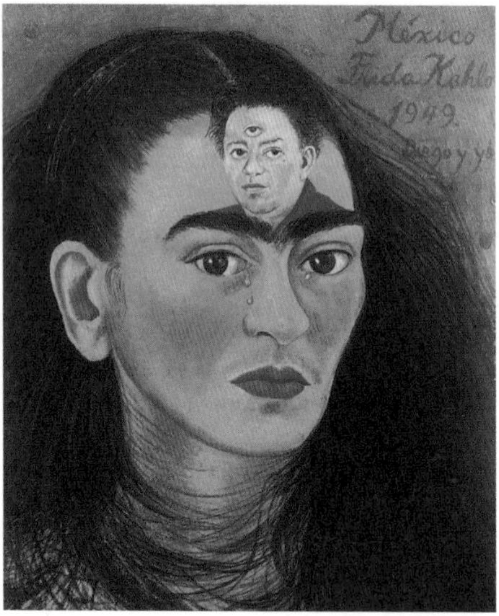

이혼을 결심한 그녀는
남편이 그토록 좋아하던
긴 머리카락과 토속의상을 벗어던지고
유명인의 아내가 아닌
자신만의 색깔을 지닌 화가로
다시 태어난다

1939년
"루브르에 초청된 멕시코 최초의 화가"
전시된 대부분의 그림은
자화상 이었다

"나는 혼자일 때가 많았고
내가 가장 잘 아는 소재가
바로 나이기 때문이다."

육체적 고통과 고독
세 번의 임신과 세 번의 유산
상처입은 사랑과 영혼
하지만 그 모든 것을
있는 그대로 바라보는
치열한 자기응시

"울고 싶을 때면
우는 대신
차라리 울고 있는 내 모습을 그렸다."

모두에게 쉽게 허락되는
건강도
아이도
사랑도
얻지 못한

프리다 칼로 Frida Kahlo, 1907~1954

1954년 마흔일곱 살
그녀의 마지막 일기장에는
이렇게 적혀 있었다

"이 외출이 행복하기를
그리고 다시는 돌아오지 않기를…"

03 캔버스 위에 부려진 참혹한 여성성

프리다 칼로는 멕시코 태생의 화가로, 유태계 독일인으로 멕시코에 이주한 후 사진작가로 활동하던 아버지와 인디오 출신의 어머니 밑에서 자랐다. 초현실주의와 상징주의를 멕시코의 토속문화와 결합한 화가로 평가되고 있는데, 정작 프랑스의 초현실주의 시인 앙드레 브르통이 "뛰어난 초현실주의 화가"라고 극찬하자 "내 그림은 초현실주의가 아니다. 나는 꿈이 아니라 내 현실을 그리는 것이다"라고 응답했다. 그녀의 작품 상당수는 자화상이다.

남다른 외모와 재능을 타고났지만 여섯 살에 척수성 소아마비로 아홉 달 동안 병상에 누워 혼자만의 상상으로 시간을 보낸다. 1925년에는 타고 있던 버스와 전차의 충돌사고로 복부에 쇠막대기가 박힌 채 가까스로 생존했다. 세 번의 수술을 통해 겨우 목숨을 건졌지만 그 후유증 때문에 평생 육체적 고통과 싸우며 살아야 했고 때로는 약물중독에 시달리기도 했다.

그러나 끔찍한 교통사고는 그녀의 인생에 있어 매우 의미심장한 전기였다. 병상에서의 지루함을 견디다 못해 펜과 붓을 들게 된 프리다는 그림을 매개로 멕시코의 혁명파 화가이자 스무 살 연상인 디에고 리베라를 만나 결혼에 이르게 된다. 1938년 프리다는 디에고 리베라의 지원 하에 멕시코의 작은 그룹전에 작품 네 점을 출품하면서 화단에 등단하게 되고, 같은해 미국으로 진출한다. 이어 1939년 파리에 입성, 칸딘스키와 피카소 등과 교류하며 남미화가 최초로 루브르 박물관에 그림이 소장된다. 당시 프리다의 예술적 성취에 대해 디에고 리베라는 이렇게 평가했다.

"미술사를 살펴볼 때, 그녀는 오로지 여성에게만 영향을 미칠 수 있는 일반적이면서 동시에 특수한 주제를, 절대적이고도 비교할 수 없는 솔직함으로 다룬 첫번째 여인이다."

멕시코 혁명기에 태어나 이후 혁명건설의 역동기 속에서 성장기를 보낸 그녀는, 남편인 디에고 리베라와 혁명정신과 예술혼을 공유했다. 서른 살 무렵에는 러시아 볼셰비키의 숙청 위협을 피해 각지로 떠돌던 러시아의 혁명가 트로츠키의 망명생활을 돕다가 잠시 그와 염문에 빠지기도 했다. 그러나 프리다 칼로 부부를 파경으로까지 몰고 간 것은 디에고 리베라의 계속되는 외도였다. 훗날 프리다는 이렇게 회상한다.

"내 평생 겪은 두 차례의 대형사고는 전차가 나를 들이받은 것과 디에고를 만난 것이다."

거듭되는 유산과 남편의 외도 등 여성으로서의 불행과 고통은 그녀에게 있어 치열한 창작의 원동력으로 작용했다. 훗날 디에고 리베라는 "고통이나 비극은 그 자체가 초점이 아니라 배경, 그녀의 강인한 정신력을 보여주는 배경이었을 뿐"이라고 말한다. 작가적 명성이 높아질수록 그녀의 건강은 악화되어갔다. 1953년 멕시코 현대미술관에서 열린 개인전의 개막식 행사장 중앙에는 프리다 칼로를 위한 침대가 놓여 있을 정도였다. 1954년, 그녀는 마침내 진통제와 석고, 강철코르셋과의 힘겨운 전쟁을 마감했다.

한때 미국의 뉴욕타임스는 프리다의 작품을 두고 "미학적이라기보다는 의학적"이라고 냉소하기도 했지만, 역설적이게도 프리다 칼로의 작품이 적극적으로 재평가되며 세계적으로 널리 알려지게 된 것은 1970년대 미국을 중심으로 한 페미니즘운동 덕분이었다. 1971년 린다 노클린은 자신의 저서 『왜 위대한 여성 미술가는 없는가』에서 프리다 칼로를 페미니즘 미술가로 규정함으로써 재평가의 서막을 열었다.

1984년 멕시코 정부는 150여 점에 이르는 프리다 칼로의 유작들을 국보로 분류했다. 2007년 멕시코 정부는 프리다 탄생 100주년을 기리는 행사를 열었다. 영국 출신의 록그룹 콜드플레이Coldplay는 프리다 칼로의 마지막 작품 〈인생이여, 만세Viva La Vida〉에 영감을 받아 4집 앨범 'Viva la Vida or Death and All His Friends'(2008)를 발표하기도 했다.

벽 위에 혁명을 그린 사람들

프리다 칼로의 남편이자 예술적 스승이기도 했던 디에고 리베라는 멕시코 벽화운동의 기수였다. 멕시코 벽화운동이란, 대지주와 외국자본의 이익만 대변하던 디아스 대통령 치하에서 사회주의 변혁을 고민하던 일군의 미술가들이 1910년 멕시코 혁명 이후 민중주의의 기치 하에 적극적으로 추진하던 공공예술운동을 말한다. 멕시코의 초기 현대미술은 이 벽화운동을 기점으로 서구와는 다른 자신만의 독특한 경로를 걷게 된다.

디에고 리베라는 서구유럽의 재현주의와 입체주의의 세례를 받은 아카데미 출신임에도 '부르주아들만을 위한 예술' '화실 안에서의 예술'을 거부하고 '노동자와 농민 들을 위한 예술'을 표방하며 과감히 벽화운동에 뛰어들었다. 1917년 오브레곤 대통령이 주도한 혁명헌법이 공포되고 1920년 바스콘셀로스 교육부장관이 혁명예술을 적극 지원하기 시작하면서부터 벽화운동은 관제운동의 성격을 가지며 더욱 활기를 띠게 된다. 멕시코 벽화운동의 기수로는 디에고 리베라, 호세 오로스코, 시케이로스 등이 꼽힌다. 이들은 혁명 이후 정부 지원 하에 멕시코의 역사와 신화, 혁명이념 등을 벽화로 표현했다. 실제로 그들의 대형 벽화 가운데 대다수는 지금도 멕시코 정부건물에 남아 있다. 혁명 이전과 혁명시기 민중의 비애에 초점을 둔 오로스코, 극사실주의와 초현실적인 이미지를 동시에 추구한 시케이로스와 달리 디에고 리베라는 역사적 서사에 근거한 영웅적 주제에 천착했다. 혁명적 영웅을 그렸고 스스로 혁명적 영웅이 되기를 원했던 위대한 예술가 디에고 리베라는 프리다 칼로에게 있어 평생의 연인이자 스승, 동지이자 질곡이었다.

04 초몰룽마의 두 사람

Date 2006.8.22. / 2006.8.28. / 2006.9.4. / 2006.9.11.

Director 김진혁 | Scriptwriter 김이진

단 한 사람만을 인정하는
최초의 기회 앞에
두 사람이 서 있었다

2700킬로미터에 걸쳐 뻗어 있는 산맥
히말라야
해발 8000미터급 최고봉만 14좌
그 중에서도 최고봉

초몰룽마

대지의 여신

그곳은 인간의 영역이 아닌
신의 땅
새조차 넘을 수 없다

1856년 영국인들은
식민지 인도에서 측량작업을 하던 중
지구에서 가장 높은 땅을 '발견'한다

신의 이름을 몰아낸 인간의 이름
영국 측량국장 조지 에베레스트

"세계에서 제일 높다는 것!
그것이
영국이 에베레스트에 올라야 하는
단 하나의 이유다!"

영국은 1차세계대전을 전후해서
일곱 차례나 에베레스트 원정을 시도했으나
흰 눈으로 위장된 빙하절벽
앞길을 가로막는 얼음계곡
예측할 수 없는 산사태와 산소부족 때문에
많은 등반가들만 잃고 만다

에베레스트 정복을 위해서는
산소통, 연료, 식량 운반이 필요하다는 것을 깨달은 영국인들

"짐을 날라줄 원주민이 필요하다!"

유럽 등반가들의 '정복'을 위한 짐꾼

셰르파 족

티벳의 고산 소수민족인 그들은
해발 7800미터까지 오르내리며
짐승 대신 무거운 짐을 지고
하루 1루피, 우리 돈 25원을 받았다

**"셰르파들은 얼마든지 정상에 오를 수 있지만
그들이 그렇게 하지 못하는 것은
영국인들처럼 올바른 정신을 갖고 있지 않기 때문이다."**

– 프랜시스 영 허즈번드 (전 에베레스트 위원회장)

© Alfred Gregory

1953년 3월 1일
초몰룽마를 향해 집을 나선
서른아홉 살의 셰르파 족 가장은
아내가 떠준 두툼한 양말과
딸이 건넨 색연필을 호주머니에 넣고
초몰룽마로 향했다

바로 그 순간
천천히 히말라야를 오르는
영국 제3원정대의 기차에는
창 밖의 초몰룽마를 말없이 바라보는
식민지 출신의 한 남자가 있었다

셰르파 텐징 노르가이와
뉴질랜드 출신의 등반가 에드먼드 힐러리

4월 26일
10톤의 물자를 지고 초몰룽마에 오르던
359명의 셰르파들 중
크레바스 속으로 무섭게 추락하는 힐러리를 잡아준 생명끈은
텐징 노르가이의 손에 감겨 있었다
원정대의 두 이방인이
초몰 여신의 이름으로
'우리'가 되는 순간

"대영제국의 위대함을 다시 한번 보여주기 위해
정상 정복자는 반드시 영국인이어야 한다!
1차 정상 공격조는 영국인 두 사람으로 한다!"

— 원정대장 존 헌트 대령

1953년 5월 6일
베이스캠프에 가장 먼저 도착한
두 사람의 이방인은 침묵할 수밖에 없었다

그리고 6시간 후
쓰러질 듯한 걸음걸이로 돌아온 1차 공격조

"실패했습니다 …"

캠프가 충격에 빠져 있을 때
식민지 출신의 젊은이가 나섰다

"대장 ! 제가 가게 해주세요!
텐징과 함께 간다면 해낼 수 있습니다!"

여왕의 대관식 전에
반드시 세계 최고봉을 정복해야 하는 영국인들은
결국 두 이방인의 출정을 허락한다

살을 에는 눈바람과
가빠오는 호흡…
힐러리는 조금씩 뒤처지고 있었다

시야에서 서서히 사라져가는 텐징…
마지막 봉우리를 눈앞에 두고
힘겨운 발걸음을 떼던 힐러리는
텐징의 목소리를 듣는다

"어서 오게나, 친구. 30분이나 기다렸네."

정상을 겨우 몇 발자국 앞두고
셰르파 텐징은 힐러리를 기다리고 있었다
그 순간 눈빛으로 나누는 침묵의 대화

"첫 발자국은 자네 몫이야."
"아닐세. 나는 셰르파야."

1953년 5월 29일 11시 30분
세상의 꼭대기에는 두 사람이 있었고
첫번째 사진에는
단 한 사람만이 찍혔다

텐징 노르가이 Tenzing norgay, 1914~1986

04 혹한의 무게를 짊어진 동쪽의 사람들

셰르파Sherpa는 16세기 티베트에서 네팔로 이주해 에베레스트 쿰부 계곡 주위에 정착한 고산족으로, 티베트어로 '동쪽의 사람들'이라는 뜻이다. 처음에는 농사를 주업으로 삼았으나 유럽이 정복전쟁의 연장선으로 히말라야 등반에 집중하면서 그 지역의 사람들은 길잡이와 짐꾼으로 옮겨갔다. 1921년 에베레스트 정찰대에 속한 영국의 의사 알렉산더 켈리스가 셰르파족이 고산지역에 잘 적응한다는 사실을 발견하고 포터와 안내자 역할을 맡긴 이후 '히말라야 등반 도우미'를 일컫는 일반명사가 되었다. 초창기 셰르파는 인종적·계급적 편견 아래 동료라기보다는 잡역부로 취급받았다. 그러나 1953년 텐징 노르가이가 에드먼드 힐러리와 함께 에베레스트에 오르면서 모든 편견을 불식했다.

텐징 노르가이는 1914년 티베트 카르타 계곡에서 태어났다. 정확한 출생일은 전해지지 않는데, 훗날 에베레스트에 오른 5월 29일을 생일로 정했다. 어린 시절, 키우던 야크가 모두 죽고 생계가 어려워지면서 가족이 모두 네팔로 옮겨왔고, 호구지책으로 셰르파 집안에서 하인 생활을 하면서 히말라야와 인연을 쌓았다.

열두 살에 집을 나와 남의집살이를 전전하던 텐징 노르가이는

1935년 영국의 산악탐험가 에릭 십튼의 셰르파가 되어 생애 최초로 에베레스트에 오른다. "경험은 없지만 웃음이 매력적이었던" 그는 특유의 친화력과 결단력으로 등반대의 신뢰를 얻었고, 약 20년 동안 스위스, 독일, 영국의 등반대와 함께하면서 최고의 셰르파로 명성을 날렸다. 특히 1952년 스위스 원정대와 에베레스트 8000미터 지점까지 갔다 무사귀환한 경험이 자산이 되어 이듬해 영국 원정대의 셰르파 대장으로 발탁되었다.

"인간은 그저 인간일 뿐이다"

대항해시대, 식민지를 개척하고 세계 지도를 제작하면서 수평적 정복을 마무리한 영국은 수직방향으로 시선을 돌렸다. 인도를 무단 통치하면서 측량기술을 이용해 히말라야의 높이를 측정하고, 각 봉우리마다 수천 년간 불렸던 이름 대신 유럽식 측량기호를 붙였다. 이에 따라 '큰 산' 초고리는 '카라코룸 제2호'를 축약한 K2로, '대지의 여신' 초몰룽마는 측량기사의 이름을 딴 에베레스트로 바뀌었다.

세계 최초로, 세계 최고봉을 '정복'하려는 야심을 품고 1921년부터 여덟 차례 원정대를 보냈던 영국은, 1953년 엘리자베스 여왕의 대관식을 앞두고 아홉번째 원정대를 꾸렸다. 지원금 10만 파운드, 10톤 이상의 장비, 400여 명의 셰르파가 동원된 대단위 정복전쟁의 수장으로 군인 출신 존 헌트 대령이 임명되었다. 4월 26일 출정에 앞서 존 헌트는 제국주의와 인종주의에 기반한 두 가지 원칙을 세웠는데, 첫째, 1차 정상 등반조는 반드시 영국인이어야 하고, 둘째, 대관식 이전에 등반에 성공해야 한다는 것이었다. 그러나 영국인으로 구성된 1차 등반조가 정상 등반에 실패하면서 요령부득 뉴질랜드 양봉업자 출신 등반가와 네팔 셰르파로 구성된 다국적 2차 등반조가 편성되었다. 에드먼드 힐러리와 텐징 노르가이는 1953년 5월 29일 11시 30분, 8760미터 남봉을 지나 인류 최초로 에베레스트 정상에 섰다.

지상으로 귀환한 두 사람은 열렬한 환대를 받았다. 1953년 6월 엘

리자베스 여왕은 힐러리와 헌트에게 기사 작위를 수여했다. 텐징은 대영제국 훈장을 받았는데, 이를 두고 일각에서는 인종주의적 처사라는 비난이 일기도 했다. 각국 언론이 세계 최고봉을 정복한 사내들을 취재했고, 네팔, 티베트, 인도는 텐징의 국적을 놓고 갑론을박을 벌였다. 인도 국민들은 부처나 시바 신의 현신으로 텐징을 추앙했다. 네팔 국왕은 '국가의 자존심을 드높인 영웅'으로 그를 초청해 카퍼레이드를 펼쳤다. 떠들썩한 세간의 반응에 텐징 노르가이는 다음과 같이 입장을 밝혔다.

"많은 것들이 정치와 국적의 이름으로 행해지고 있다. 하지만 산에서는 그렇지 않다. 그곳에서 생명은 너무나 현실적이어서 죽음도 너무나 가깝다. 인간은 그저 인간일 뿐이다. 그게 전부다."

1953년 6월, 텐징 노르가이는 스위스 제네바로 넘어가 1952년 원정을 함께 했던 랑베르와 융프라우를 등반했다. 1954년 11월 4일 네루 정부의 지원을 받아 인도 다르질링에 히말라야 등반학교를 세운 그는 강연회나 행사에 초청되었고, 여러 인터뷰에 응하거나 방송에 출연했다. 1978년에는 히말라야 트레킹 서비스 업체를 설립해 운영하기도 했다. 1986년 뇌출혈로 숨질 때까지 텐징 노르가이는 두 번 다시 에베레스트에 오르지 않았다.

에베레스트를 짓밟은 세속적 알피니즘

알피니즘alpinism은 알프스처럼 눈과 얼음으로 뒤덮인 고산을 등반하는 근대 스포츠 등산을 가리킨다. 산을 오르는 일에 중점을 둔 까닭에 등정주의라고 옮긴다. 1786년 8월 8일 스위스 의사 미셸 파카르와 수정 채취꾼 자크 발마가 알프스 최고봉 몽블랑에 오르면서 시작되었고, 19세기 후반 서구에서 일반화되었다. 산에 대한 도전적인 태도로 인간 한계를 실험한 알피니즘은 역설적으로 인간의 위대함을 증명하는 수단으로 전치되었으며 초창기 영국의 돈 많은 귀족들이 주도하면서 정복전쟁의 성격을 띠었다.

머메리즘mummerism은 1880년 '등반계의 반항아' 앨버트 프레드릭 머메리가 알피니즘에 저항하며 주창한 개념으로 등로주의로도 불린다. 단순히 산에 오르기보다는 절벽에 루트를 개척하며 역경을 극복하는 것에 등산의 참뜻을 두고 있다. 처음에 별다른 호응을 얻지 못했던 머메리즘은 1931년 머메리가 마터호른의 북벽을 오르면서 유행처럼 번지기 시작했고, 1964년 히말라야의 8000미터급 자이언트봉 14개가 모두 등정된 후 현대 등반사조로 자리잡았다. 정상에 오르는 길은 여러 개이며 어렵고 새로운 루트일수록 가치가 높다는 '베리에이션variation 루트 등반'의 모태이기도 하다. 이후 등반사는 무산소 단독등반, 동계 초등, 연속 등정, 거봉 종주 등 '슈퍼 알피니즘' 시대로 접어들었다.

'고도'에서 '태도'로 방점이 이동하면서 국가의 이름으로, 다분히 이데올로기적으로 수행되던 고산등반은 극한에 도전하는 개인의 성취감으로 성격과 의미가 축소되었다. 그러나 한편으로 장비가 발전하고 셰르파의 역할이 전문화·세분화되어 상업등반이 가능해지면서, 세속적 알피니즘이 득세하게 되었다.

1985년 네팔 정부가 더 많은 외국인 관광객을 유치하기 위해 '하나의 루트, 하나의 원정대'라는 원칙을 폐기한 이래, 한해 수만 명이 '최초의 아랍인 여성 등반' '최고령 등반' '최연소 등반' '최초의 장애인 등반' 등 타이틀을 얻고자 에베레스트를 찾는다. 1인당 6만5000달러만 내면 '어떻게든' 꼭대기에 데려다주는 가이드 업체가 성업중이고, 산소통, 비닐, 침낭 등 이들이 사용하고 버리는 쓰레기가 연 4톤에 달한다. 등반가 에버하르트 유르갈스키는 고난을 통해 겸양을 배우려 했던 애초의 목적이 자본에 잠식된 오늘날, "에베레스트는 돈과 인내심만 있으면, 아프거나 허약하지만 않다면, 누구나 오를 수 있게 되었다"라고 말한다.

1953년부터 2012년까지 에베레스트 정상을 밟은 사람은 약 3000명이고, 이 가운데 2000명이 2000년 이후에 등반했다. 국가별로는 미국(536명)이 가장 많고, 한국(118명)은 중국(299명), 영국(264명), 일본(169명), 인도(152명) 등에 이어 7위를 차지했다.

05 나는 달린다

Date 2006.4.7.

Director 김진혁 | Scriptwriter 곽선희

Music 〈My Story〉 by Maximillian Hacker

1등을 위한 것도
결승점을 위한 것도
신기록을 위한 것도 아니다
나는
다만 달릴 뿐이다

1960년 로마 올림픽 마라톤 경주
69명 중 무명의 흑인 주자 한 명

"맨발의 마라토너"

아베베 비킬라 Abebe bikila, 1932~1973

2시간15분16초2
세계 신기록
아프리카인 최초 마라톤 우승

4년 뒤
도쿄 올림픽 마라톤 경주,
이제는 낯익은 검은 얼굴
"맨발의 아베베"

2시간12분11초2
3분을 앞당긴 세계 신기록,
올림픽 마라톤 최초 2연패
더구나 그는 불과 경기 6주 전에
맹장수술을 받았다

"나는 다만 달릴 뿐이다."

1896년, 1934년,
두 차례에 걸친 이탈리아의 침공
고난과 시련의 조국 에티오피아…
조국의 평원을 달리던
그의 맨발

"나의 조국이
강인하게 시련을 이겨냈다는 사실을
전 세계에 알리고 싶었다."

© Running.es

1960년 이후 독립한 아프리카인들은
'아프리카인 자긍심' 아베베의 세번째 우승을 기다렸다

하지만
1968년 멕시코 올림픽,
다리 골절로 경기 포기
1년 후,
교통사고로 하반신 마비

"더이상 내 다리는 달릴 수 없지만
나에겐 아직 두 팔이 있다."

맨발의 아베베
장애인 대회 참가
메달 획득

"나는 남과 경쟁하여 이긴다는 것보다
자신의 고통을 이겨내는 것을
언제나 우선으로 생각한다.
고통과 괴로움에 지지 않고
마지막까지 달려 나는 승리했다."

17

05 로마를 점령한 단 한 명의 에티오피아 군軍

아베베 비킬라는 1932년 에티오피아 모우트Mout에서 태어났다. 목동이었던 아버지와 함께 가축을 기르며 어린 시절을 보냈고, 스무 살에 입대해 황제 친위대 부사관이 되었다. 자라는 동안 달리기에 별다른 관심을 보이지 않았으나, '재미삼아' 출전한 군인 마라톤대회에서 우승하면서 자질을 보여주었다.

아베베의 인생은 1960년 로마올림픽을 기점으로 갈렸다. 마라톤에 출전하기로 예정돼 있던 선수가 축구 시합을 하다 발목을 다치면서 대타로 기용된 그는, 공식 후원사 아디다스의 신발이 발에 맞지 않자 맨발로 뛰기로 결심한다. 역대 마라톤 경기 중 유일하게 밤에 열린 로마올림픽에서, '맨발의 왕자' 아베베는 마의 2시간 20분을 깬 2시간15분16초2의 기록으로 우승했다. 이로써 그는 세계 최고기록을 갈아치우고, 아프리카 출신 흑인 최초로 금메달리스트가 되었으며, '흑인은 장거리에 약하다'라는 편견을 불식시켰다. 시종 여유로운 표정으로 레이스를 펼친 아베베는 경기 직후 인터뷰에서 "아피아 가도의 밤 풍경은 아름다웠다. 한번 더 뛰라고 한다면 지금 당장이라도 풀코스를 달릴 수 있다"라고 말해 세계를 놀라게 했다.

1884년 유럽 열강은 독일의 정치가 비스마르크의 중재로 베를린에 모여 아프리카 분할을 논의하는 '베를린 회의'를 열었다. 이에 따라 아프리카는 산산이 쪼개져 유럽 각국의 식민지로 전락했는데, 에티오피아는 라이베리아와 함께 당시 독립국 지위를 유지한 몇 안 되는 나라였다. 1895년 이탈리아는 에티오피아를 점령하고자 군사를 일으켰으나 이듬해 '아두와 전투'에서 참패하면서 뜻을 이루지 못했다. 그러다 1934년 무솔리니의 파시즘 정권이 국가주의 확장 정책의 일환으로 재침공하면서 제2차 이탈리아-에티오피아 전쟁이 시작되었다. 1935년 수도 아디스 아바바를 장악한 무솔리니 정권은 에티오피아를 병합해 '이탈리아령 동아프리카'로 개칭하고 무단 통치했다. 에티오피아 저항세력은 1941년 연합군 군대가 상륙할 때까지 파시즘에 맞서 무장투쟁을 지속했다.

외신은 두 나라의 피비린내 나는 역사에 빗대어 아베베의 승리를 타전했다. "에티오피아를 점령하는 데는 이탈리아 전군全軍이 필요했지만, 로마를 점령하는 데는 단 한 명의 에티오피아 군으로 충분했다." 사흘 후 에티오피아에도 소식이 전해졌고, 귀국할 무렵 그는 에티오피아는 물론 아프리카 전체의 영웅이 돼 있었다. 할리에 셀라시에 에티오피아 황제가 친히 마중을 나와 일계급 특진으로 공로를 치하하자 아베베는 "나는 조국 에티오피아가 강인하게 시련을 이겨냈다는 사실을 세계에 알리고 싶었다. 나는 황제와 군대를 위해 달린다"라고 말해 또 한 번 에티오피아를 열광시켰다.

달리기와 존재하기

1964년 아베베는 도쿄올림픽에 출전해 2시간12분11초2의 기록으로 금메달을 목에 걸었다(이 대회에서 아베베는 공식 후원사 르카프 신발을 신고 달렸다). 올림픽 역사상 최초로 마라톤 2연패를, 세계최고기록으로 달성한 것이다. 대회 2주 전에 충수염 수술을 받은 아베베를 우승자 명단에서 제외했던 올림픽 조직위원회는 에티오피아 국가를 미처 준비하지 못해 '기미가요'를 대신 틀었다.

1966년 10월, 아베베는 동아일보가 주최한 '9.28수복기념국제마라톤대회' 초청선수로 한국에 입국했다. 대회에서 아베베는 1위를 차지했고, 이것이 그의 공식대회 마지막 우승이 되었다.

1968년 멕시코올림픽 마라톤 경기에 출전했다가 다리뼈가 부러지는 부상을 입고 17킬로미터 지점에서 기권했을 때, 입장을 묻는 기자들에게 아베베는 "나는 고통을 이기기 위해 달릴 뿐, 이기기 위해 달리는 게 아니다"라고 대답했다. 실제로 그는 올림픽 금메달로 자국의 명예를 드높인 이후 달리기 위해 존재했고, 존재하는 내내 달렸다. 1969년 3월 교통사고로 목뼈가 부러지고 척추뼈가 탈골되어 하반신이 마비되었을 때에도 그는 두 팔에 의지해 내달렸다. 그해 여름 아베베는 영국에서 열린 장애인 양궁대회에 출전해 9위를 기록했다. 1970년 노르웨이에서 개막한 '25킬로미터 휠체어 눈썰매 크로스컨트리대회'에서 금메달을 땄고, 패럴림픽(장애인올림픽)의 전신격인 스토크 맨드빌 휠체어게임에는 양궁과 탁구 선수로 참가하기도 했다. 일생 그는 "인생은 마라톤이다"라는 비유에 충실하여, 1973년 휠체어를 탄 채로 또다시 교통사고를 당해 숨질 때까지 질주를 멈추지 않았다.

근대 올림픽과 마라톤의 오욕칠정

올림픽은 고대 그리스인들이 제우스에게 바친 제전경기祭典競技 중 하나로, 기원전 776년경 시작되었다. 종교, 예술, 군사훈련이 결합된 헬레니즘 문화의 결정체로서 4년마다 한 번씩 올림피아드에서 열렸는데, 처음에는 경기종목이 단거리 경주밖에 없었으나 장거리 경주, 원반던지기, 레슬링 등을 해마다 추가하며 모양새를 갖추었다. 그리스 도시국가 간의 전쟁을 방지하고 단결을 강화하는 수단으로 약 1200년 동안 지속되던 고대 올림픽은 로마 제국이 그리스를 점령하면서 서서히 몰락했고, 394년 테오도시우스 황제가 '이교도들의 종교행사'로 규정하면서 완전히 금지되었다.

1500년간 명맥이 끊겨 있던 올림픽은 1894년 프랑스의 피에르 쿠베르탱에 의해 부활되었다. 1870년 프로이센과 치른 보불전쟁에서 참패한 후 의기소침해진 프랑스 청소년들에게 새로운 용기와 의욕을 불어넣고, 아울러 올림픽이라는 스포츠 제전을 통해 세계 각국 청소년들의 상호이해와 우정을 다지고 세계평화를 이룩하려는 목적이었다. 민족주의적 기획에서 출발한 근대 올림픽은 1896년 그리스 아테네에서 13개국 311명이 치른 소박한 축제로 시작해 1908년 런던올림픽을 전후로 규모를 키웠으며, 인간 한계를 실험하는 마라톤이 '올림픽의 꽃'으로 피날레를 장식했다는 게 일반적인 설명이다. 그러나 문화평론가 김지룡은 『사물의 민낯』에서 "청소년의 자위를 예방하려고 시작된 마라톤 중흥 정책이 근대 올림픽으로 발전했다"라는 다소 엉뚱한 주장을 전개한다. 그에 따르면, 명문 귀족출신 쿠베르탱은 유년시절 생시르 육군학교에 입학했다가, 독일을 잠정적인 적으로 교육하는 학교체제에 불만을 느껴 열여섯 살에 중퇴하고 영국과 미국으로 유학을 떠난다. 그곳에서 19세기 후반 영국의 교육 체제를 보며 커다란 충격과 감화를 받는다.

18세기 산업혁명과 식민지 개척으로 엄청난 부를 축적한 영국은 그 반대급부로 퇴폐 문화가 만연했다. "거리의 카바레와 카지노는 파리를 능가할 정도로 발전했고, 처녀에 대한 집착으로 스펀지에 토끼 피를 적셔 창녀들을 처녀인 척 공급하는 포주들이 들끓을 정도로 섹스에 탐닉했다." 이와 함께 당시 기숙학교 남학생들 사이에서 암암리 자행되던 동성애와 자위가 심각한 사회문제로 대두되었다.

영국의 교육자들은 어린 소년들을 올바르게 선도하는 방편으로 스포츠를 이용했다. '동료애, 건강 증진, 건전한 사고 함양' 등의 이상을 앞세워 마라톤이나 럭비, 축구 같은 극도의 체력소모를 요구하는 실외 운동을 중심으로 커리큘럼을 짰는데, 특히 마라톤을 '교화'의 중심으로 삼아 대대적으로 장려했다. 그리하여 기숙사 학생들은 매일 밤 운동장을 몇 바퀴씩 돌고 뜨거운 물로 목욕한 다음, 반드시 두 손을 이불 위에 내놓고 잠자리에 들었다.

"영국의 교육적 노력에 감동한 쿠베르탱은 이를 프랑스에서도 시도하려 하지만, 당시 프랑스 문교상文教相에게 거부당하고 일생 동안 프랑스에서 '왕따'를 당하기에 이른다. 그러나 쿠베르탱은 이에 굴하지 않고 올림픽을 꿈꾸었고, 결국 IOC를 구성한다. 영국 학생들의 자위를 예방하기 위해 시작된 마라톤의 중흥은 엉뚱하게도 근대 올림픽으로 발전한 것이다."

마라톤과 올림픽에 관한 기원을 추적하여 이끌어낸 문화평론가의 해석이다.

06 네번째 사과

Date 2008.12.8.

Director 김진혁 | Scriptwriter 김이진

Music 〈The Lighting Strike〉 by Snow Patrol

나는 타락하지 않았다
나는 이성적인 인간이다
나의 열정은 순수하다

"역사상 유명한 사과가 셋 있는데,
첫째는 이브의 사과요,
둘째는 뉴턴의 사과요,
셋째는 세잔의 사과다."

— 모리스 드니Maurice Denis, 프랑스 상징주의 화가

실락원…
비로소
신으로부터 독립한
인간의 영혼

땅에 떨어진 사과…
비로소
자연의 법칙을
밝혀내기 시작한
인간의 과학

시간의 변화에 따라
변화하는 형태와 색깔…
비로소 자유로워지는
인간의 상상력

세계 최초로
인공지능의 개념을 구상하고

2차세계대전 중
독일군의 암호통신기
애니그마를 해독하여
조국 영국을 승리로 이끈
수학천재

그러나 1952년
"대단히 점잖지 못한 행위"로 체포된다

"징역 10년 혹은 호르몬 요법에 처한다.
여성호르몬 투여로
그의 비정상적인 성적 욕망이 차단되면
동성애도 사라질 것이다."

장기간의 여성호르몬 투여로
점점 여성처럼 변하는 몸…

사회와 격리된
그의 마지막 선택은
백설공주의 독사과

"사회는 나에게
여자로 변하도록 강요했으므로
나는 가장 순수한 여자가 선택할 만한 방식으로
죽음을 택한다."

앨런 튜링 Alan Mathison Turing, 1912~1954

앨런 튜링의 사후 12년
과학계는 '앨런 튜링 상'을 제정
세계최초의 컴퓨터 콜로서스를 만든 튜링이
인류에 끼친 업적을 뒤늦게 기렸다

인류에게
다른 세계 다른 생각 다른 상상을 열어준

세 개의 사과

그리고
한 천재가 삼킨

네번째 사과

나는 타락하지 않았다
나는 이성적인 인간이다
나의 열정은 순수하다

06 뉴튼, 튜링, 잡스의 원조 쟁탈전

맥킨토시 컴퓨터의 브랜드이자 요즘에는 아이폰, 아이패드 제조사로 더 유명해진 애플Apple 사의 로고에 관한 설은 여러 가지다. 디자이너인 롭 제노프가 초기 디자인한 것이 사과인지 토마토인지 불분명해서 굳이 한 입 베어문 모양을 넣은 것이라든가, 창업자 스티브 잡스가 작업 중에 사과를 한 입 베어물고 컴퓨터 위에 올려놓았던 것을 형상화했다든가, 스티브 잡스의 고향 위스콘신 주가 사과로 유명하기 때문이라든가 하는 여러 가지 재미있는 설들이 있다. 물론 애플 사는 지금까지 단 한 번도 공식적으로 긍정도 부정도 한 적이 없다.

애플 사의 초창기 로고를 보면 처음에는 뉴튼의 사과를 염두에 두었음이 분명하다. 사과나무 아래 앉아서 책을 읽는 뉴튼의 전형적인 모습을 묘사한 고전적인 로고를 사용하고 있기 때문이다. 애플 사가 처음 만든 PDA의 이름 또한 '뉴튼'이었으니 상당히 설득력이 있는 추측이다.

그러나 맥킨토시 컴퓨터 제품이 본격적으로 출시되면서부터 무지개색을 담은 사과에 한쪽에는 베어 문 자국이 있는 로고로 바뀌었다. 이때부터 초기 컴퓨터 모델을 고안한 과학자이자 동성애자였

초기　　　과도기　　　현재

던 앨런 튜링에 헌사하는 디자인이라는 설이 득세하게 된다. 무지개색은 1978년 샌프란시스코의 화가 길버트 베이커가 동성애 사회를 상징하는 깃발을 디자인하면서 처음 사용되기 시작하여 분홍역삼각형과 함께 지금껏 동성애의 상징으로 사용되어왔다. 또한 베어문 자국은 앨런 튜링이 청산가리 사과를 삼킨 것을 상징한다는 설이 있다. 그러나 사실 무지개 깃발의 사용 시점이나 초기 로고의 뉴튼 등을 염두에 두면 이 또한 이견이 있을 수 있다.

레인보우와 백설공주는 이제 고만 잊어주삼

앨런 튜링은 영국의 천재수학자로 전자계산기의 원리를 고안하고 컴퓨터 이론의 단초를 마련한 인물이다. 2차세계대전 중에는 연합군에 참전해 독일군의 악명높은 암호체계인 애니그마Enigma를 분석해 해독기를 만들었으며, 역정보를 흘려 노르망디 상륙작전을 승리로 이끄는 데 큰 공헌을 한 것으로도 유명하다. 1943년에는 최초의 컴퓨터라고 할 수 있는 거대한 전자계산기 콜로서스Colossus를 만들었으나 1970년대까지 영국정부에서 공개하지 않은 탓에, 1946년 세상에 공개된 미국 펜실베이니아 대학의 에니악ENIAC에게 '최초의 컴퓨터'라는 역사적인 타이틀을 넘겨주고 말았다.

1946년 앨런 튜링은 전공戰功을 인정받아 훈장을 수여받고 1951년 영국 학사원 회원이 되었지만, 이후 동성애자임이 드러나 강제로 호르몬을 투여받으며 고통스러운 화학적 거세과정을 겪어야 했다. 1954년, 결국 그는 42세의 젊은 나이에 청산가리를 투여한 사과를 먹고 스스로 목숨을 끊었다.

비극적인 종말의 주인공인 천재과학자와 애플 사의 발랄한 가치지향을 직관적으로 동일시하기란 사실 쉽지 않다. 그러나 최초의 컴퓨터를 만들고도 그 타이틀을 내준 것은 애플 사의 맥킨토시가 그 기능적 우수함과 진보성에도 불구하고 IBM사와 마이크로소프트사에게 업계 일인자의 자리를 내준 정황과 비슷해 보이기도 한다. 게다가 한때 IBM-마이크로소프트 연합군의 파상공세에 밀려 거의 빈사상태에 이르렀던 애플 사와 스티브 잡스를 보면서, 자신의 성적 취향을 이해하지 못하는 세상에 작별을 고할 수밖에 없었던 튜링의 고독한 최후를 떠올리는 것도 그리 어려운 일은 아니었을 것이다. 특히 애플 마니아들에게는 말이다.

물론 애플 사는 스티브 잡스의 복귀와 함께 아이맥 시리즈와 아이팟 시리즈로 완전히 부활했다. 공교롭게도 이 시점에 애플 사의 로고는 무지개색을 날려버리고 세련된 은색의 미니멀한 스타일로 재탄생한다. 이제 더이상 애플 사 로고에서 튜링의 비극적인 종말을 연상해야 할 계기는 없어 보인다. 어쩌면 그것이 애플 사의 의지일지도 모를 일이다.

로고 진화의 변증법

오래된 기업의 로고 변천사는 복잡한 문화적 의미들을 담아내기도 한다. 미국 시애틀에 1호점이 있는 스타벅스의 경우도 그러하다. 시애틀 1호점에는 우리가 흔히 보는 스타벅스 로고와는 조금 다른 초기 로고가 그대로 남아 있는 간판이 달려 있다. 1986년 본격적으로 스타벅스를 창업한 하워드 슐츠는 허먼 멜빌의 유명한 소설 『모비딕』에 등장하는 항해사 스타벅이 커피를 좋아한다는 사실에 착안하여 사명을 짓고, 로고는 선원들을 유혹하여 바다로 몸을 던지게 했다는 그리스로마 신화의 시렌Siren 중에서 꼬리가 둘 달린 인어 멜루신Melusine, Nixie을 형상화하기로 했다. 시렌의 노래처럼 뇌쇄적인 커피향으로 세상사람들을 유혹해보겠다는 의미였을 터다.

그리하여 스타벅스의 초기 로고에는 17세기 노르웨이 목판화의 원형에 충실한 멜루신이 등장한다. 배경색은 커피를 상징하는 갈색이다. 원래 멜루신은 젖가슴과 두 개의 꼬리를 노골적으로 벌린 모양이었는데, 원형에 충실한 이 이미지는 로고화되는 과정에서 다소

초기 과도기 1987년

1939년 2차대전 이전 2차대전 이후 2000년

순화(?)되었다. 조금 단순해진 두번째 로고에서는 멜루신이 긴머리를 내려 가슴을 가린 채 배꼽만 내보이고 꼬리는 조금 덜 두드러지게 표현했다. 회사가 글로벌 브랜드로 성장하자 로고는 더욱 순화되고 추상화되어, 결국 지금 사용되는 로고는 배꼽도 보이지 않고 두 개의 갈라진 꼬리는 흔적만 남긴 채 기호처럼 표현되고 있다. 아무런 정보 없이 지금의 스타벅스 로고를 보면서 그것이 멜루신이라는 사실을 깨닫기란 그리 쉽지 않다.

2008년, 세계적인 경기침체와 경쟁사들의 성장 속에서 매출이 급감하고 문을 닫는 매장이 속출하자 스타벅스는 초심을 찾는다며 초기의 갈색 로고로 교체하는 작업을 진행했다. 미국의 기독교단체들이 멜루신의 꼬리를 벌린 모습이 매춘부를 연상시킨다는 이유로 불매운동에 들어갔다. 그리고 2011년, 스타벅스는 창사 40주년을 기념하여 STARBUCKS COFFEE라는 글씨를 없앤 로고로 변경하면서, 커피 이외의 다양한 분야로 사업 다각화를 추진했다. 로고의

© Hattanas Kumchai / Shutterstock.com

변화 속에 담겨진 20년 사회적응의 역사를 되돌리는 것이 그리 간단한 일은 아니다. 독일의 '국민차' 폭스바겐이 2차세계대전 이전의 로고로 돌아간다면 나치의 상징과 WAGEN의 'W'가 결합한 초기 로고에 거부감을 느낄 이들이 많을 것이다. 최소한 전후戰後 영국에 의해 톱니바퀴가 삭제되고 W를 중심으로 순화된 로고 정도는 되어야 용서가 가능하리라.

ⓔⓣⓢ

07 마에스트로

87세 지휘자가 은퇴하자
그와 마지막으로 함께했던 교향악단은
1년간 지휘자석을 비워둔 채 공연을 하고
자진 해산한다

Date 2010.10.18.

Director 김한중 | Scriptwriter 진세연

d=108

“2분음표가 1분간 108번 연주되는 속도로”

악보에 적혀 있는
작곡가의 지시들

그러나

“이 악보에 적힌 속도로 연주하면 음악이 경박해져서 안 돼!”

19세기 말 낭만주의 작곡가의 지시를
지휘자는 마음대로 고쳐서 연주한다

이탈리아의 한 젊은 첼리스트

"정작 이 곡을 만든
작곡가의 이야기를 왜 듣지 않는 거야!"

공연 직전 그만둔
지휘자 대신 잡게 된 지휘봉

'완벽한 음악은
작곡가가 악보에 지시한 대로
최대한 표현하는 것이다.'

"당신 방식은 틀렸소!
베토벤 직계 지휘자에게 들은 사실이오."

— 지휘자 빌렘 멩겔베르크

"나는 베토벤에게 직접 들었소.
바로 그의 악보에서…"

100여 편의 오페라와
250여 곡의 관현악곡을
모두 외웠던 지휘자

그가 악보를 모두 외웠던 진짜 이유

"악보를 제대로 볼 수 없었기 때문에
몽땅 외울 수밖에 없었죠."

악보의 음표 하나하나를
정확하게 재현하려 했던 지독한 노력

"아니… 아니 조용히 하십시오.
갈채를 받아야 할 사람은 내가 아니고
바로, 작곡가입니다.
나는 내가 토스카니니라는 걸
보여주기 위해 여러분 앞에
서 있는 것이 아닙니다."

금세기 지휘법의 기본을 구축한 최고의 지휘자
아르투로 토스카니니Arturo Toscanini, 1867~1957

07 '천재'와 '가위'를 양손에 든 독재자

1867년 이탈리아 파르마에서 태어난 아르투로 토스카니니의 음악적 재능은 보이트음악원 시절부터 일찌감치 두각을 나타냈다. 조용한 성품이라 능력을 과시하지는 않았지만, 악보를 통째로 외워버리는 탁월한 암기력과 곡 해석력을 바탕으로 과격한 비판을 서슴지 않은 까닭에 '천재'와 '가위'라는 별명을 동시에 얻었다. 전공은 첼로이고, 지휘는 개인적인 관심에서 홀로 익혔다.

1886년 첼리스트로 오페라단에 입단한 토스카니니는 브라질에서 〈아이다〉를 공연하던 중 전설 같은 일화와 함께 지휘자로 전격 데뷔한다. 극장 관계자와 마찰을 빚던 지휘자가 갑작스럽게 사퇴하고 지휘봉을 넘겨받은 부지휘자마저 청중의 야유를 받자, 극장 측은 자포자기 심정으로 토스카니니에게 자리를 맡긴다. 지휘대에 오른 토스카니니는 악보를 덮고 암보暗譜로, 리허설도 없이 대곡을 성공적으로 지휘하면서 단숨에 스타가 되었다.

토스카니니 지휘의 특징은 악보를 충실히 재현하는 데 있다. "아름다움의 극치는 정확함에 있다"고 믿었던 그는 지휘자가 자신의 해석에 따라 연주를 달리하는 낭만주의적 경향과 단호히 결별하고, '작곡자의 의도대로' 연주할 것을 주장하는 '신즉물주의'를 따랐다.

"(베토벤 교향곡 제3번을 두고) 더러는 나폴레옹이라고 말하고, 더러는 히틀러 또는 무솔리니라고도 하지만, 나에게 이것은 단순히 알레그로 콘 브리오일 뿐이다."

리허설 때마다 토스카니니는 "여기서 포르티시모(매우 세게)를 원하는 건 내가 아니라 바로 베토벤"이라고 일갈했다. 어설픈 음에는 "노(No)!"라고 진저리쳤고(그는 '토스카노노'로 불렸다), 누군가 실수라도 할라치면 "저능아" "돼지" 등 욕설을 퍼부었다. 실력이 처지는 단원에게 "똥 덩어리"라고 독설하던 드라마 〈베토벤 바이러스〉의 지휘자 강마에는, 토스카니니의 한국적 번안이었다. 특정한 소절, 한 곡의 아리아가 아니라 전체 멜로디라인과 구성을 중시하고, 세부와 전체를 유기적으로 연결한 토스카니니의 엄정한 지휘법은 이후 전범典範으로 자리잡았다.

토스카니니의 음악적 결벽증은 무대와 청중에게도 발현되었다. 당시 오페라는 공연중 멋진 아리아가 나오면 객석에서는 앙코르 박수가 터지고, 가수는 다시 한번 노래를 부르는 게 상례였다. 작곡가의 의도를 완벽하게 구현하려 했던 토스카니니는 이러한 관습을 일체 금지했다. '모자 착용 불가' '늦으면 입장 불가' 같은 극장 에티켓도 토스카니니부터 시작되었다. 음악에 관한 한 그는 타협을 몰랐고, 뜻이 관철되지 않으면 사임도 불사했다. 자백한 대로 토스카니니는 "일생 동안 민주주의자였지만, 음악에 있어서는 완벽한 독재자였다."

"나는 지금 겸허하고도 열렬한 사랑으로 나의 예술에 봉사하고 있다"

1898년 밀라노 라스칼라 극장의 예술감독으로 부임한 토스카니니는, 1908년 11월 오페라 〈아이다〉를 지휘하며 미국에 입성한다. 뉴욕 메트로폴리탄 오페라와 일곱 시즌을 함께하면서 극장의 황금기를 열어 보인 토스카니니는 라스칼라로 금의환향하지만, 고국은 이미 파시즘이 창궐해 있었다. 평생 정치에 무관심했으나 무솔리니의 술책을 못마땅해했던 토스카니니는, 그에 대한 저항으로 라스칼라에 재직한 15년 동안 단 한 번도 파시스트의 당가 〈조비네차〉를 연주하지 않았다.

1926년 4월 15일 푸치니의 〈투란도트〉 초연 때에도 '모든 공연에 앞서 반드시 〈조네비차〉를 연주한다'는 훈령을 당연히 묵살했고, 이에 격분한 무솔리니는 장대비 쏟아지는 극장 밖에서 군중에게 선동연설을 늘어놓으며 신경전을 펼치기도 했다.

무솔리니는 예술가의 아집에 분노하면서도 그의 명성을 정권의 선전선동에 이용하려 했다. 그러나 토스카니니는 "과거에도 그랬고 앞으로도 그럴 테지만, 나는 지금 겸허하고도 열렬한 사랑으로 나

© Olga Popova / Shutterstock.com

의 예술에 봉사하고 있다. 그것이 조국을 영예롭게 하는 길임을 확신한다"면서 예술의 정치적인 해석을 끝내 물리쳤다. 납치와 폭행, 협박에 시달리던 토스카니니는 1928년 미국으로 망명하여 파시스트 독재가 몰락할 때까지 이탈리아로 돌아가지 않았다.

예술은 예술의 잣대로, 정치는 정치의 잣대로?

독일 낭만주의 전통을 정점으로 끌어올린 마에스트로 빌헬름 푸르트뱅글러는 토스카니니와 함께 당대를 양분했다. 예술지상주의자로서 푸르트뱅글러는 토스카니니와 달리 지휘자는 악보를 넘어 시대 분위기와 지휘자의 철학까지 음악에 녹여야 한다고 믿었다. 그는 이데올로기나 정치에는 관심이 없었고, 오히려 문화가 정치보다

우위에 있다고 생각했다. 토스카니니가 나치 독일에서 지휘활동을 계속하는 자신을 비난하자 푸르트뱅글러는 이렇게 응수했다.

"바그너와 베토벤이 연주되는 곳이라면 어디서나 인간은 자유롭다. 음악은 비밀경찰이 손대지 못하는 곳으로 인간을 데려간다."

푸르트뱅글러는 히틀러 앞에서 베를린 필을 지휘했다. 괴벨스의 프로파간다 부서 산하 제국음악협회 부의장을 지냈고, 나치 전당대회에서 오페라 〈뉘른베르크의 명가수〉를 연주했다. 그러나 그는 나치당원이 아니었으며, 반유대주의자도 아니었다. 오히려 푸르트뱅글러는 베를린 필 상임지휘자라는 지위를 이용해 수많은 유대인 연주자들이 수용소로 끌려가는 것을 막았다. 당시 문화국장이던 게오르그 게룰리스가 "푸르트뱅글러의 도움을 받지 않은 유대인이 있다면 한 명이라도 이름을 대보라"며 분통을 터트린 일은 유명하다. 푸르트뱅글러의 행적은 권력에 대한 예술가의 부역 여부는 무엇을 기준으로 판단하는가, 예술가와 그들의 작품을 정치적 과실과 별개로 취급할 수 있는가 하는 만만치 않은 질문을 남겼다.

ⓔ⊕ⓢ

08 빛의 전쟁

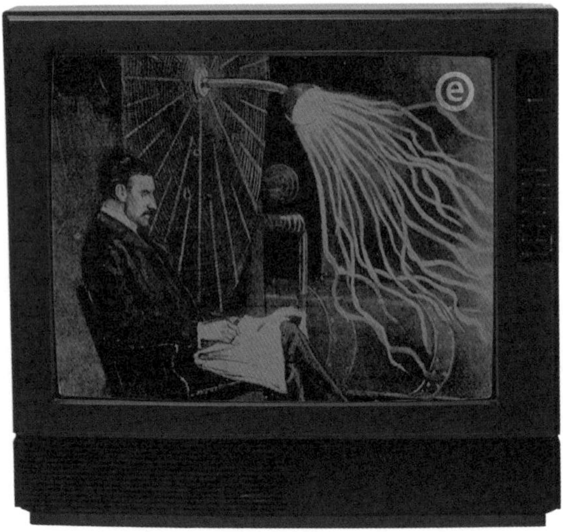

Date 2009.2.16.

Director 김현우 | Scriptwriter 송인경

Music 〈How Many Hearts〉 by Travis

DC(직류)와 AC(교류)
Success(성공)와 Dream(꿈)

꿈을 실현하기 위해
신세계로 떠난 젊은 발명가는
당대 최고의 발명가
토머스 에디슨을 찾아간다

발전시설은 비싸고
전기료는 부자들만 낼 수 있었던 시절
젊은 발명가의 제안

"직류가 아니라 교류로 전기를 공급하면
더 싸고 강력하고 편리한 전기를 보급할 수 있습니다!"

하지만 발명왕 에디슨은
이미 직류 시스템에 막대한 투자를 해놓은 상태였다

"말도 안 되는 소리! 교류는 위험해!"

새로운 지원자를 찾아 나선 젊은 발명가는
1886년
마침내 교류의 실용화에 성공한다

크로아티아 출신의 가난한 발명가와
거대기업 'GE'를 운영하는 유명한 발명가가
전기의 주도권을 놓고 벌이는
한판 대결!

1890년 8월
뉴욕 주 오번 주립교도소에는
에디슨의 새로운 발명품이 도착한다

"2000볼트의 아주 '위험한' 교류 전기를
이 의자로 흘려보내면
아주 깔끔하게 사형을 집행할 수 있습니다."

이에 맞서 젊은 발명가는
20만 볼트가 넘는 전기를
손을 통해 받는 시범을 보인다

1893년
시카고박람회를 밝힌 25만 개의 백열등은
교류 시스템을 이용한 것이었다

1895년
나이아가라 폭포에 설치된 수력발전소는
교류 발전기를 채택했다

안정성과 효율성을 바탕으로 기술을 진보시킨
니콜라 테슬라Nikola Tesla, 1856~1943

1903년 이후
세계의 모든 발전소들은
테슬라의 원리를 이용하여
교류전기를 생산하고 있다

"새로운 세상에서는
지식과 과학, 예술의 산물이
개인의 부를 위해서가 아니라
인류의 복지와
윤택한 삶을 위해 쓰일 것입니다."

— 임종을 앞둔 테슬라가 고국의 지인에게 보낸 편지 중에서

THE TESLA ELECTRIC LIGHT
AND
MANUFACTURING COMPANY.

Fig. 1.

Rahway, N. J., ________________ 188

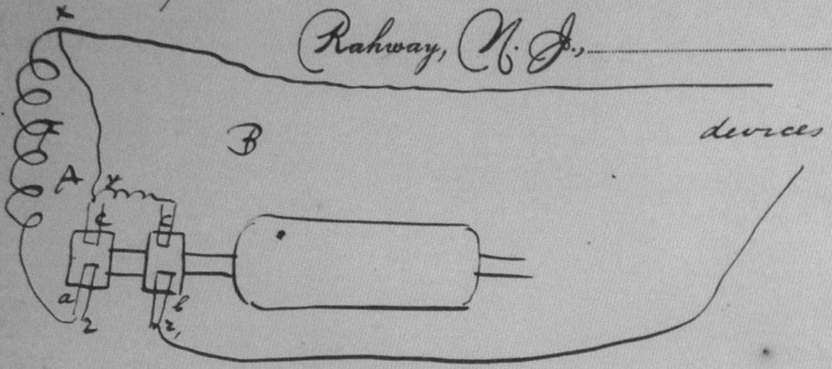

diagramm:

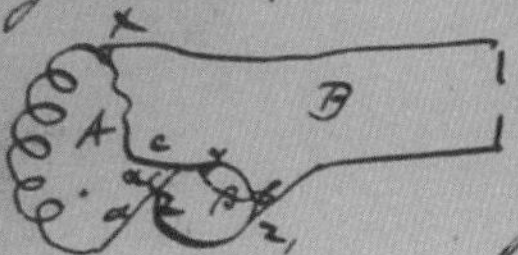

In Fig 1. the current for the parts α & β is derived from two commutators. Both sources are connected in series and a bridge, connection is established between x and –

To effect the regulation the brushes are shifted or not. Any of the connections showed in my former applications may be used.

The current for the part α may also be derived from an independent source for instance a pile or an other source of electricity.

Rahway January 19. 1886

to do away with the shifting of the neutral line if necessary.

Inventor N. Tesla

Witness: Wm Carman

08 온 세상을 밝히려 한 변방의 천재

니콜라 테슬라는 1856년 7월 10일 오스트리아-헝가리 제국(현 크로아티아)의 작은 마을 스밀리안에서 태어났다. 정교회 성직자였던 아버지는 아들이 자신의 뒤를 잇기 바랐으나, 어머니의 발명가적 재능을 물려받은 테슬라는 일찍이 공학에 관심을 두었다. 특히 전기에 대한 호기심이 남달랐는데, 세 살 때 고양이를 쓰다듬다가 파랗게 튀는 정전기에 놀란 아들에게 아버시는 "폭풍우 치는 날 나무에 떨어지는 번개와 같다"라고 설명해준다. 그 순간 테슬라는 "자연은 거대한 고양이인가? 그렇다면 누가 그의 등을 쓰다듬고 있을까?"라는 의문을 품었고, 이것이 평생의 화두가 되어 전기에 대한, 자연과 우주에 대한 경이와 탐구로 이어졌다.

1875년 그라치 공과대학에 입학한 테슬라는 처음으로 직류Direct Current, DC 장치를 본다. 에디슨이 발명한 당대 유일의 전력 시스템이던 직류는 한쪽 방향으로만 흐르기 때문에 전력의 크기가 일정하고, 낭비 없이 사용할 수 있다는 장점을 지녔다. 하지만 송전거리가 짧아 발전기에서 먼 곳에는 전력을 공급하기 어렵고, 전력을 높이려면 구리 송전선의 굵기도 함께 늘려야 하며, 따라서 값이 비싸다는 단점이 있었다. 교양 있는 집안의 자제였으나 노동자들과 함께 자라며 하층계급의 고단한 삶을 이해했던 테슬라는, 싼 값으로 모든 이들에게 빛을 전하고자 했다. 이에 쉽게 전압을 높일 수 있을뿐더러 다양한 크기로 변환되는 교류Alternating Current, AC 장치를 구상하지만 핵심 모터를 개발하는 데 난항을 겪었다.

오랫동안 풀리지 않던 숙제는 느닷없이 해결되었다. 1881년 헝가리 부다페스트 국영전화국에서 기술자로 일하던 테슬라는, 어느 겨울 친구와 함께 공원을 산책한다. 해 지는 풍경을 바라보며 감상에 젖은 그는 괴테의 『파우스트』 한 구절을 읊조리다가 갑자기 땅 위에 그림을 그렸고, 순식간에 모터 설계도를 완성했다.

이듬해 테슬라는 파리로 건너가 콘티넨털에디슨 회사에서 기술자로 일하면서 조잡하나마 최초의 교류 유도 모터를 제작한다. 몇 차례 실험을 통해 직류 시스템보다 훨씬 더 뛰어나다는 사실을 확신하고, 1884년 미국 뉴욕 에디슨 본사로 찾아간다. 테슬라의 재능을 알아본 에디슨은 당장에 그를 고용하지만, 교류 시스템을 대중화하려는 테슬라와 이미 직류 시스템에 막대한 자본을 투자한 에디슨의 이해관계가 부딪히면서 결국 결별한다.

직류와 교류의 복마전

'전류전쟁War of Currents'은 1880년대 니콜라 테슬라를 앞세운 웨스팅하우스와 토머스 에디슨이 전기산업의 주도권을 놓고 벌인 격전을 말한다. 에디슨과 헤어진 테슬라는 1885년 웨스팅하우스의 후원을 받아 교류 발전기와 송배전 시스템을 발명했다. 철도산업에서 시작한 웨스팅하우스는 테슬라와 함께 전기산업까지 영역을 확장했고, 직류로 전기산업을 독점하던 에디슨의 강력한 경쟁자로 떠올랐다. 위협을 느낀 에디슨은 "웨스팅하우스의 교류 시스템이 사용되기 시작하면 6개월 안에 틀림없이 누군가가 죽을 것"이라고 비난하면서 개와 고양이를 사 일부러 감전사시키는 식으로 교류의 위험성을 과대 선전했다. '에디슨전기회사의 경고'라는 팸플릿을 제작해 고압 전류에 감전된 사람들의 명단을 싣고 "이렇게 무서운 교류를 가정에서 사용하시겠습니까?"라는 실문으로 마무리하여, 상식적인 사람이라면 직류를 써야 한다고 선동했다. 에디슨에게 매수된 과학자들도 직류의 우월성을 주장했다. 그러나 전기 산업의 표준이 직류로 넘어가려는 찰라, 전선으로 쓰이는 구리 값이 갑자기 폭등하면서 상황은 웨스팅하우스에 유리하게 흘러갔다.

궁지에 몰린 에디슨은 1887년, 교수형을 대신할 사형집행법을 찾던 뉴욕 주 사법당국을 찾아갔다. 그는 "고압 전류를 흘리면 빠르고 고통 없이 사형수에게 죽음을 안겨줄 것"이라며 교류 전기의자를 제안하고, 몇 차례 동물실험을 통해 타당성을 입증했다. 신문은 "15초 만에 송아지가 소고기로 변했다"라면서 이 같은 사실을 대서특필했다. 1890년 8월 6일, 사형수 윌리엄 케믈러가 전기의자에 앉았다. 두 차례나 고압전기를 흘려보냈지만 케믈러는 죽지 않았고, "교

수형보다 더 끔찍하다"라는 비판과 함께 교류 전기를 음해하려는 에디슨의 시도는 무산되었다

직류와 교류의 복마전은 1893년 시카고 만국박람회장에서 승패가 갈렸다. 당시 만국박람회는 콜럼버스 미 대륙 발견 400주년을 기념해 대대적인 규모로 기획되었다. 사용하는 전구만 해도 25만 개에 달했다. 에디슨과 웨스팅하우스가 사업권을 놓고 경쟁하는 가운데, 테슬라는 고압 교류 전력을 자기 몸에 흘려 교류의 안전성을 입증하면서 승기를 잡았다. 2년 후 나이아가라 폭포에 세운 세계 최초의 수력발전소가 교류 시스템을 채택하면서 웨스팅하우스와 테슬라는 최종 승리했다.

별을 향해 손을 뻗은 현대판 프로메테우스

테슬라는 인간의 미래가 자연에 속한 전기를 어떻게 이용하느냐에 달려 있다고 생각했다. 1891년 간단한 장치로 전압을 극도로 끌어올리는 '테슬라 코일Tesla Coil'을 발명한 이후 그는 당장의 실용과 무관한 온갖 전기 실험을 단행하면서 원격조종기술, 무선통신기술, 자동차 속도계, 고주파기술 등 오늘날 통용되는 '거의 모든' 전기기술의 기초를 닦았다. 그러나 강박증적 기행과 시대를 초월한 발상, 비의秘義적 성격을 띤 추종자들 때문에 과학자보다는 '마술사' '몽상가'로 더 많이 회자되었다. '필라델피아 실험Philadelphia Experiment'은 테슬라에 대한 세간의 이미지에 미국의 비밀 군사실험이 결합해 만들어진 도시괴담이다.

1943년 미국은 필라델피아 앞바다에서 테슬라가 계획을 입안하

고, 아인슈타인, 폰노이만, 허친슨 등 당대 최고의 과학자들이 총동원된 실험을 진행했다. '레인보우 프로젝트Project Rainbow'로도 불리는 실험의 골자는, 테슬라 코일로 선체에 막대한 양의 전기를 흘려보내 특수한 자기장을 형성해서 레이더에 발견되지 않도록 하는 것이었다. 7월 22일 미 해군 조선소가 구축함 USS엘드리지 DE-173을 대상으로 실험하는 도중, 푸른 안개와 함께 군함이 투명하게 변하더니 눈앞에서 사라지는 현상이 나타났다. 10월 28일 같은 실험을 했을 때에는 2500킬로미터 떨어진 노보크 항구로 군함이 순간이동했다. 전원을 끊자 엘드리지 호는 제자리로 돌아왔지만 배에 승선해 있던 선원 대부분이 사망하고, 생존자는 정신이상증세를 보이는 한편 몸에서 다량의 방사능이 검출되었다는 게 괴담의 요지다. 목격자 중 한 명이 책을 쓰고, 당시 실험에 참여했다는 과학자들의 증언이 이어지면서 소문은 음모론적 성격을 띠며 확산되었지만, '레인보우 프로젝트'의 진짜 목적이 독일 전함의 어뢰추적을 방해하기 위한 자기장 실험으로 밝혀지면서 슬그머니 수그러들었다.

테슬라의 상상력은 언제나 엄청난 규모를 자랑하고, 늘 인류 공동의 번영을 목적에 두었으며, 항상 전기와 관련돼 있었다. 이를테면 그는 전 세계가 통신할 수 있는 무선전신탑을 구상하고, 비구름을 통제해 영구 에너지원으로 삼으려 했다.

"만약 우리가 원하는 대로 비구름을 만들 수 있다면 지구와 지구의 환경 조건도 바꿀 수 있다. 태양은 바닷물을 증발시켜 끌어 올리고 바람은 아주 섬세한 균형을 유지한 채 먼 곳까지 수분을 운반한다. 만약 우리가 언제, 어디서나 원하는 대로 그 균형을 뒤엎을 수 있다면 생명을 유지하는 엄청난 물질인 물을 우리 마음대로 통제할 수 있다. 그렇게 된다면 건조한 사막에도 물을 댈 수 있고, 강과 호수도 만들 수 있으며, 무한한 동력도 얻을 수 있다."

독일의 한 작가는 테슬라의 유토피아적 천재를 다음과 같이 압축했다.

"테슬라는 미래에 일어날 일들을 예측하기 위해 현실 과학의 경계를 넘어섰다. 그는 대담하게도 하늘의 별을 향해 손을 뻗은 현대판 프로메테우스다."

ⓔ⊕ⓢ

09 나비에 미치다

Date 2013.4.22.

Director 이상범 | Scriptwriter 곽선희

Music 〈Shadows〉 by Jay-Jay Johanson

"남들이 하지 않는 일을 해라.
세월 속에 씨를 뿌려라.
그 씨를 정성껏 가꿔야 한다."

"조선의 모든 나비에 대해
책을 써주십시오."

1938년
영국 왕립 아시아학회로부터 편지를 받은
개성 송도 고등보통학교
괴짜 박물교사

수업을 뺀 모든 시간
그가 몰두한
나비 채집

"무슨 몹쓸 병이라도 걸린 거요?"

"나비도 약이 된답니까?"

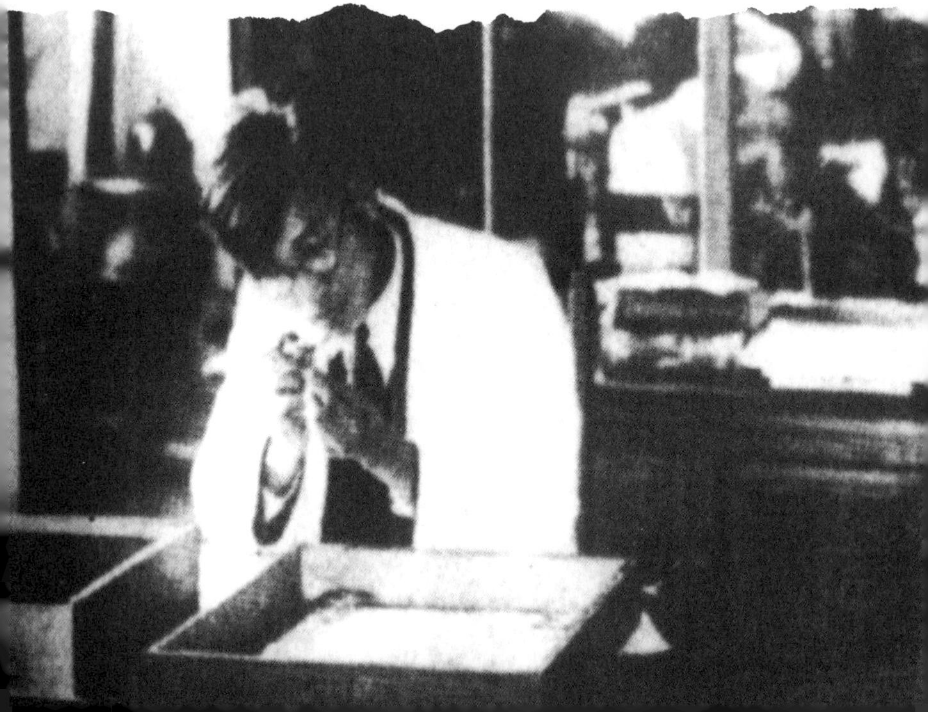

사람들의 눈에는
돈도 안 되고 쓸모없는
나비

그러나

"아무도 관심 갖지 않는 분야일수록
연구해야 할 대상이지요."

백두산 천지 줄흰나비부터
마라도 먹부전나비까지

전국의 나비를 좇으며
알게 된 사실

일본 학자들이 제멋대로 분류한
조선 나비
844종

"날개 길이가 다른 배추흰나비들은
다른 종이 아니라 변이가 생긴
같은 종이다."

—「조선산 배추흰나비의 변이 연구」

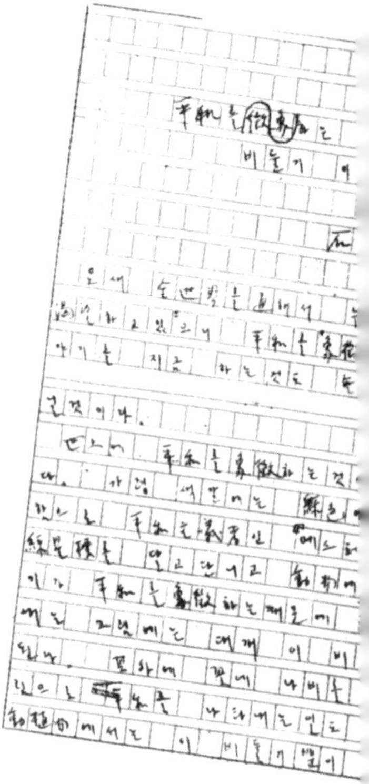

길이를 재고
털을 다듬고
무늬를 세고
논문 한 편을 쓰기 위해
관찰한 나비 3만 마리

그리고

날개가 투명한 유리창나비

팔랑거리며 나는 줄꼬마팔랑나비

모시 천처럼 고운 모시나비

새까매서 굴뚝나비

손수 지은 우리말 이름과
나비 분포도
500장

"내가 다닌 길이 거의 거미집 모양으로
완성되어가고 있다.
몇 해 지나 나비 종류 수대로
붉은 선 거미집이 완성되면
이 분포지도를 보고 여행을 떠날 것이다."

그러나
1950년

피난도 마다한 채
자료들을 지키던 중
괴한의 총에 목숨을 잃은
나비 학자 석주명 石宙明, 1908~1950

"남들이 하지 않는 일을 해라.
세월 속에 씨를 뿌려라.
그 씨가 쭉정이가 되지 않게
정성껏 가꿔야 한다."

1940년 석주명이 쓴
『조선산 접류 총목록』은
한국인 저서 최초로 영국왕립학회 도서관에 소장되었다

09 "나는 나비밖에 모르는 사람이오!"

을사늑약이 체결된 지 3년 후, 한일합병 2년 전 혼란의 시기인 1908년 석주명은 평안남도 평양에서 석승서와 김의식의 3남 1녀 중 차남으로 태어났다. 보통학교 졸업 후 평양의 숭실고등보통학교(이하 숭실고보)에 진학한 석주명은 공부보다는 기타 치는 데 관심이 많은 학생이었다. 1922년 동맹휴학에 가담했다는 이유로 일본 경찰의 감시가 심해지자 숭실고보를 중퇴하고 전학한 송도고등보통학교(이하 송도고보)에서 그는 조류학자 원홍구를 만난다. 조류 박제를 비롯한 다양한 동식물 표본을 박물관에 수집하는 등 조선박물학(생물학)의 기틀을 세운 스승 원홍구의 영향으로 농학에 관심을 갖게 된 석주명은 졸업 후, 가고시마 고농으로 유학길을 떠나게 된다.

농학과에 입학해 1년을 공부한 석주명은 2학년 때 박물과(지금의 생물학과)로 전과해 본격적인 곤충 연구를 시작하게 된다. 곤충이 농작물을 번식시키거나 병사시키는 것을 연구하는 응용곤충학에서 시작된 그의 학문 방향이 나비 연구로 향한 것은 "한 분야에서 10년만 집중하면 대단한 전문가가 될 수 있다. 다른 사람의 손이 닿기 전에 조선인으로서 조선의 나비 연구에 착수하라"는 오키지마 긴지 교수의 권유 때문이었다. 오키지마 교수는 당시 미개척 분야로 남았던 조선 나비 연구에 조선인 제자 석주명이 도전하기를 바랐다. 이후 석주명은 스승에 대한 보답으로 금강산에서 발견한 부전나비에 긴지 교수의 이름을 붙여 긴지부전나비로 명명했다.

1929년 유학을 마친 석주명은 함경남도 함흥에 있는 영생고등보통학교 박물교사로 취임해 2년을 보낸 뒤, 1931년 모교인 송도고보로 자리를 옮긴다. 1942년까지 11년간 재직했던 송도고보 시절은 일생 동안 발표한 논문 128편 중 79편을 발표했을 정도로 연구가 집중되었던 시기다. 참조할 만한 전문 서적도 없는 상황에서 석주명은 실제 나비를 채집해 그것들을 자신의 기준에 따라 분류했다. 가까운 개성 지방의 나비부터 각지에서 온 학생들이 채집한 나비들까지 수만 개체의 나비를 분류하고 표본으로 만드는 작업은 엄청난 수고가 따르는 것이었다.

채집, 분류, 분포에 이르는 여정

마쓰무라 쇼넨의 『일본곤충대도감』(1931)과 우치다 세이노스케의 『일본곤충도감』(1932) 등 일본인 학자들의 곤충도감이 연이어 출간되면서 석주명은 이들 도감을 바탕으로 채집한 표본들을 정리해 분류표를 작성하고 논문으로 발전시켰다. 이 과정에서 석주명은 자신이 채집한 표본 연구와 도감에 실린 내용 사이에 많은 차이점을 발견한다. 채집해 같은 종으로 분류한 표본들이 도감에는 다른 종으로 구분되어 있었던 것이다.

석주명은 이 같은 오류가 당시 학자들이 같은 종류의 개체를 충분히 수집하지 않아 같은 종이지만 개체 하나하나의 형질이 조금씩 다른 개체 변이를 제대로 파악하지 못했기 때문이라고 판단했다. 또한 학명 끝에 최초 명명자의 이름을 붙이려는 욕심 때문에 초기에 발견된 몇 안 되는 표본을 신종新種이나 아종亞種(형질에 차이가 있지만 종으로 독립시킬 만큼 크게 다르지는 않은 것)으로 분류한 사실도 밝혀냈다. 이에 석주명은 개체 변이의 중요성을 인식하고 동종이명同種異名의 학명들을 말소하는 일을 첫번째 과제로 삼았다. '동양의 린네'로 불린 마쓰무라 곤충도감의 오류는 이렇게 발견되었다. 석주명은 평생 조선 나비의 동종이명 844개를 말소했는데, 그 가운데 마쓰무라가 명명한 것이 150개로 가장 많았다.

석주명이 개체의 변이 범위variation sphere를 규명한 '변이곡선' 이론을 뒷받침하는 데 제일 많이 연구한 종이 배추흰나비다. 그가 「조선산 배추흰나비의 변이 연구」 논문을 쓰기 위해 앞날개 길이를 일일이 자로 잰 배추흰나비 개체 수는 16만7847마리에 달한다.

1942년 송도고보를 그만두고 경성제국대학 연구원으로 일하면서 석주명은 그의 연구 주제를 '분류'에서 '분포'로 확장했다. 변이연구와 분포연구는 완전히 분리된 것은 아니어서 변이연구를 위해서는 다수의 개체를 채집해야 하고 그 과정을 통해 분포 양상도 파악할 수 있었다.

"나비 한 종류에 지도 한 장씩을 사용해서 그 나비가 살고 있는 곳에 이렇게 점을 찍어놓는데, 우리나라에 나비가 250여 종이니 우리나라 지도 250장과 세계 지도 250장이 필요하다."

한국산 나비에 대해서는 석주명이 독보적인 권위를 확보하자 영국에 본부를 둔 왕립 아시아학회의 한국지회는 그에게 한국산 나비에 관한 총목록을 작성해 출판할 것을 의뢰했다. 『조선산 접류 총목록』은 이때 정리된 책으로 한국산 나비 연구의 결정판이요, 각국 학자들의 필수적인 참고도서로 자리매김했다. 400쪽이 넘는 분량에 영어로 된 이 책은 한국인 저서로는 처음으로 영국왕립학회 도서관에 소장되었다.

나비 연구에서 '조선' 나비 연구로

"국학이란 인문과학에 국한될 것이 아니고 자연과학에도 관련된 것으로, 더욱이 생물학 방면에서는 깊은 관련성을 발견할 수가 있다. 조선에 많은 까치나 맹꽁이는 미국에도 소련에도 없고(…) 이처럼 자연과학에서는 생물학처럼 향토색이 농후한 것이 없으니 '조선적 생물학' 내지 '조선 생물학'이라는 학문도 성립할 수가 있다."

1947년 석주명은 서울신문에 '국학과 생물학'이라는 글을 싣는다. 여기에 등장하는 '조선적 생물학'이라는 개념은 석주명의 학문을 이해하는 데 중요한 키워드다. 그에게 '조선적 생물학'은 조선 땅에 서식하는 생물을 연구하는 것이었다. 또한 당시 동아시아 생물학을 선도하던 일본 학자들의 연구 성과를 자신만의 방법론으로 철저히 검증했다는 점 역시 '조선적 생물학'의 한 요소로 볼 수 있다.

석주명은 1930년대 말부터 조선의 고전古典에서 나비와 관련된 문헌을 찾는데도 많은 노력을 기울였다. 『조선왕조실록』이나 문집 등에 나비에 관한 글을 발굴하고, 나비와 관련된 역사적 인물을 소개하기도 했다. 이를 통해 역사 속에서 나비에 관한 이름이 어떻게 변해왔고, 과거 사람들이 나비에 대해 어떤 생각을 가졌는지 연구했다. 연구에 대한 열의가 깊었던 석주명은 결국 송도고보를 사직하고 경성제국대학의 촉탁연구원으로 자리를 옮겼다. 그리고 1년 만인 1943년, 경성제국대학 생약연구소 제주도 시험장에 파견을 자원했다. 채집여행이 쉽지 않아 그의 연구에서 취약지구였던 제주도 지역의 나비 연구를 완성하기로 한 것이다.

언어학과 곤충학은 일맥 상통한다

제주도에 자리잡은 석주명은 나비를 채집하면서 제주 방언에 대해 자연스럽게 관심을 갖게 되었다. 이는 가고시마고농 시절 에스페란토(1887년 폴란드인 자멘호프가 창안한 국제보조어)에 대한 연구에서 시작한 석주명의 언어에 대한 관심과 잇닿아 있는데, 그에게 조선 땅의 종을 연구하는 것은 조선어의 특색을 연구하는 것과 다르지 않았다.

전국 각지를 떠돌며 나비를 채집했던 석주명은 같은 방식으로 조선어를 수집하고 분류했다. 특히 제주도 방언에 대해서는 깊이 있는 연구를 진행했는데, 1943년부터 3년여간 제주도 생약연구소 시험장에서 근무하면서 펴낸 『제주도 방언집』은 오늘날 한국 방언 연구에 주요한 자료로 쓰인다. 석주명의 제주도 방언에 대한 연구는 제주도에 대한 연구로 확대되었고, 여섯 권의 『제주도 총서』로 묶였다. 이는 제주도 사투리 연구뿐만 아니라 우리말과 고어, 동남아지역의 언어와의 관련성을 밝히는 데 중요한 자료가 되고 있다.

"언어에서 개인차를 제거하여 귀납하면 방언이 성립하는 것이고 여러 방언 사이의 차이점을 조절하면 민족어가 되는 것이다. (…) 이만하면 방언과 곤충 사이에는 일맥상통하는 점이 많아서, 방언을 연구하는 방법으로 곤충을 연구할 수 있겠고, 곤충을 연구하는 방법으로 방언을 연구할 수도 있을 것이다."

— '국학과 생물학'에서

석주명은 방언을 증류하여 '민족어'를 결정結晶했고, 이를 다시 나비에 달아주었다. 각시멧노랑나비, 도시처녀나비, 떠들썩팔랑나비, 지옥나비, 유리창나비, 깊은산부전나비, 칭때신선나비, 수풀알락팔랑나비, 어림표범나비, 지리산팔랑나비… 등 한국어 나비 이름의 70퍼센트 이상이 석주명이 지은 것이다.

10 길 위의 인생

비린내가 물씬 풍기고
투박한 사투리가 뒤엉킨 그곳

나는 자갈치 시장에서 사진을 찍는
'자갈치 아저씨'다

Date 2007.3.26.

Director 김진혁 | Scriptwriter 정연숙

Music 〈Exit Music (For A Film)〉 by Radiohead

못 입고
못 먹고
못 배웠지만
생선을 파는 그들의 모습은
삶의 한가운데서 펄떡인다
나는 50년을 하루같이
사람을 좇아 셔터를 눌렀다

하지만 사람들의 시선은 곱지 않았다
커다란 카메라를 들고 다니는 나를
간첩으로 신고하는 사람도 있었고
군사독재정권 시절에는
"왜 이 따위 사진을 찍어서 나라망신을 시키느냐"는
방해와 협박에 시달려야 했다
심지어 내 딸조차
"예술과 명예를 위해
가난한 사람들을 이용하는 게 아니냐"며
따지고 들었다

가난을 뼈저리게 경험한 나에게
가난한 사람들
그들의 얼굴은 타인이 아닌
바로 내 자신의 얼굴이었다
난
자신의 운명과 대결하며 씨름하고 있는
슬프고 고독한 사람의 모습을 전하고 싶었다

사람이,
서럽도록 착한 사람이 거기 있기에
나는 셔터를 누른다
그 순간
사진 속의 아득한 시절
아득히 먼 사람들이 내 곁으로 와서
운다
나는 허리를 굽혀 그들의 눈물을 닦아주고
그들의 서러운 인생이야기에 귀를 기울이고 싶은 것이다

나는 사람을 사랑했고

그래서

사람을 찍었다

— 사진작가 최민식催敏植, 1928~2013

공감

이 순간을 보는 법

안돼!

글짓기 하지 마세요

하늘과 바람과 별과 시

이노센트 맨

아름다운 사람

슬픈 얼굴의 기사

어머니의 그림

연가 Pokarekare Ana

모든 사람

e+人
共+感

11 이 순간을 보는 법

지금, 보고 있습니까?

물론이죠
여기부터 저기까지 다 보고 있는걸요

Date 2013.3.20.
Director 김수현 | Scriptwriter 박계영
Music 〈So In Love〉 by Bruce Fowler

19세기 후반
산업화 시대

기차를 타고 일주일 만에
유럽을 다 둘러볼 수 있다!

열광하는 근대의 여행자들

이때
“빨리 간다고 해서
더 잘 보는 것은 아니지 않은가.
진정으로 귀중한 것은
생각하고 보는 것이지 속도가 아니다.”

미술 평론가
존 러스킨 John Luskin, 1819~1900

그가 시작한
평범한 시민을 위한 '미술 수업'

이 수업은 데생을 잘하거나
화가가 되는 것과는 아무런 관계가 없습니다

대신 수업 시간에 배우는 것

나뭇가지
자세히 보면, 나뭇가지의 끝은
튕겨오르는 듯한 곡선이다

돌
자세히 보면, 가장 밝은 부분에서
가장 어두운 부분까지 다 다르다

잔디
자세히 보면, 강렬한 햇빛 아래
잔디는 금빛 줄무늬가 드리워진
푸르스름한 녹색이다

눈앞의 자연을 정확하게 보고
왜 아름다운지에 대해 생각하는
사람들

그리고
그림을 그리는 손

'아무런 재능이 없는 사람에게도
데생은 연습할 만한 가치가 있습니다.
그것이 우리에게
보는 법을 가르쳐주기 때문입니다.'

오늘
우리가
우연히 걸어 들어간
그곳에서

아름다운 이미지를
간직하고 나올 수 있다면

당신은
아름다운 것의 아주 세밀한 부분까지
꿰뚫어보게 될 것입니다

자, 여러분
나는 단지 보는 것을 가르치려 했다는 것을
잊지 마십시오.

"지금, 보고 있습니까?"

11 그림은 기술이 아니라 세계관이다

존 러스킨은 1819년 2월 8일 영국 런던에서 부유한 포도주상인의 외아들로 태어났다. 아버지를 따라 유럽을 여행하면서 미술과 문학에 대한 심미안을 기르고, 캘빈주의자인 어머니에게서 청교도적 가치관을 전수받았다. 부모에게 이어받은 정신적·문화적 유산은 훗날 삶의 전반부는 미술평론가로, 후반부는 기독교적 자애와 사랑을 근간으로 하는 사회개혁가로 살다간 존 러스킨 생애의 자양분이 되었다.

애초에 목사를 꿈꾸었으나 옥스퍼드 재학 시절 마음을 바꾸었고, 졸업한 이듬해인 1843년 낭만파 풍경화가 조지프 터너를 변호하느라 쓴 『근대화가론』이 사회에 큰 반향을 일으키면서 미술평론가의 길을 걸었다. 평론가로서 러스킨은 고전고대古典古代 미술을 답습하던 당시 영국 미술계를 질타하고, 있는 그대로의 풍경을 소박하게 그려낼 것을 요구했다. 그 한 방편으로 러스킨은 라파엘전파Pre-Raphaelite Brotherhood를 후원했다.

라파엘전파는 1848년 리엄 헌트, 존 밀레이, 단테 로세티 등 영국 왕립아카데미의 젊은 예술가들이 결성한 단체로, 영국의 '감상적이고 맥 빠진 예술', 미켈란젤로나 타치아노를 '모방하는 예술'에 반발하여 라파엘로 이전처럼 자연에서 겸허하게 배우는 예술을 표방했다. 존 러스킨은 라파엘전파를 발견한 최초의 평론가이자 강력한 지지자로서 단체의 정신적 지주가 되어주었다.

"밭 언저리에 핀 꽃은 이미 꽃이 아니라 색채의 반점, 아니 빨갛고 하얀 띠일 뿐입니다. 곡물 밭은 엄청나게 긴 노란 띠의 행렬, 클로버 밭은 길게 땋아 늘어뜨린 초록 머리카락으로 보입니다. 마을도 교회의 탑도 나무들도 춤을 추면서 미친 듯이 곧장 지평선으로 녹아듭니다."

1837년 프랑스 작가 빅토르 위고가 기차에서 본 풍경을 묘사한 글이다. 19세기 영국은 산업혁명의 절정기에서 유례없는 번영을 구가했다. 철로는 영토 깊숙한 곳까지 뻗었고, 일상의 속도는 점점 빨라졌다. 이제 자연은 더이상 삶의 일부가 아니라 스쳐 지나는 풍경이 되었다. 자연과 인간의 불가분성을 믿은 러스킨은, 자연은 배경이나 착취의 대상이 아니라 인간을 포함하고 있는 세계이며, 자연에 대한 이해를 높여야만 세상에 대한 올바른 시각을 갖는다고 생각했다. 드로잉은 사물에 대한 관찰력과 사유의 밀도를 높이는 유용한 수단이었고, 따라서 일반인들도 미술을 배워야 한다고 주장했다. "나는 자연을 관찰하고 어떻게 그리는지 가르치기보다 자연을 사랑하는 법을 알려주고 싶다." 러스킨에게 그림 그리기는 단순한 기술이 아니라 세계관을 구현하는 일이었다.

인간에 바탕을 둔 사랑의 경제학

1854년 프레더릭 데니슨 모리스, 찰스 킹즐리, 토머스 휴즈 등이 노동자 교육을 위해 노동학원을 설립하자 러스킨은 이에 동참하며 교편을 잡았다. 노동자와 직접 접촉하면서 사회·경제구조의 모순과 병폐를 깊이 통감한 그는, 1857년 『예술경제론』으로 자신의 생각을 집약했다. 예술과 사회경제를 무관하게 인식하던 종전과 달리 사회·도덕적 의의와 역할을 강조한 러스킨은 "예술의 기초는 민족과 개인의 성실성과 도의에 있다"고 천명했다. 러스킨이 예술비평가에서 사회사상가로 삶의 궤도를 수정하게 된 계기다.

1851년 세계 최초의 만국박람회가 런던 하이드파크에서 열렸다. 유리로 지은 수정궁이 위용을 뽐내고 혁신된 기술이 성취를 자랑했다. 그러나 러스킨은 그 이면에서 식민지 경영으로 전 세계 부를 흡수하고, 자연을 파괴하고 오염시키며, 국가 간, 민족 간, 계급 간 차별과 불평등을 심화하는 대영제국의 작동방식을 꿰뚫어보았다. 그는 애덤 스미스에서 토머스 맬서스, 데이비드 리카도, 존 스튜어트 밀로 이어지면서 근대 자본주의의 이론적 뒷받침이 된 정통경제학을 '죽음의 경제학'으로 규정했고, 대안으로 '인도주의 경제학'을 제시했다.

러스킨에 따르면, 인간은 기계와 달리 영혼을 동력으로 삼는다. 노동자가 최대한 많이, 양질의 일을 하도록 만드는 것은 임금이나 강력한 규율이 아니라 공평무사, 곧은 의지, 친절, 신뢰 같은 '정의'와 '애정'이다. 또한 의사나 목사가 숙련 정도에 따라 보수에 차별을 받지 않는 것처럼 모든 노동자는 같은 임금을 받아야 한다. 노동대가에 차등을 두면 미숙련 노동자가 싼 값으로 숙련 노동자의 자리를 빼앗거나, 무한경쟁에 돌입하면서 다수가 망하는 파괴적인 결과를 가져온다.

정통경제학은 물론 유물론적 경제학과도 거리를 두고 있는 러스킨의 인도주의 경제학은 1860년 『나중에 온 이 사람에게도』로 묶였다. 포도농장 주인이 새벽부터 나와 일한 일꾼과 오후 늦게 와서 일한 일꾼에게 같은 품삯을 주었다는 신약성서 「마태복음」 20장의 비유에서 제목을 가져온 이 책은, 노동의 평등성과 노동에 대한 보수로 마땅히 먹고 살아야 한다는 생존권을 강조하고 있다.

버나드 쇼가 "칼 마르크스보다 훨씬 더 혁명적"이라고 평가한 러스킨의 사상은 모든 억눌린 사람의 구심점이 되었다. '러스킨협회'가 영국을 뒤덮었다. 옥스퍼드 대학에서 일하는 노동자를 위해 1899년 설립한 학교는 '러스킨 칼리지'로 명명되었다. 변호사가 되려고 남아프리카공화국에 가 있던 간디는 요하네스버그에서 더반으로 향하는 열차 안에서 『나중에 온 이 사람에게도』를 읽고 인생의 항로를 바꾸었다. "경제학은 생명으로 이끄는 물건을 열망하고, 그것을 위해 일하고, 파멸로 이끄는 물건을 경멸하고 파괴하도록 시민을 가르치는 학문"이라는 러스킨의 정의는, 자립적 소농경제를 지향한 간디의 나침반이 돼주었다.

12 안돼!

우리는 아무런 이야기도 나눌 수 없었다
하지만 우리의 대화는 성공적이었다

Date 2007.10.27.

Director 김영상 | Scriptwriter 선우일영

Music 〈The Scientist〉 by Coldplay

꽃

뱀

노인

우산

그리고

사랑해요

행복해요

이시 도망가요

정말 멋져요

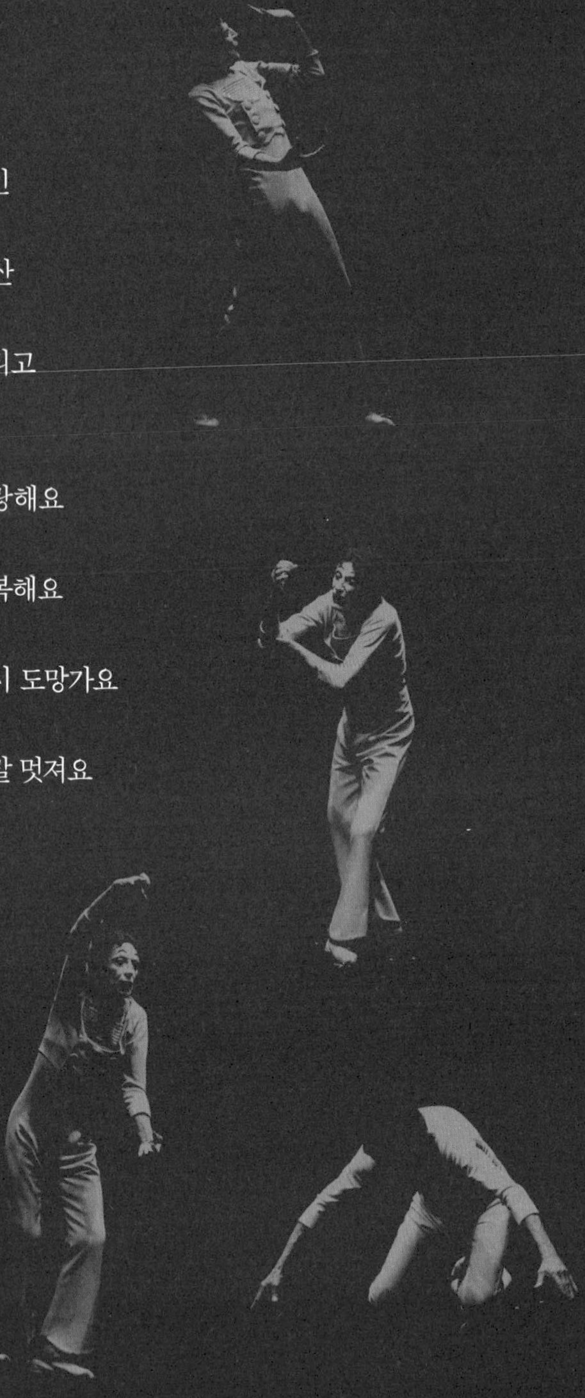

2차세계대전 중
아우슈비츠 수용소로 끌려간 아버지…
나치를 피해 사람들을 대피시키는 일은
살아남은 아들의 몫이었다

나치의 수배자가 되어
안전한 곳을 찾기까지 2년,
그는 세상에 존재하지 않았다

그 대신 태어난
하얀 얼굴
빨간 입술
검은 눈물자국

피에로 빕Bip

그는 내면에 담긴
불안과 슬픔
상심과 희구를
오로지 몸짓과 표정으로 말하기 시작했다

인간과 자연
일상의 모든 사물들을
관찰하고
모방하고
상상하고
덧입히는
전혀 새로운 문법

현실로 이미 존재하고 있는 것들이
그의 몸짓으로 새로워지는 순간
사람들은
기쁨과 환희, 슬픔과 위로를 느꼈다

그리고 1976년
영화 〈사일런트 무비Silent Movie〉에서
피에로 빕이 처음으로 입 밖에 낸 한 마디

"Non!"
(안돼)

그의 몸 안에 담긴 '말'에
모두가 귀기울일 때까지
그의 몸짓은 계속되었다

"말과 침묵은 같은 뿌리다.
다만, 말은 수많은 진실을 속이고
자극하고 상처입히며
우리가 사는 이유를 설명하려고 한다.
그러나 이 모든 것은
결국 침묵으로 끝난다.
우리의 판토마임은 바로 여기서 시작된다."

마르셀 마르소Marcel Marceau, 1923~2007

12 언어를 초월한 침묵의 시인

마르셀 마르소는 1923년 프랑스 스트라스부르에서 태어났다. 유대계 프랑스인으로 2차세계대전 중 아버지와 함께 아우슈비츠에 끌려갔다가 구사일생으로 살아남았다. "아우슈비츠 이후 더이상의 시는 불가능해졌다"라는 독일의 철학자 테오도르 아도르노의 탄식처럼, 학살의 참상을 목격한 그는 말문을 닫아버리고, 언어가 형용할 수 없는 고통과 슬픔을 온몸으로 표현했다.

종전 후 파리로 돌아온 마르셀 마르소는 연출가 에티엔느 드크루에게 팬터마임 지도를 받고, 르노-바로극단에서 J. 바로가 연출한 연극 〈바티스트〉에서 호연하며 무대경험을 쌓았다. '흉내'라는 뜻의 그리스어 '미모스Mimos'에 어원을 둔 마임은 기원전 5세기경 이탈리아 출신 소프론과 에피카르모스가 창작했다고 전해진다. 로마시대 떠돌이 약장수, 곡예사, 배우 들의 저속하고 외설적인 공연에서 출발해, 18세기 영국과 프랑스가 왕립극장 이외의 연극공연에서 대사를 하지 못하도록 한 방침이 계기가 되어 19세기 연극의 한 장르로 자리 잡았다.

1944년 마르셀 마르소는 사라 번하트 극단의 마임마스터 에티엔느 드크루에게 사사하고, 유럽과 중국, 일본의 고대 무언극과 미국의 무성영화 배우 찰리 채플린과 버스터 키튼에게 영감을 얻어 독자적인 세계를 구축해나갔다. 이후 독립하여 1947년 세계 최초로 팬터마임 컴퍼니 '마르셀 마르소 마임 컴퍼니Compagnie de mime Marcel Marceau'를 세우고 '피에로 빕Bip'을 창조했다. 표정 없는 하얀 얼굴, 붉은 입술, 검은 눈물이 맺힌 커다란 눈망울의 피에로 빕은, 단순하고 명쾌한 동작과 면밀하게 계산된 시간을 통해 '언어적 세상'에 좌절한 영혼의 시詩를 써내려갔다.

"영원히 죽지 않는 하나의 형상, 나무와 돌과 물고기의 상징인 빕은 때로는 승자가 되기도 하지만 그보다 더 많이 상처받고 넘어지는 인간이다. 그는 사다리 끝에 매달려 있다. 나와 채플린의 가장 닮은 점은 이 부분이다. 빕은 느낀다. 그리고 모두가 그의 느낌을 안다. 이것이 바로 나의 예술이다."

1947년 〈새벽에 죽다〉를 시작으로 마르셀 마르소는 〈플루트 취주〉 〈외투〉 〈몽마르트르의 피에로〉 등의 마임극과 '양식樣式의 마임'이라 불리는 〈바람을 향해 걷는다〉 〈젊음, 성숙, 노년기의 죽음〉 같은 소품을 차례로 내놓으며 국제적인 명성을 얻었다. 그 공로로 1948년, 19세기 최고의 피에로를 기념하는 데브라 상과 '레종 드뇌르' 훈장을 받았다. 40여 년 동안 유럽과 미국, 한국 등 전 세계 무대를 순회하며 1만 회 이상 펼쳐 보인 '언어 이상의 언어' '현상 이상의 의미'는 예술 각계에 영향을 미쳤는데, 미국의 팝스타 마이클 잭슨은 그의 동작을 차용해 '문워크moon walk'를 개발하기도 했다.

평소 생텍쥐페리의 소설 『어린 왕자』에서 "눈에 보이는 건 껍질뿐이야. 가장 중요한 건 눈에 보이지 않아"라는 구절을 즐겨 인용하며 형상과 언어를 의문에 부쳤던 그는, 술 때문에 인생을 망친 영화감독이 재기를 노리며 벌이는 한바탕 소동을 슬랩스틱 코미디로 풀어낸 영화 〈사일런트 무비〉에서 실명으로 등장한다. 자신을 섭외하려는 전화에다 대고 "안돼!Non!"라고 외치는 그의 목소리는, 무성영화 〈사일런트 무비〉의 유일한 음성 언어였다.

불가능의 가능성을 찾는 현실의 미치광이

미학자 진중권은 『놀이와 예술 그리고 상상력』에서, 왕의 권위를 조롱하고 권세의 무상함을 노래한 고대 왕국의 광우狂愚가 광대의 원형이라고 썼다. 왕의 꼭대기에 올라앉은 광우의 무례함은 선천적인 정신박약으로 여겨져 너그럽게 용서되었고, 후천적 광우들, 즉 일부러 미친 척하는 훗날의 광대들은 이같은 발언의 자유를 물려받았다. 중세에 광우는 일상의 일부였고, 르네상스 시대는 광우를 추방했으며, 고전주의 시대는 광우를 감금했다. 현실에서 철수한 광우는 무대 위 허구로 거처를 옮겨 광대가 되었다.

광대는 영어로 '클라운Clown'과 '피에로Pierrot'로 표기되는데, 의미와 역할이 미묘하게 다르다. 빨간 코 클라운이 밝고 쾌활하고 자유분방한 이미지라면, 무표정한 흰 얼굴에 검은 눈물을 그려 넣은 피에로는 비극적인 캐릭터를 떠맡는다. 16세기 이탈리아 북부 파도바에서 상연된 소극笑劇 〈코메디아 델라르테Commedia dell'arte〉의 극중 인물에서 출발해, 19세기 프랑스 팬터마임의 대가 장 바티스트 가스파르 드뷔로에 의해 '사랑에 상심하는 서글픈 광대'라는 전형을 갖추었다.

어리석은 순정을 간직하고, 때로는 희극적이고 때로는 감상적인 경계선적 인물로서 피에로는 예술가의 감성을 자극했다. 특히 하층계급을 통해 인간 내면을 통찰한 야수파 화가 조르주-앙리 루오는 "사람들은 광대를 추하다고 말한다. 그러나 나는 그들을 향수 어린 눈매와 함께 아름답게 본다"라고 치켜세우며 연작의 주제로 삼았다.

정신병자와 사회 부적응자, 금치산자 들이 격리수용된 오늘날, 광대는 '미친 소동'이 허용되는 유일한 인간으로서 말과 침묵, 삶과 죽음, 여기와 저기의 벽을 허문다. 객석에 뛰어들어 현실을 공연으로 바꾸고, 관객을 주인공으로 만들며, 상식과 비상식을 교환한다. 연극배우 황혜란은 "관객과의 교감 속에서 자신의 존재를 얻으며, 그들과 하나가 되는 공간 속에서만 생명력을 갖는 존재"라고 광대를 정의하면서, 안과 밖을 넘나드는 그들의 불가사의한 능력이 '낯설게 인식하기'에서 나온다고 말한다.

매순간 세상을 낯설게 바라보는 광대는 이 세계를 넘어서는 다른 세계를 열어 보이고, 모든 철학이 끝나는 지점, 시詩가 시작되는 지점으로 우리를 이끈다.

ⓔⓣⓢ

13 글짓기 하지 마세요

Date 2013.2.27.

Director 김수현 | Scriptwriter 박계영

Music 〈아이스크림〉 by 이특

어린이 여러분!

'글짓기' 하지 마세요

1960년대

어느 시골 초등학교의
조금 색다른 수업

선생님은 아이들에게
몇 가지를 당부했다

자신이 평소에 하던 말 그대로 써도 괜찮아요
더러 서투른 말이 나와도 상관없어요

착한 어린이가 된 것처럼 쓰지 마세요
칭찬을 받기 위해서
잘 보이기 위해서 꾸미지 마세요

슬프고 괴로운 일, 부끄러운 일도 괜찮아요
얼마든지 좋은 글이 될 수 있어요

잘 쓴 글이라고 해도 그것을 흉내내지 마세요
다만 그 글의 정직함만 배우세요

만들어내는 '글짓기'는 하지 마세요
있는 그대로 '글쓰기'를 하세요

촌

우리는 촌에서 마로 사노?
도시에 가서 살지.
라디오에서
노래하는 것 들으면 참 슬프다.
그런 사람들은 도시에 가서
돈도 많이 벌일 게다.
우리는 이런 데 마로 사노?

— 안동 oo초등학교 2학년 남학생(*마로: 무엇 때문에)

내 마음

내 얼굴이 못땠다
내가 못때 놓니까
아이들이 나한테 놀지 안한다
아이들은 제 마음대로 논다

— 안동 oo초등학교 2학년 여학생

아이들의 글은
선생님의 오랜 보물

그 보물을 세상을 향해 꺼내놓은
선생님

선생님의
'글쓰기' 수업 이후

전국의 수많은 교실에서 이어지는
글짓기가 아닌 글쓰기 수업

"네가 살아가는 이야기를
너의 말로 쓰렴."

외로운 길

내가 학원을
밤 일곱시에서 아홉시까지 해서
마치고 오는데
별이 있나 없나
하늘을 보면서
터벅터벅 걸어간다.
집 가까이 가는데
현호가 있어
함께 한 바퀴 또 돌고
외로운 길을 두 번 간다.

— 부산 oo초등학교 4학년 남학생

"우리가 현실에서 아이들에게 가르쳐야 할
가장 요긴한 삶의 태도는
사람다운 감정과 생각을 가지고
사람다운 행동을 하는 것이라고 믿습니다.
글쓰기는 그런 삶을 가꾸는
참으로 귀한 수단입니다.
글을 쓰게 하는 것보다
더 좋은 교육이 있는지를 나는 모릅니다."

— 아동문학가 이오덕李五德, 1925~2003

13 참교육을 선도한 두메 선생님

이오덕은 1925년 11월 14일 경북 청송에서 태어났다. 1943년 영덕농업보습학교를 졸업하고 이듬해 교원시험에 합격하면서 교사의 길을 걸었다. 경북 청송 부동국민학교에 부임하여 아이들을 가르치다가 해방을 맞은 이오덕은 "모두 일본 사람같이 성씨를 갈아버렸을 때 끝내 갈지 않던 이성도란 아이"를 자기반성의 계기로 삼았다. 그는 일제강점기에 선생이 되어 황민화 교육에 앞장서고, 조선 이름을 고집한 아이를 고루하고 촌스럽게 바라보던 자신의 편협한 시각을 밑바닥까지 고백했다. 이때의 각성은 일평생 그의 교육적·문학적·언어적 지침이 되었다.

교육자로서 이오덕은 일제 군국주의 식민지 노예교육을 답습하는 한국의 교육제도를 가장 큰 문제로 꼽았다. 군대식 체제와 이견을 용납하지 않는 교수법이 '점수따기 교육' '살인교육'으로 이어졌으며, 이것이 한국에 민주주의가 뿌리내리지 못하는 결정적인 이유라고 생각했다. 이오덕은 그 대안으로 '참교육'을 주장하는데, 참교육은 곧 '겨레교육'이며 이는 도덕과 노동, 표현교육으로 구체화된다. 도덕교육은 겨레교육을 일으키는 기둥이며, 노동과 표현은 식민교육을 맑히고, 민주·민족·인간됨의 참교육을 실천하는 데 가장 효과적인 방법이다. 그에게 교사는 아이들과 함께 일하면서 '삶의 교육'을 선도하는 자이며, 따라서 교사는 본바탕이 '일하는 사람'이다. 교과서로 단편적인 지식만 외우게 하는 교육의 병폐를 꼬집고, 교사는 노동자가 아니라 교육자라는 주장에 반박하면서 한 말이다.

이오덕의 교육철학은 1990년 『참교육으로 가는 길』로 뭉뚱그려지는 한편, 전국교직원노동조합 설립운동, 교육·학교 민주화운동 등에 영향을 끼쳤다. 당대 교육행정과 교육법을 비판하면서 기존 체제와 불화할 수밖에 없었던 이오덕은 열여덟 번이나 학교를 옮기다가, 1986년 "전두환 군부정권이 하도 발악을 하고 거기에 시달리다 보니까 그만 몸서리가 나서" 스스로 퇴임했다.

글 쓰는 대로 말하지 말고, 말하는 대로 글 쓰라

1955년 아동문학잡지 『소년세계』에 동시 「진달래」를 발표하면서 등단한 이오덕은, 1971년 동아일보 신춘문예에 동화 「꿩」이 당선되면서 본격적인 아동문학가로 활동한다. 작가로서 그는 "모두 꽃이나 무지개를 노래하고 왕자와 공주를 꿈꾸며, 힘들게 일하는 농민이나 노동자들을 부끄러워하고, (…) 어린이문학이란 이름으로 독재 권력의 부정과 부패를 옹호하고 변론하며 설교를 늘어놓는 교훈적인 작품들"과 단호히 선을 긋고, 농촌 어린이의 구체적인 일상을 우리말 구어로 그리는 데 힘썼다.

이같은 글쓰기법은 교육에 대한 문제의식과 동일선상에 놓여 있다. 이오덕은 우리말과 글이 겨레를 지키는 영혼을 길러낸다고 믿었다. 어려서 어머니에게 배운 말이 가장 쉽고 깨끗한 우리말이지만 잘못된 교육이 이를 오염시키고 있다고 판단했다. 어머니 말에 대한 천착은, 모어母語를 통해 그 민족의 본질적인 정신을 규명할 수 있다고 생각한 근대 언어학자들과 궤를 함께한 것이다.

"말과 글은 겨레이고 정신이다. 올바른 말과 글을 써야만 식민시절을 발전적으로 청산하고 앞으로 나아갈 수 있다. 그런데 일제의 교육을 답습하는 학교교육은 어그러진 말과 글을 퍼트리고, 이로 인해 아이들의 영혼은 황폐해진다. 아이들이 어른들의 왜곡된 삶의 방식에 휩쓸리지 않고 제 스스로 삶의 주인이 되려면, 그렇게 자라 바른 사회의 주인이 되려면 올바른 말을 써야 한다, 꾸며 쓰는 '글짓기'가 아니라 자기 삶을 솔직하게 기술하는 '글쓰기'를 해야 한다, 글 쓰는 대로 말하는 게 아니라 말하는 대로 글을 써야 한다."

1986년 이오덕이 '우리말연구소'를 세우고, 평생 글쓰기와 우리말 지키기에 전념한 이유다. 겨레의 얼을 지키려면 외래어를 걸러야 한다고 주장했다는 점에서 이오덕은 어문민족주의자였다.

"밖에서 들어온 잡스런 말을 세 가지로 나눌 수 있으니, 첫째는 중국글자말이요, 둘째는 일본말이요, 셋째는 서양말이다. 이 세 가지 바깥말이 들어온 역사도 중국글자말-일본말-서양말의 차례가 되어 있는데, 중국글자말은 가장 오랫동안 우리말에 스며든 역사를 가지고 있지만, 일본말은 중국글자말과 서양말을 함께 끌어들였고 지금도 끊임없이 끌어들이고 있다는 점에서 그 깊은 뿌리와 뒤엉킴을 잘 살펴야 한다."

그러나 동시에 지식인이나 학생 들이 외래어를 쫓아내야 한다는 강박에 쓰지도 않는 말을 짓는 걸 혐오했다는 점에서 어문민중주의자이기도 했다.

이오덕의 언어철학은 1989년 『우리말 바로쓰기』로 정리되었다. 글자만 한글일 뿐 문장이나 쓰는 말들은 여전히 한자말, 일본말, 영어 때를 벗지 못한 보깃글로 빼곡한 이 책은, 당대의 언론, 방송, 출판, 학계에 두루 경종을 울렸다.

어문에 민주주의를 허하라

어문민족주의는 특정한 인종 또는 민족이나 국가가 다른 언어를 배제하고 자기 민족어를 유일한 민족 언어로 간주하는 이념이다. 언어와 민족, 민족정신을 같은 선상에 놓으면서 언어와 민족 간의 불가분성을 강조하는데, 독일의 언어학자 훔볼트는 "그 민족의 언어가 그 민족의 정신이고 그 민족의 정신이 그 민족의 언어"라고 이를 정리했다. 근대 민족국가는 어문민족주의에 기반하여 '순수한' 모국어를 자국어로 정립하는 것을 목표로 했고, 이에 언어정화운동을 국가사업으로 삼았다. 방언을 제약하면서 표준어를 확립하고, 철자와 문법을 정리하면서 이상적인 언어모델을 만들었다.

한국의 어문민족주의는 식민지 경험 위에서 형성되었다. 일제강점기 조선어학회는 일본어가 유일한 공용어이던 시절, 민족의 얼과 혼을 지키고자 『조선어사전』을 편찬하고 대중집회를 통해 이를 공포했다. 조선어학회의 이념과 활동은 해방 후 국어정화운동으로 이어졌다. 독립국가를 건설하려는 사회구성원들에게 민족의식과 국가의식을 고취시켰던 국어정화운동은 외래어, 특히 일본어 잔재를 청산하는 것을 목표로 했다. 이 과정에서 어문민족주의는 한글이 언어에 앞서 이데올로기로 기능하는 데 이념적 기반이 돼주었다.

이데올로기로서 국어정화운동은 유신정권기에 절정에 달했다. 1976년 박정희 대통령은 '국어순화'를 지시했고, 그해 4월 25일 국어국문학회, 국어학회, 한국어문학회 능 아홉 개 학회 대표들이 지지성명을 발표했다. 외래어 배척이 국가 국어정책의 핵심으로 떠오르면서 극단적인 어문민족주의가 국어순화의 주요 논리로 자리잡았다. 한글 운동가들이 포스터 대신 '광고용 도화'를, 마네킹 대신 '매무새 인형'을 순화어를 제시한 것도 이 시기다. 이념화된 국어정화운동은 언어가 계획과 통제에 의해 조절될 수 있다는 믿음에서 비롯된 것으로, 언어의 다양성과 가변성, 효율성을 배제하고 있었다.

한 시대를 풍미한 어문민족주의는 탈민족국가, 탈민족주의를 주장하는 세계화 시대에 접어들면서 비판에 처했다. 다른 언어에 대한 배타적인 태도와, 역사적으로 대중의 선택에 따라 변화해온 언어의 특성을 무시한 채 규율화·획일화·강제화한 대목이 특히 문제로 지목되었다. 작가 고종석은 어문민족주의에 근거한 인위적 언어순화운동이 “상상 속 민족과는 관련이 있을지 모르나 현실 속 민중으로부터는 동떨어져 있다”고 지적했다. 책상물림의 조어를 경계했던 이오덕도 같은 문제의식을 공유한다. 비슷한 맥락에서 원광대 국어국문과 교수 최경봉이 “문자 선택의 정당성은 대중의 수용을 통해 확인할 수밖에 없다”면서 어문민주주의를 부르짖는 가운데, 2013년 국립국어원은 ‘뼈째회’ ‘늘찬배달’ ‘똑똑전화’를 ‘세꼬시’ ‘퀵서비스’ ‘스마트폰’의 순화어로 제시했다.

ⓔⓣⓢ

14 하늘과 바람과 별과 시

1945년 2월 16일
붉은 별 19450216호
하늘에 지다

Date 2006.7.31./ 2006.8.7.
Director 김진혁 | Scriptwriter 김이진
Music 〈Rainbow Leaves〉 by 양방언

별은
죽는 순간 가장 밝게 빛나며
제 몸을 태우고
생명의 원소들을 우주에 남긴다
'밤'이라 불렸던 시대
홀로 깨어
새벽을 기다리며
제 몸을 뜨겁게 태운
조선의 어느 시인처럼

일본어로 별을 노래하던 아이들 중에서
유독 별을 사랑했던 한 소년은
청년이 되고
시인이 되어
조국의 언어로 별을 다시 노래한다

죽는 날까지 하늘을 우러러
한점 부끄럼이 없기를,
잎새에 이는 바람에도
나는 괴로워했다.
별을 노래하는 마음으로
모든 죽어가는 것을 사랑해야지
그리고 나한테 주어진 길을
걸어가야겠다.

오늘밤에도 별이 바람에 스치운다.

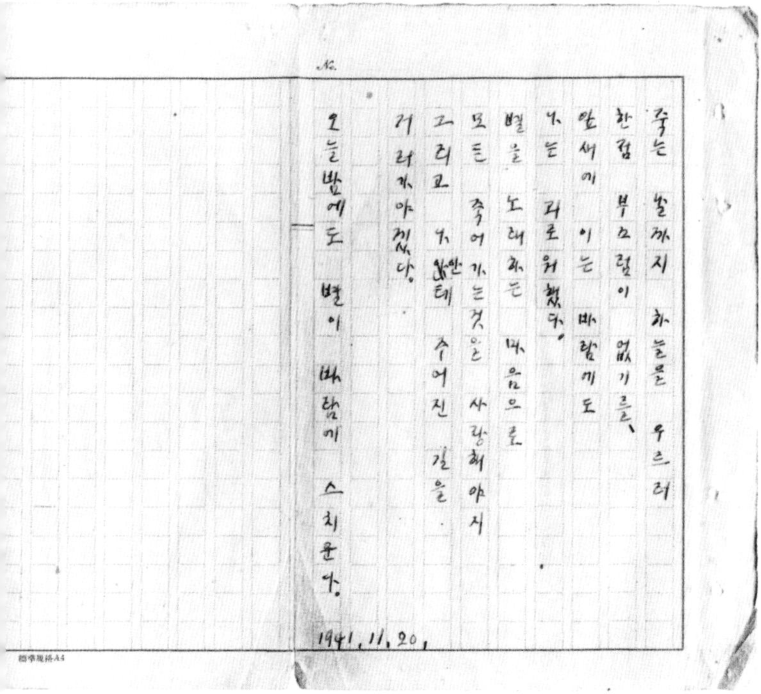
No.

죽는 날까지 하늘을 우르러
한점 부끄럼이 없기를,
잎새에 이는 바람에도
나는 괴로워했다.
별을 노래하는 마음으로
모든 죽어가는 것을 사랑해야지
그리고 나한테 주어진 길을
거러가야겠다.

오늘밤에도 별이 바람에 스치운다.

1941. 11. 20.

標準規格A4

별 하나에 추억과
별 하나에 사랑과
별 하나에 쓸쓸함과
별 하나에 동경과
별 하나에 시와
별 하나에 어머니, 어머니,

별 하나에 아름다운 말 한마디씩을 불러보던
식민지의 청년시인은
끝내 새벽을 보지 못하고
침략자의 감옥에서
순결한 눈을 감는다

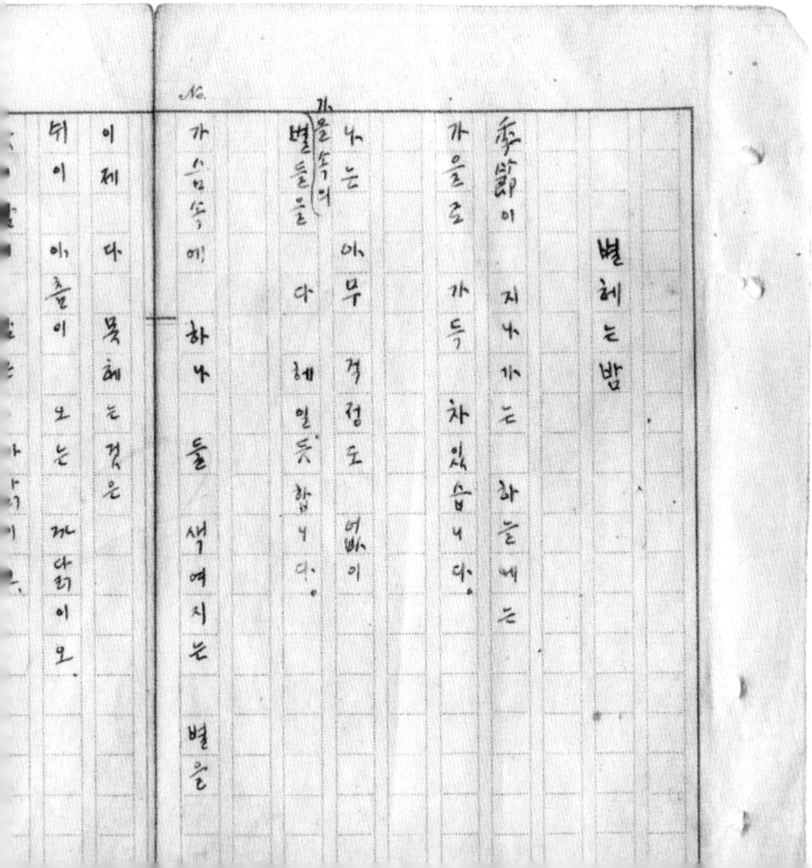
별헤는밤
季節이 지나가는 하늘에는
가을로 가득 차있습니다.
나는 아무 걱정도 없이
가을속의 별들을 다 헤일듯합니다.
가슴속에 하나 둘 색여지는 별을
이제 다 못헤는 것은
쉬이 아침이 오는 까닭이오.

나는 무엇인지 그리워
이 많은 별빛이 나린 언덕 위에
내 이름자를 써보고,
흙으로 덮어버리었습니다.
…
그러나 겨울이 지나고 나의 별에도 봄이 오면
무덤 위에 파란 잔디가 피어나듯이
내 이름자 묻힌 언덕 위에도
자랑처럼 풀이 무성할 게외다.

별이 지고 6개월 후
마침내 새벽이 왔다

붉은 별 19450216호
1945년 2월 16일 사망

시인 윤동주尹東柱, 1917~1945

14 별이 되어 하늘로 돌아간 시인

윤동주는 일제강점이 본 궤도에 오르기 시작하던 1917년 만주 북간도에서 태어나, 기독교적 계몽주의 가풍에 많은 영향을 받으며 자랐다. 1941년 서울 연희전문학교 문과를 졸업, 곧바로 일본으로 유학하여 릿쿄立教대 영문과에 입학했다가 다시 도시샤同志社대 영문과로 편입한다.

남다른 감수성의 소유자였던 윤동주는 청소년기부터 시를 쓰기 시작했는데, 일찍이 「병아리」「빗자루」「오줌싸개 지도」「무얼 먹구 사나」「거짓부리」 등의 동시가 『가톨릭 소년』에 실렸고, 대학시절에는 연희전문학교 교지 『문우文友』를 중심으로 다수의 시를 발표했다. 산문 「달을 쏘다」는 조선일보에 게재되었다.

윤동주는 귀국을 준비하던 중 항일운동 혐의로 일경에 체포되어 1944년 징역 2년의 실형을 선고받고 후쿠오카형무소에서 복역하게 된다. 그에게 허락된 외부와의 소통은 매달 한 통씩 일본어로 쓴 엽서 한 장이 전부였다. 1944년 2월, 매달 도착하던 그의 엽서가 문득 끊겨 애를 태우던 가족들은 "2월 16일 동주 사망, 시체를 가져가라"라는 전보를 받게 된다. 윤동주는 조선광복을 불과 몇 달 앞둔 1945년 2월 복역중 급속한 건강악화로 28세의 짧은 생을 마감했다. 생전에 그가 틈틈이 써놓은 시를 소중히 보관하고 있던 친구 정병욱이 해방 후 뜻있는 후배 및 동료들과 함께 힘을 모아 유고시집이자 처녀시집인 『하늘과 바람과 별과 시』(1948)를 출간했다.

초판본 서문에서 시인 정지용은 이렇게 탄식했다. "무시무시한 고독에서 죽었고나! 29세가 되도록 시도 발표하여본 적도 없이!"

'하늘'과 '별'을 우러러 식민지 청춘의 길을 묻다

암울한 시대상 속에서도 순수와 성찰을 추구하는 젊은날의 페이소스가 매우 아름답게 형상화된 윤동주의 시편들은 오늘날까지 많은 사랑을 받고 있다. 흔히 윤동주의 시풍을 관통하는 키워드로 '동심 지향' '향수' '속죄양 의식' '예언자적 지성' '천체적·전원적 심상' 등을 꼽는다. 특히 시집의 제목이 되기도 했던 「하늘과 바람과 별과 시」는 시인의 이상향 내지 지고선至高善을 의미하는 '하늘'과 '별'이 주요한 소재로 다뤄지고 있어 또다른 대표작 「서시」와 함께 사람들이 가장 많이 애송하는 시가 되었다. 1941년 연희전문학교를 졸업하기 직전에 쓴 것으로, 아득히 멀리 떨어져 있는 아름다운 것들에 대한 그리움의 심상을 어머니에게 보내는 편지글 형식으로 표현하고 있다.

모교인 연세대 캠퍼스 내에 위치한 시비에는 윤동주의 시세계를 가장 함축적으로 담고 있다고 평가되는 「서시」가 새겨져 있다.

저항시인가, 서정시인가

2010년 7월 15일, 일본의 시민단체인 '시인 윤동주 기념비 건립위원회'는 기자회견을 통해 "교토지방검찰청이 1944년 3월 31일자 윤동주 판결문을 최근 공개했다"고 밝혔다. 판결문에는 윤동주가 조선인 유학생 송몽규와 함께 "(1942년부터 조선인에게 적용된) 징병제도가 조선의 무장독립에 필요한 힘을 기르는 데 도움이 될 것"이라는 내용의 대화를 나눴다는 혐의사실이 적시되어 있다. 이 외에도 일제가 조선어 과목을 폐지한 사실을 비판했다는 혐의도 적용됐다.

윤동주의 사인이 일본군의 생체실험 때문이었다는 주장도 있다. 그의 고종사촌 송몽규는 윤동주의 시체를 인수하러 간 동주의 부친 윤영석에게 "우리 조선 청년들은 매일 알 수 없는 주사를 맞고 있다"고 하소연하다 이후 23일 만에 옥사했다.

윤동주가 식민지시절 일본 제국주의의 치안유지법 위반혐의로 복역중 옥사했다는 점 등을 들어 윤동주를 '저항시인'으로 평가하는 것이 평단의 중론이다. 부친 윤영석이 독립운동가였고, 애국지사이자 한학자로 간도 조선족들을 계몽하기 위한 '명동촌 사업'을 했던 외숙 김약연의 영향으로 어린시절부터 저항정신을 자연스럽게 키워왔을 것이라는 유추가 가능하기에, 윤동주의 시편에서 고르게 드러나는 평화주의와 방황의식이 식민지성에 근거해 있다는 주장은 어느 정도 설득력이 있는 것도 사실이다. 지금도 중국의 조선족들은 윤동주를 "명동촌이 낳은 아들, 명동촌에서 솟아오른 밝은 별"이라고 추모하며 자랑스러워한다. 1982년 용정중학교 교정에 추모비가 세워졌고, 1994년 용정시 지신진 명동촌에 생가가 복원되었다.

하지만 시종일관 서정시만을 추구했던 그를 과연 '저항시인'의 범주로 볼 수 있는가에 대한 회의와 반론이 전혀 없는 것은 아니다. 예컨대 그의 시 「또 다른 고향」이 오매불망 그리는 대상은 '해방된 조국'이라는 구체적인 지향태가 아니라 영적인 안식처 내지 막연한 이상태로 보는 것이 더 설득력이 있다는 주장도 있다. 시인 박영희는 윤동주를 이렇게 추모한다.

"1920년대의 용정은 독립운동의 중심지였으니, 별을 안 볼 수가 없었을 거예요. 별이 상징적으로 조국이 될 수도 있고, 사랑하는 임이 될 수도 있을 터이니까요."

이미 세상에 존재하지 않는 시인이 스스로 입을 열어 자신의 시작詩作 의도를 밝힐 리 만무하지만, 설사 아직 생존해 있다 해도 '오독을 불식시키겠다'는 명목으로 자신의 시작 의도에 대해 이렇다 할 설명을 내놓는 것은 독자 입장에서 그리 달가운 일만은 아닐 수 있다. 읽는이에게 임의任意를 허락한다는 시의 본령에는 적당한 오독도 포함되어 있을 것이므로. '저항시인' '서정시인'이라는 교과서적 분류 너머에서 윤동주는 그저 '아름다운 시인'이었다.

15 이노센트 맨

"우리가 당신을 돕겠습니다."

1997년 그를 찾아온 한 남자

Date 2013.8.28.

Director 김수현 | Scriptwriter 문정실

Music 〈Seus Passos〉 by Skank

미래의 야구스타를 꿈꾸던

메이저리그 투수 지망생
론 윌리엄슨Ron Williamson

그의 인생은
웨이트리스 살인사건에 연루되며
악몽으로 변한다

"저는 결백합니다."

하지만

"론이 사람을 죽였다고 말하는 걸 들었어요."
목격자의 증언

"범인과 론의 모발이 어느 정도 일치합니다."
과학적 증거

1988년
그에게 내려진 판결

'사형'

‘난 아무도 안 죽였어요. 결백하다고요!’

독방에서 하루종일
괴성을 지르며 벽에 머리를 찧고
수차례 자살을 시도

억울함을 벗기 위해
법원에 보낸 항소 자료만 트럭 한 대 분량

그러나
어디에서도 답장은 오지 않았다

그러던 1997년
론을 찾아온 한 남자

“우리가 당신을 돕겠습니다.”

눈앞의 남자는
난생처음 보는 변호사였다

아무도 돕지 않는 사형수를 위해
힘겨운 싸움을 자청한 사람

그리고
새롭게 밝혀지는 진실

목격자의 허위 증언
허술한 과학적 증거

DNA 검사 결과 드러난 범인은
론을 범인으로 지목한 목격자였다

1999년 4월 1일
사형선고 11년 만에
론에게 내려진 또 하나의 판결

'무죄'

1992년 뉴욕의 한 로스쿨에서 시작된

이노센스 프로젝트 Innocence Project

무죄 입증 프로젝트

1992년부터 20년동안

이노센스 프로젝트가 자유를 되찾아준 '죄수'

311명

억울하게 선고받은 형기 3160년

결백을 입증하기까지 평균 13년

그중 사형수는 18명이었다

미국 오클라호마에서 벌어진

살인 누명을 쓴 한 남자, 론 윌리엄슨의 인생을 그린

존 그리샴의 『이노센트 맨』

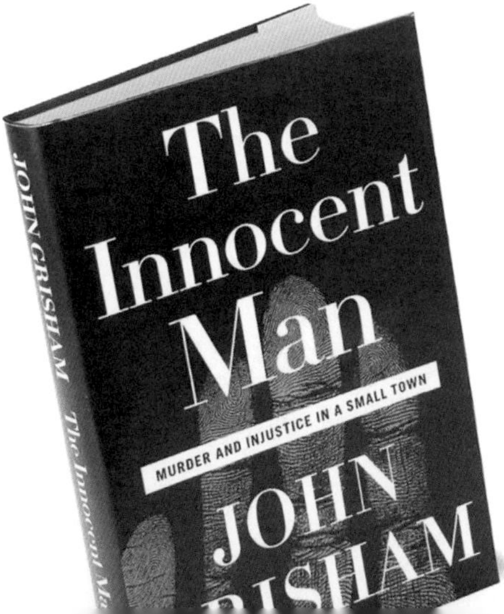

'한때 변호사로 일했던 나도
이런 일이 있으리라고는 생각조차 하지 못했다.
하지만 결백한 사람이 유죄판결을 받는 일은
거의 모든 곳에서 일어나고 있다.'

지금도 이노센스 프로젝트에는
매일 100여 통의 편지가 도착하고 있다

15 죄 없는 사람은 처벌받지 않는다?

억울하게 유죄판결을 받은 수형자들이 무죄를 입증할 수 있도록 돕는 '이노센스 프로젝트'는 1992년 뉴욕 예시바대학 벤저민 로스쿨에서 시작된 것으로, 국선변호사 배리 셰크와 피터 뉴펠드가 공동운영을 맡은 비영리 단체다. 설립 초반에는 한 해 한두 건 무죄를 증명하는 데 그쳤지만, DNA가 본격적으로 수사에 활용되면서부터 성과를 쌓았다. 2009년 한 해에만 '이노센스 프로젝트'는 22명을 구제했으며, 지금까지 약 300여 명의 '억울한 수감자'를 감옥 밖으로 끄집어냈다. 현재 '이노센스 프로젝트'는 미국을 비롯해 영국, 아일랜드, 뉴질랜드, 캐나다 등지로 네트워크를 확산하여, 50여 개 지역사무소를 가동하고 있다. "철저한 증인 검증, 수사 전全 과정 녹화, 증거물 보관기간 연장 등 수사 시스템을 개선하여 무고한 사람이 벌을 받는 일이 없도록 하는 것"이 최종목표다.

'이노센스 프로젝트' 수혜자들의 복역기간은 평균 13년, 수감시간은 총 3160년이다. 전체의 47퍼센트가 인생의 3분의 1 이상을 감옥에서 소진했고, 사형선고를 받은 사람은 18명이다. 70퍼센트가 목격자의 잘못된 신원 확인으로 유죄판결을 받았는데, 백인 목격자가 흑인의 얼굴을 제대로 구별하지 못한 경우가 특히 많다. 수사관의 협박에 못 이겨 범행을 허위자백한 27퍼센트 가운데 절반 이상이 17세 이하이거나 정신병을 앓고 있었다.

무고한 사람이 범죄자가 되는 두세 가지 이유

오판에 대한 연구는 1930년대 미국과 영국에서 시작되었다. 죄 없는 사람이 검찰의 오류로 유죄판결을 받고 수감된 65건의 사례가 밝혀지면서 '무고한 사람은 벌 받지 않는다'는 통념이 처음으로 깨졌다. 한국에서는 2013년 2월 서울고등법원 김상준 부장판사가 박사학위논문 「무죄판결과 법관의 사실 인정에 관한 연구」를 발표하면서 오판에 대한 연구가 본격화되었다. 1995~2012년 8월까지 1심에서 유죄판결을 받았지만 2심에서 무죄를 선고받은 540건을 전수 조사해 원인을 밝힌 이 논문에 따르면, 540건 중 무죄 확정판결을 받은 경우는 504건에 달한다. 일반적으로 오판의 원인으로는 ▲ 허위자백 ▲ 피해자 또는 목격자의 오인 지목·진술 ▲ 과학적 증거의 오류 등이 꼽힌다.

독일이나 미국과 달리 검찰이 작성한 '피의자 신문조서'가 재판 증거로 인정받는 한국은 자백 위주의 수사가 보편화되어 있다. 조서 재판은 일제강점기 때 우리말을 모르는 일본인 판사가 법정에서 피고인의 증언을 무시한 채 수사기관이 일본어로 작성한 조서만 보고 재판하던 관행에서 비롯되었다. 형사사건에서 피의자가 자백하는 비율은 94.8퍼센트로 미국(45퍼센트)의 두 배를 웃돈다. 문제는 자백이 늘 진실한 것은 아니라는 점에 있다.

일본 범죄심리학자 하마다 스미오는 허위로 자백하는 피의자의 심적 상황을 일곱 단계로 분석했다. ▲ 일상으로부터 차단: 고립감은 권위에 복종·순응하도록 한다. ▲ 인격적 존엄의 박탈: 인격적 비난에 따른 모멸감을 벗고 싶다. ▲ 변명의 공허함: 수사관이 듣지 않고 반복해 추궁하면 자포자기한다. ▲ 시간적 전망의 상실: 언제까지 고통스런 조사가 지속될지 알 수 없다. ▲ 현재 고통과 장래 고난: 일단 허위자백을 해두고 나중에 무죄를 받을까 생각한다. ▲ 처벌의 비현실감: 자백을 형식적으로 하더라도 무고한 나를 어떻게 처벌할 수 있겠느냐는 마음이다. ▲ 부인할 때 불이익: 부인해도 유죄판결을 받을 텐데 공연히 괘씸죄에 걸려 무겁게 처벌되면 어쩌나 싶다. 시대에 따라 허위자백에 이르는 사유도 달라진다. 1990년대까지는 고문, 폭행, 협박 등의 물리적 압력이, 2000년대에는 회유, 유도신문 등 정신적 압박에 의한 비중이 높다.

'범인 오인 지목'도 오판에 적지 않은 역할을 한다. 미국 미시간대학 로스쿨 새뮤얼 그로스 교수는 1989~2012년 사이 미국에서 무죄판명된 사건 873건을 분석한 결과, 범인 오인 지목이 43퍼센트를 차지했다고 밝혔다. 여기에 목격자 오인 지목까지 더하면 수치는 73

퍼센트까지 올라간다. 오인 지목은 성인 성폭력(96퍼센트), 아동 성폭력(95퍼센트), 강도(94퍼센트) 등에서 가장 많았다.

“사람은 거짓말을 하지만 증거는 거짓말하지 않는다.” 미국 드라마 〈CSI: 라스베이거스〉의 법의곤충학자 길 그리섬 반장의 신념이다. 그러나 그리섬의 믿음과 별개로 과학수사로 획득한 증거는 절대적 확실성을 담보하지 않는다. 2009년 미국과학학술원이 발표한 보고서 「미국의 법과학 강화: 앞으로의 방향」을 요약하면 다음과 같다. “핵 DNA 분석을 제외하면 어떤 법과학적 방법도 증거물과 개인 혹은 출처를 연관짓는 데 높은 확실성을 가지고 있다고 보기 어렵다.” 앞서 언급된 새뮤얼 교수의 분석에서 과학적 증거가 잘못 사용된 경우는 24퍼센트다.

형법은 “범인 열 사람을 놓치더라도 무고한 한 사람은 처벌하지 않는다”를 대원칙으로 한다. 이는 재심의 존재근거이자 사형반대론자들의 대전제이기도 하다. 2012년 12월 현재, 한국의 사형 확정자는 60명이다.

16 아름다운 사람

그저 일기를 쓰듯
내 주변 이야기를 노래했다

Date 2012.10.16.
Director 김수현 | Scriptwriter 진세연
Music 〈아름다운 사람〉 by 김민기

스물한 살 청년이
세상에 내뱉은 조용한 목소리

어두운 비 내려오면
처마 밑에 하나 이 울고 서 있네
그 맑은 두 눈에 빗물 고이면
아름다운 그 이는 사람이어라
— 〈아름다운 사람〉(1972)

답답한 현실
가슴 아픈 청춘들이 있는
대학가
공장
광장으로

이내 물결처럼
번져가는 노래

그의 노랫말에는 죽음이 배어 있다
그러나 그의 음악을 들으면
부활의 기쁨이 느껴진다
— 김지하 시인

또 그렇다고 괜히 허전해하면서
주저앉아 땀이나 닦고 그러지는 마
땀이야 지나가는 바람이 식혀주겠지 뭐
혹시라도 어쩌다가
아픔 같은 것이 저며올 때는
그럴 땐 바다를 생각해 바다…
봉우리란 그저 넘어가는 고갯마루일 뿐이라고
— 〈봉우리〉(1984)

"노래를 통해
아픈 사람들과 공유하는 것은
나를 치유하는 방법이기도 했다."

'석구'
만날 '구석'에만 앉아 있어
뒤집어 부른 그의 별명

화려한 스포트라이트 대신
구석진 작은 극장에서
그가 다시 꺼낸
'내 주변의 이야기'

록 뮤지컬 〈지하철 1호선〉

"어쩌다가 어려운 상황에 처했더라도
그것 때문에 남한테 무시당해서는
안 된다는 이야기를 하고 싶었다."

자칭 '노래 만들기를 좋아하는 평범한 화가 지망생'
김민기 金敏基, 1951~

다시 노래 안 부르세요?

"나는 내가 겪은 시대의 그늘진 곳을
담담하게 전달해줄 뿐이죠.
그것만으로도 할 일이 많아요."

© 학전

16 외로움과 결핍을 노래한 소년

김민기는 1951년 3월 31일 전북 이리(현 익산)에서 10남매 중 막내로 태어났다. 등화관제가 일상이던 시절, 가난한 집안에서, 아버지 얼굴도 모르는 유복자로 자라며 겪은 외로움과 결핍은 일평생 예술적 자양분이 되었다.

국민학교 5학년 때 서울로 올라온 김민기는 경기중·고등학교를 거처 1969년 서울대 비술대학 회화과에 입학하면서 이른바 'KS 마크'를 획득했다. 관습적인 학교수업에 별 흥미를 못 느끼고 방황하던 중, 친구 김영세와 듀오를 결성하여 다방에서 기타치고 노래한 것을 계기로 본격적인 음악활동에 나섰다. 〈아침이슬〉 〈작은 연못〉 〈길〉 등 서정적인 노랫말을 단출한 기타 선율에 실은 김민기의 음악은 기성세대와 불화하던 동세대와 공명하며 단숨에 청년문화의 중심으로 자리매김했다.

'가수 김민기'의 첫 앨범은 1971년에 발매되었다. 통기타 가수들의 메카 YWCA '청개구리홀'에서 노래하던 그를 평소 눈여겨보던 음악평론가 최경식이 음반 출시를 주선해주었다. 그러나 그해 봄, 서울문리대 신입생환영회에 초대되어 노래를 지도한 김민기는 '불온한 노래'를 불렀다는 이유로 경찰에 연행되었다. 그 여파로 노래 〈꽃

피우는 아이〉는 방송금지 처분을 받았고, 앨범은 전량 압수조치되었다. 기나긴 연행과 검열사檢閱史의 시발점이다.

성난 목소리로 현실을 부르짖다

우리들 가진 것 비록 적어도
손에 손 맞잡고 눈물 흘리니
우리 나갈 길 멀고 험해도
깨치고 나아가 끝내 이기리라

— 노래 〈상록수〉

1971년 시인 김지하와 만나면서 김민기의 음악세계는 특유의 서정성을 떠나 현실세계와 접맥한다. 공장이 밀집한 서울 양천구 신정동에 야학을 열고, 노동자들과 함께 연극을 올리면서 그는 개발의 광휘에 가려진 참담한 현실을 생생한 언어로 노래하기 시작한다. 김민기는 학교를 나와 공장과 농촌, 탄광으로 들어갔고, 통기타를 버리고 국악과 민요가락을 끌어안았다. "나무를 그리다가 캔버스에 구멍이 났다. 구멍 너머로 생생한 나무가 보였다. 그 순간 나무를 그리기보다 그 안으로 들어가야겠다고 마음먹었다."

'나'에서 '우리'로, '관조'에서 '참여'로 무게중심을 옮긴 김민기는, 문제의식을 보다 구체화하기 위한 매체로 단형短形의 노래가 아닌 이야기 형태의 노래굿에 천착한다. 〈금관의 예수〉 〈서울로 가는 길〉 〈식구 생각〉 〈공장의 불빛〉 등 사회비판 메시지가 담긴 굵직한 작품이 모두 이 시기에 만들어진다(1977년 작곡한 단형곡 〈상록수〉는, 합동결혼식을 올리는 동료 공장노동자들에게 바친 축가다). 음악서사극과 사회 주변부에 대한 김민기의 관심은 지속되어, 1994년 성매매 여성, 흑인 혼혈아, 연변 처녀 등을 주인공으로 한 번안뮤지컬 〈지하철 1호선〉에 다다른다.

담담한 듯 벼려낸 노랫말로 당대를 비판한 김민기의 음악은 1970~1980년대 반독재투쟁을 벌이던 대학을 비롯한 모든 시위현장으로 빠르게 번지면서 몫 없는 자들의 목소리를 대변했다. 음악평론가 강헌은 당대 김민기가 지닌 함의를 이렇게 압축한다. "김민기는 한 번도 혁명을 서술하지 않았지만 모든 혁명적 상상력의 원천이었고, 한 번도 옥에 갇히지 않았지만 가장 오랫동안 저항의 깃발이 되었다."

통기타, 청바지, 장발의 정치학

하위문화Subculture는 1950년대 미국의 사회학자 데이비드 리스먼이 처음 사용한 용어로, 주류문화 내부에 존재하면서도 독자적인 특질과 정체성을 보이는 소집단 문화를 가리킨다. 접두사 sub가 일러주듯 사회적 아웃사이더 즉, 계급적으로는 프롤레타리아, 세대적으로는 청년, 성애적으로는 동성애자, 인종적으로는 유색인종을 주체로 삼아 노동자문화, 청년문화, 소수민족문화 등으로 파생된다. 변방에서 자생한 비주류 문화로서 가볍고 저급한 한편, 그 자체로 기존 질서의 정당성을 묻는다는 점에서 태생적 저항성을 갖는다. 하위문화가 종종 대항문화로도 불리는 이유다.

한국에서 하위문화로서 청년문화가 공식담론에 오르내리기 시작한 때는 1970년대다. 경제적으로 조국근대화의 시대, 정치적으로 민주주의 회복시기였던 1970년대는 대중문화의 시대이기도 했다. 1차 경제개발 계획의 성과로 물질적 풍요를 약속받으면서 소비는 폭발적으로 증가했고, 다양한 취향과 문화가 한꺼번에 쏟아져나왔다. 통기타, 청바지, 장발로 이미지화되는 청년문화는, 20대 초반 젊은이들의 감성을 대변하며 순식간에 주도권을 장악했다. 청년이 "문화의 주체이자 시대적 특성으로 부상한" 유일무이한 순간이었다.

해방 후 태어나 미국식 교육을 받으며, 미국 대중문화의 영향 속에서 성장한 청년세대는 일본문화의 수혜를 입은 기성세대와 분명한 대립각을 세웠다. 소설가 최인호가 "전에는 침묵하고 있는 대중을 몇몇 엘리트들이 정의 내리며 주도하고 이끌었지만, 오늘날의 청년문화는 엘리트를 인정치 않는다. (…) 청년문화는 침묵의 다수에서부터 위로 올라가는 상향식의 문화"(1974년 「청년문화선언」)라고 단언한 것처럼, 이들은 기존 질서에 대한 무조건적인 순응을 거부했고, 문화의 소비자가 아니라 생산자이기를 원했다. 통기타 음악은 "일본문화와 서구문화, 전전세대와 전후세대의 차이, 그 차이의 정치학을 대중문화적 스타일의 차원에서 구현한 대표적인 문화양식"

이었다.

청년문화를 위협으로 인식한 유신정권은 이를 '퇴폐, 방종, 무분별한 외래문화'로 규정하고 검열, 탄압 등으로 제재했다. 한대수, 김민기, 양희은, 송창식 등의 노래가 석연치 않은 이유로 판매금지되거나 금지곡 목록에 올랐다. 표현하는 것 자체가 불온한 일이 되면서 〈고래사냥〉 〈물 좀 주소〉 〈아침이슬〉 〈작은 연못〉 등은 오랫동안 '저항의 노래'로 불렸다. 그중에서도 지식인의 자의식에서 벗어나 민중을 향해 나아간 김민기의 음악은 "1970년대 청년문화가 낭만적 순수주의에서 현실적인 정치성을 띠면서 1980년대로 이어지는 과정"을 고스란히 보여주었다.

저항의 진지인가, 소비의 총아인가

하위문화의 중요한 기능은 구성원들에게 집단적 결속감과 고유한 정체성을 제공하는 일이며, 구성원들은 언어, 복장, 외모, 음악 등 '스타일'로 그것을 드러낸다. 소비자본주의와 하위문화의 친연성이 드러나는 대목이다. 이에 대한 비판은 이전에도 있어왔으나, 1980년대 이후 계급, 성, 인종 등 전통적인 경계가 무너지고 저항의 구체적인 대상이 상실되면서 하위문화의 전복적인 성격은 더욱 의심받고 있다. 과거 소비지향적인 성격과 함께 대항적 성격을 지녔던 하위문화가 1980년대 이후 저항의 대상을 상실하면서 소비에 보다 방점이 찍히게 되었다는 것이다. 힙스터는 그 대표적인 사례다.

힙스터hipster는 영어로 아편을 뜻하는 속어 'hop'에서 유래한 'hip'을 어원으로 삼는다. 한때 '1940년대 재즈광'을 일컫는 슬랭으로 통용되었지만 1990년대 이후 스키니진, 무無기어 자전거, 질 좋은 차와 커피, 인디음악, 독립영화 등을 문화적 아이콘으로 삼고, 아는 척하기, 아닌 척하기, 냉소, 실없음, 쿨cool을 행동적 지침으로 삼는 젊은 하위문화 주체들을 지칭하고 있다. 대도시에 살면서 소비를 통한 자기현시를 주저하지 않는 힙스터는, 기성품을 마다하고 개성을 추구하는 스타일, 친환경적 태도 등으로 반주류적인 성격을 드러낸다. 그러나 힙 스타일이 주류자본을 따라 전 지구적으로 유통되고, 그 흐름이 1세계에서 3세계로 향하며, 친환경이 가치라기보다는 패션에 불과하다는 점에서 '반동적'으로 규정하는 진영에서는 '백인 부르주아의 하위문화 코스프레에 불과하다'고 평가절하하고 있다.

17 슬픈 얼굴의 기사

불행은 늘 재주있는 자를 따라다닌다

Date 2008.8.11.

Director 김진혁 | scriptwriter 정연숙

Music 〈Free〉 by Blue October UK

1571년
유럽 연합군과 터키군이 격돌한
레판토 해전에 참전한
에스파냐의 한 시골귀족

"아무리 아파도
갑판 아래로 몸을 피하느니
국왕폐하를 위해 쓰러지겠다!"

빗발치는 총탄 속에서
기절했다 깨어나보니
잃은 것은 왼손이요
얻은 것은 별명 하나

레판토의 외팔이

명예로운 별명을 가슴에 품고 귀국하던 중
해적들에게 납치
아프리카의 알제리로 끌려가
기나긴 노예생활을 하다가
네 차례의 탈출 시도에도 실패하고
10년이 지나서야 귀국할 수 있었다

밥벌이를 위해
식량조달원
세금징수원으로 나서지만
결국 사기를 당하고
나이 오십 줄에 철창 신세…

길에 떨어진 종이쪼가리 하나도 놓치지 않고
끊임없이 읽어대던 시골귀족의 결심

"그래!
남은 오른손으로 글을 쓰는 거야!"

금빛에서 은빛으로 바랜 수염
비뚤어져 맞물리지도 않는 고작 여섯 개의 이빨
평생
불행에 익숙했던 사람
그는 이렇게 말한다

"불행은 항상 재주있는 자를 따라다닌다."

평생 불행했던 그가
생의 말년에 창조한 분신

돈키호테 DON QUIXOTE

"오직 우리 둘만이 한 몸이라 할 수 있으니
그는 오직 나만을 위해 태어났고
나는 그를 위해 태어났다.
그는 행동할 줄 알았고
나는 그것을 적을 줄 알았다."

미겔 데 세르반테스 Miguel de Cervantes, 1547~1616

17 한평생 불운했던 사내

1547년 스페인 마드리드 인근 알칼라 데 에나레스에서 태어난 미겔 데 세르반테스는 가난과 불운으로 점철된 생을 살았다. 가산은 적고 형제는 많았으며, 하급귀족 출신 의사였던 아버지는 경제적으로 무능했다. 1554년 빚 때문에 전 재산을 차압당한 후, 가족은 고향을 떠나 13년 동안 스페인 전역을 떠돌았다.

예수회에서 교육을 받고 학창 시절 소네트sonnet와 시 몇 편을 끄적였다지만 어디까지나 취미였을 뿐, 청년시절 경력은 군인으로 풀렸다. 1569년 교황의 사절로 에스파냐를 방문한 추기경의 비서가 되어 이탈리아로 건너간 세르반테스는, 베네치아에 주둔한 에스파냐 군대에 자원입대하며 파란만장한 인생을 시작했다.

그 무렵 에스파냐는 카를로스 1세의 지배 아래 '황금시대'를 구가하고 있었다. 정치적으로는 절대왕정이 강력한 카리스마를 발휘했고, 경제적으로는 멕시코와 페루에서 값싼 은이 대량으로 유입되어 식민지를 수출시장으로 한 모직물 공업이 번창했다. 그와 함께 고색창연한 중세의 기사도정신이 사상적 기반으로 자리잡았다. 신적인 사명감 속에서, 개인을 초인적인 힘을 지닌 영웅으로 격상시킨 기사도정신은 '정복전쟁'과 '기사문학'으로 실현되었는데, 이는 세르반테스의 인생을 양분한 키워드이기도 했다. 에스파냐의 국운은 1566년 카를로스 1세에 이어 필리페 2세가 즉위하면서 정점에 올랐다.

1571년 10월 7일 펠리페 2세와 신성동맹을 맺은 유럽 연합군이 터키군과 지중해 패권을 놓고 레판토 앞바다에서 격돌했다. "군인은 안전을 도모하기보다 싸움터에서 죽는 것이 더 명예로운 법"이라고 믿었던 세르반테스는 열병에 시달리는 와중에도 전장의 복판에 섰다. 격전 중 가슴에 입은 두 차례 총상은 절대왕정에 대한 충성심으로 버텼으나 세번째 총상이 치명상을 안겼다. 그는 왼팔을 잃은 대신 '레판토의 외팔이'라는 별명을 얻었다.

장애를 무릅쓰고 5년을 더 복무한 세르반테스는 1576년 퇴역을 결심하고 고향으로 향한다. 그러나 출항 엿새 만에 해적선의 습격을 받고 형 로드리고와 함께 '기독교도 노예매매의 중심지' 알제리로 끌려갔다. 5년간 노예생활을 하면서 시도한 네 차례 탈출은 모두 실패했고, 그때마다 혹독한 처벌을 받았다. 그의 처지를 딱하게 여긴 알제리의 동포들이 몸값을 대신 지불하면서 세르반테스는 1580년, 마침내 고국으로 돌아온다.

그러나 군인시절 인맥을 이용해 공직을 얻으려던 모든 시도는 좌절되었다. 어렵사리 말단 관리가 되어 무적함대의 식량 조달관, 세금징수원으로 일했는데도 가난을 떨치기는커녕 오히려 비리에 연루돼 옥살이를 했다. 1582년 생계를 위해 소싯적 취미를 되살려 쓴 소설 『라 갈라테아』는 냉대 받았다. 「누만시아」 「알제리에서의 대우」 등의 희곡도 실패했다. 자신의 페르소나를 주인공으로 삼은 『돈키호테』가 인기를 끌었을 때에도 생활고로 출판사에 판권을 넘긴 까닭에 아무 이득도 얻지 못했다.

세르반테스는 1616년 4월 23일 피로한 삶을 마감했다. 임종을 지키는 사람도, 유언장도, 장례식도 없는 쓸쓸한 죽음은, 같은 날 사망한 셰익스피어의 성대한 장례식과 나란히 놓이면서 '무적함대' 패퇴 이후 몰락한 에스파냐와 신흥 제국으로 떠오른 영국의 알레고리가 되었다.

몽상에 살다 현실에서 죽은 마지막 기사

1605년 출간된 『돈키호테』는 멸시와 뭇매로 만신창이가 된 돈키호테가 집에 돌아오면서 끝난다. 그러나 소설의 인기에 편승해 가짜 속편이 난무하자 세르반테스는 1615년 2편을 내놓는다. 세상과 불화한 '슬픈 얼굴의 기사'는 또다시 모험을 떠나고, 회복할 수 없는 몸으로 귀환한다. 죽음을 앞둔 돈키호테는 제정신으로 돌아와 산초 판사에게 약간의 유산을 남긴다. 이를 놓고 후대의 의견이 분분한데, 돈키호테의 자유와 꿈을 산초 판사가 이어받았다는 해석이 일반적이다.

'재기발랄한 시골 향사 라만차의 돈키호테'라는 원제에서 짐작되듯이, 애초에 『돈키호테』는 기사소설의 패러디이자 우스꽝스러운 소동극으로 쓰였다. 필리페 3세가 길거리에서 책을 펴놓고 박장대소 하는 사람을 보고 "미친 게 아니라면 『돈키호테』를 읽고 있겠군"이라고 말했다는 일화는 당대의 소비방식을 일러준다.

세르반테스 사후 『돈키호테』는 중세와 근대, 낭만주의와 사실주의의 교차점에 놓인 소설로 주목받았고, 기사도정신을 비웃는 줄거리, 작가가 이야기에 개입하는 파격적인 전개, 사실과 허구의 경계를 허무는 구성으로 유럽 근대 소설의 출발점이 되었다. 특히 귀족, 농부, 병사, 대학생, 방랑자, 범죄자, 창녀 등 당대 에스파냐 민초의 모습을 박물학적으로 묘사했다는 점에서 스페인 문학의 정수로 자리매김했다.

그에 따라 돈키호테에 대한 이해도 복잡해졌다. 정신 나간 시골 향사는 18세기를 거치면서 이상과 현실 사이에서 고뇌하는 실존주의적 인간을 대표했고, 19세기에는 실천적 인간의 대명사가 되었다. 이를테면 러시아 작가 이반 투르게네프는 인간을 '햄릿형'과 '돈키호테형'으로 나누고, 하나의 목표를 향해 재지 않고 돌진하는 돈키호테형이야말로 역사와 민중을 이끌어갈 수 있다고 주장했다. 광기, 놀이, 가면 등을 주제로 각종 의미가 덧붙었고, 돈키호테적 사고와 태도에 가치를 둔 '키호테시즘'이라는 조어도 등장했다. 이에 영국의 작가 서머셋 몸은 "우리는 더이상 돈키호테의 갖가지 불행에 웃음을 터트릴 수 없게 되었다"면서 과잉해석을 경계하기도 했다.

그것은 진정한 기사의 임무이자 의무
아니! 의무가 아니라 특권이노라
불가능한 꿈을 꾸는 것

무적의 적수를 이기는 것
견딜 수 없는 고통을 견디는 것
고귀한 이상을 위해 죽고
잘못을 고칠 줄 알며
순수함과 선의로 사랑하며
불가능한 잠에 빠져서도
믿음만으로 별에 닿는 것

— 『돈키호테』 중에서

『돈키호테』는 여러 나라에서 영화, 드라마, 애니메이션으로 제작되었다. 1965년 브로드웨이는 뮤지컬로 각색해 무대에 올렸다. 〈맨 오브 라만차〉는 꿈을 좇는 마지막 기사, 불가능에 도전하는 모험가이자 예정된 패자로 돈키호테(와 세르반테스)를 재해석하면서 현실에 매몰된 현대인의 멜랑콜리를 자극했다. 1966년 토니상 최우수작

품상, 최우수음악상 등 5개 부문을 수상했으며, 돈키호테의 출사표에 곡을 붙인 〈이룰 수 없는 꿈The Impossible Dream〉은 엘비스 프레슬리, 다이애나 로스 등 유명 가수들이 리메이크하면서 인기를 모았다. 〈맨 오브 라만차〉는 각국에서 번안되었고, 한국에서는 2005년 초연했다.

1926년 스페인은 4월 23일을 '책과 장미의 날'로 삼아 세르반테스를 기렸다. 1995년 유네스코가 여기에 셰익스피어에 대한 추모의 뜻을 더해 '세계 책과 저작권의 날'로 공표했다.

ⓔ⊕ⓢ

18 어머니의 그림

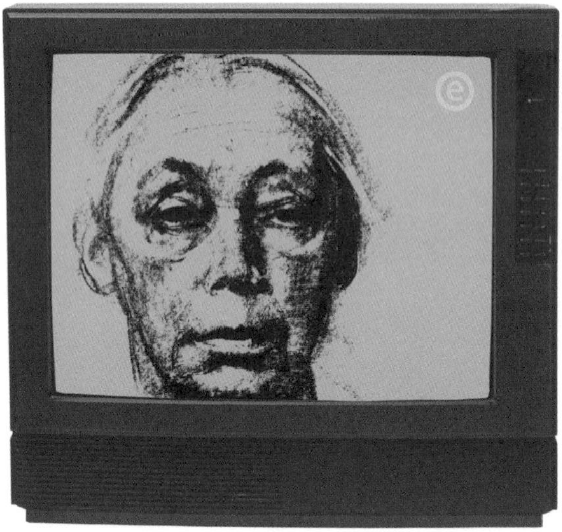

Date 2009.2.10.

Director 김진혁 | Scriptwriter 선우일영

Music 〈Long Ago I Knew Someone〉 by Maximilian Hecker

전혀 아름답지도 않고
여성스럽지도 않은

1차세계대전 중
독일에서만 1300만 명의 청년이 징집되었다

전쟁에 나가 돌아오지 않는 남편과
전쟁에 지원한 아들을 기다리는
한 어머니

그러던 어느 날
열여덟 살 주검으로 돌아온 아들

"나는 혁명가가 아니었다.
그것은 어쩔 수 없이 솟구쳐나오는 힘이었다.
나는 이 시대에 변호받을 수 없는 사람들
정말 도움을 필요로 하는 사람들에게
한 가닥의 책임과 역할을 다하고 싶었다."

평범했던 한 어머니는
판화를 새기기 시작한다

판화의 주인공은
가난한 노동자…
굶주린 사람들…
지원병들…
그리고
이들을 고통스럽게 지켜봐야 하는
어머니들…

어머니의 마지막 판화

"단 한번에 변화가 일어나지 않더라도
결국에는 천천히 변화가 일어날 것이다."

케테 콜비츠Kathe Kollwitz, 1867~1945

18 강렬한 흑백으로 현실을 새긴 작가

케테 콜비츠는 1867년 7월 8일 동프로이센 쾨니히스베르크의 중산층 가정에서 태어났다. 사회주의자였던 아버지와 목회자였던 외조부의 영향 아래 성장하면서, 민중에 대한 형제애와 삶에 대한 경건한 태도를 물려받았다.

어려서부터 미술을 배우기 시작해 베를린과 뮌헨을 거쳐 다시 쾨니히스베르크로 돌아올 때까지 공부를 계속했다. 처음에는 유화에 집중했지만 동판화가 마우어에게 사사하면서 에칭, 석판화 등으로 차츰 관심을 옮겼고, 선배 작가 막스 클링어의 『회화와 판화』를 읽은 후 판화에 정착했다. 1890년 동판화를 만들면서 본격적인 작품활동을 시작한 케테 콜비츠는, 이듬해 의료보험조합 의사 K.콜비츠와 결혼하여 베를린 북부 빈민가에 자리잡았다. 이웃이자 남편의 환자였던 빈민들과 동고동락하며 노동자의 삶과 애환을 자신의 것으로 체화한 그녀는, 모든 사람이 행복한 새로운 공동체를 갈망하면서 가난과 질병, 실직과 매춘 같은 사회문제를 예술의 영역으로 끌어들였다.

그 시기 독일은 급변의 시간을 통과하고 있었다. 연방이라는 느슨한 형태로 결속돼 있던 독일은, 19세기 초 나폴레옹과 전쟁을 치르면서 민족주의와 함께 강력한 통일국가에 대한 열망을 품기 시작했다. 그 중에서 정비된 군사력을 갖추었던 프로이센이 1815년 워털루 전투 승리를 견인하며 통일의 중심세력으로 부상했고, 주변의 작은 나라들을 흡수하며 세력을 키워나갔다. 프로이센을 중심으로 1866년 대對 오스트리아 전쟁, 1870년 대 프랑스 전쟁에서 승리한 독일 연방은 통일과 함께 지주와 기업가 들의 동맹 아래 산업적 근대화를 단행했다. 이로써 독일 경제는 유럽의 다른 나라와 어깨를 견줄 만큼 단기간에 성장하지만, 그 과정에서 농민과 도시노동자 들의 삶은 극단으로 내몰렸다.

1884년 가혹한 노동환경을 견디다 못한 슐레지엔의 직조공들이 독일 노동역사상 최초로 봉기를 일으켰다. 소설가 게르하르트 하우프트만은 이를 희곡으로 각색해 무대에 올렸다. 〈직조공들〉을 본 케테 콜비츠는 "이 공연으로 나의 작업에 한 획이 그어졌다"라고 할 만큼 큰 충격을 받았고, 이듬해 '직조공들의 봉기' 연작을 통해 노동자의 열악한 삶과 저항을 알리기 시작했다. 대상을 아름답게만 묘사하는 것을 거부하고 내면세계를 간결하게 드러내는 데 초점을 맞춘 독일 표현주의 예술사조의 영향 아래, 그녀는 당대의 노동 현실을 검박한 흑백으로 양각했다. 반복인쇄가 가능하다는 점에서 판화의 목적은 애초부터 대중에게 '메시지'를 전하는 데 있었고, 그녀의 그림은 유일무이의 예술품으로 부르주아의 취향을 만족시키는 대신 노동자와 함께 거리에 나부꼈다. 노동자는 콜비츠의 이미지 안에서 자신들의 정체성을 재확인했다. 노동투쟁의 역사는 "그녀에게서 비롯되었다기보다 그녀를 통해 말한다고 해야 할 만큼" 콜비츠와 밀착되었다.

1903년부터 1908년까지 케테 콜비츠는 16세기 농민전쟁을 소재로 한 '농민전쟁' 시리즈를 발표한다. 프리드리히 엥겔스의 연구에 기초한 이 작업으로 그녀는 '혁명예술가'라는 칭호를 얻는다. 그러나 사회주의보다는 평화주의에 더 가까웠던 콜비츠는, 자신을 프롤레타리아트 계급 혁명을 대변한 사회주의 미술가로 일반화하는 경향에 대해 "사람들은 한 예술가에 대해, 더구나 그가 여성인 경우에는 요즘처럼 어처구니없이 복잡한 상황에서 정확하게 자신의 입장을 세우기를 기대해서는 안 된다"라고 거리를 두었다.

죽은 아들을 끌어안은 20세기 피에타

1914년 1차세계대전이 발발했다. 열여덟 살짜리 아들이 징집된 지 두 달 만에 주검으로 돌아오자 케테 콜비츠는 비통한 심정으로 작업실에 틀어박혔다. 10년 후 그녀는 일곱 개의 목판화로 이루어진 '전쟁' 시리즈를 펼쳐 보였다. 전쟁으로 산화한 젊은 목숨, 아들을 잃은 어머니의 구부러진 허리, 터져 나오는 울음을 막는 아버지의 투박한 손, 남편을 보낸 아내의 넋 나간 얼굴은 강력한 반전反戰 메시지가 되어 세상을 울렸다.

전쟁터에서 아들을 잃은 세상 모든 어머니의 이름으로, 케테 콜비츠는 가증한 권력 때문에 무고한 목숨을 희생하지 말아야 한다고 주장했다. 괴테의 글에서 제목을 빌린 '씨앗들을 짓이겨서는 안 된다'를 작업하면서 그녀는 다음과 같이 말했다.

"'씨앗들을 짓이겨서는 안 된다.' 이제 이것이 나의 유언이다. (…) 나는 다시 한번 똑같은 것을 파고 있다. 망아지처럼 바깥을 구경하고 싶어 하는 베를린의 소년들을 한 여인이 저지한다. 이 늙은 여인은 자신의 외투 속에 소년들을 숨기고서 그 위로 팔을 힘 있게 뻗치고 있다. 씨앗들을 짓이겨서는 안 된다. 이 요구는 '전쟁은 이제 그만!'에서처럼 막연한 소원이 아니라 명령이다. 요구다."

그러나 케테 콜비츠의 요구는 받아들여지지 않았다. 1939년 9월 발발한 2차세계대전으로, 1942년 동부전선에서 전사한 케테 콜비츠의 손자를 포함해 2000만 명 이상이 목숨을 잃었다.

1993년 독일은 전쟁기념관 '노이에 바헤Neue Wache'를 재개관하면서 케테 콜비츠의 조각품을 확대 설치했다. 구도와 상징성이 미켈란젤로의 '피에타'에 비견되면서 '슬픔의 피에타'로 불리는 이 작품의 제목은 '죽은 아들을 안고 있는 어머니'이다.

민중을 주인공으로 한 비판적 리얼리즘

'민중미술'은 1980년 광주민주화운동을 전후하여 대두한 미술의

한 갈래로, 현실에 침묵하던 모더니즘 예술에 대한 비판에서 출발했다. 케테 콜비츠의 표현주의적 리얼리즘에 동의하여 역사의 주체로서 민중의 삶과 행동을 중심에 둔 미술을 주장했는데, 이때 민중은 노동자와 농민을 가리킨다.

1979년 젊은 작가들의 동인 모임 '현실과 발언'을 시작으로 '광주자유미술인 협회'(1979), '임술년'(1982), '두렁'(1983), '민족미술협의회'(1985) 등 관련 단체가 속속 조직되었고, 강요배, 김호석, 손상기, 신학철, 전수천 등이 식민과 냉전, 분단과 독재라는 조건에서 정치와 미술의 다양한 상관관계를 실험했다. 민족주의에 기반을 둔 민중미술가들은 '반독재' '반자본' '반식민'의 태도로 도시와 노동자 문제를 바라보고 평화로운 농촌 사회를 이상향으로 삼았다. 이에 따라 선진자본에 의한 경제발전과 산업화는 '외세의 침입과 굴욕'으로, 서구적 대중문화와 상품을 소비하는 도시는 '타락한 디스토피아'로 묘사되었고, 한반도 통일이 중요한 주제로 다루어졌다. 민중미술이라는 명칭은 1988년 뉴욕 '아티스트 스페이스'에서 재미 큐레이터 엄혁이 동명의 전시회를 열면서 공식화되었다.

1987년 6월 항쟁을 거치면서 노동자 계급성을 더욱 강화하는 쪽으로 방향을 선회한 민중미술은 불화와 풍속화, 민화, 무속화 등 민중의 회화전통을 수용하고, 하위 장르로 취급받던 만화와 판화를 중요한 예술적 수단으로 주목했다.

민중미술은 한국 미술사 최초로 민중을 주인공으로 비판적 리얼리즘을 표방했다는 점에서 가치를 인정받았으나, 정치적 성격이 두드러지는 1980년대 말엽 "예술적 특수성과 미적 자율성을 잃었다"라는 프로파간다 예술 일반의 비판에 처했다. 1994년 국립현대미술관에서 열린 〈민중미술 15년 展〉은 '제도권으로의 진입'과 '민중미술의 장례식'이라는 양단의 평가를 얻기도 했다.

민주주의와 신자유주의가 정착하면서 주제와 기법, 장치가 전근대적인 '키치'로 전락하며 위기를 맞았던 민중미술은 21세기 '포스트민중주의'로 거듭나며 돌파구를 찾았다. 포스트민중주의는 '현실적 리얼리즘' 대신 '개념적 리얼리즘'을 표방하고, 계급과 혁명, 재현과 매체 대신 주체와 개혁, 언어와 기호를 주요 개념어로 삼으면서 '현실에 대한 발언과 참여'라는 민중미술의 맥을 이었다.

19 연가 Pokarekare Ana

Date 2013.5.21.

Director 이상범 | Scriptwriter 신승희

Music 〈Pokarekare Ana〉 by Heyley Westenra

2013년 4월 17일
뉴질랜드 국회본회의장

구석에서
울음처럼 터져 나온 노래

뉴질랜드 연가에 깃든
아주 오래된 이야기

아주 먼 옛날 로토루아 호수에는
부족은 다르지만
서로 사랑하는 연인이 살고 있었다

하지만

결코 이루어질 수 없었던
다른 부족과의 사랑

모두의 반대에도 불구하고
그리움을 견디지 못해
맨몸으로 호수를 건너기 시작한 소녀

애타는 마음을 담아
피리를 불기 시작한 소년

Pokarekare Ana nga wai o rotoura
로토루아 호수엔 폭풍이 불고 있지만

whiti atu koe hine marino ana e
그대가 오면 바다는 잔잔해질 거예요

Pokarekare Ana
사랑을 허락받지 못한
연인들의 노래

그리고
2013년 4월 17일

뉴질랜드 국회
동성 간 결혼 허용

인정받지 못했던
사랑이 허락된 순간

회장 가득 번져가는
노래

E hine e hoki maira
그대여 내게로 다시 돌아오세요

Kamate ahau I te aroha e
그대를 너무나 사랑하고 있어요

사랑함에도
인종
출신
관습
법률로 인해

인정받지 못했던
세상 모든 연인들

1789년 프랑스대혁명 봉건제 폐지
결혼의 자유허용

1967년 미연방대법원
인종 간 결혼 합헌

조금씩 넓어지는
사랑의 범위

2012년 12월 대한민국

조금 더 커진
사랑의 정의

사랑 : 이성을 그리워하거나 좋아하는 마음

사랑 : 어떤 상대를 그리워하거나 좋아하는 마음

연인 : 서로 사랑하는 관계에 있는 남녀

연인 : 서로 사랑하는 관계에 있는 두 사람

— 국립국어원

19 "모든 사람은 태어날 때부터 자유로우며…"

'세계인권선언'은 1948년 12월 10일 유엔 총회에서 채택되었다. 유엔인권위원회가 서로 다른 경제발전 수준과 이데올로기, 정치체제, 종교와 문화적 배경을 초월하여 세계 주요 법체제와 전통에 내재된 보편적 가치를 담아 작성한 이 선언문은, 인권과 기본적 자유가 '모든 사람'과 '모든 장소'에서 똑같이 적용된다는 사실을 세계 최초로 인정했다. "모든 사람은 태어날 때부터 자유로우며, 누구에게나 동등한 존엄성과 권리가 있다."(제1조) "모든 사람에게는 인종, 피부색, 성별, 언어, 종교, 정치적 입장이나 여타의 견해, 국적이나 사회적 출신, 재산, 출생이나 여타의 신분과 같은 모든 유형의 차별에서 벗어나, 이 선언에 규정된 모든 권리와 자유를 누릴 자격이 있다."(제2조)로 시작하는 세계인권선언은 250여 개 언어로 번역돼 전 세계로 퍼졌다.

이후 세계인권사는 백인, 프로테스탄트, 성인, 남성으로 한정된 '인간'의 범주를 유색인, 여성, 아동, 비기독교도로 확장하는 과정으로 요약된다. "인류의 발전은 기술의 발전이 아니다. 도덕적 권리와 공감의 확대다"라는 오스트레일리아 철학자 피터 싱어의 말처럼, 인류 문명은 인권의 확장과 함께 전진했다.

동성결혼 입법은 '모든 사람'의 일원으로서 동성애자의 행복추구권과 평등권에 기초한다. 사회제도인 결혼은 개인의 사회적 지위와 함께 연금이나 가족수당, 의료보험, 사회보장, 납세, 유산상속, 재산 증여 등 법적 권리를 부여하는데, 종교적·사회적·관습적 제약에 따라 지금까지 동성 커플은 이를 향유할 수 없었다. 동성결혼 입법은 성적 지향에 따른 차별을 철폐하려는 움직임으로, 세계 인권문제의 가장 뜨거운 현안으로 떠오르고 있다.

2000년 네덜란드는 세계 최초로 동성애자의 결혼을 법적으로 허용했고, 이후 유럽과 북미를 중심으로 관련 법률이 통과되기 시작했다. 벨기에(2003), 캐나다, 스페인(2005), 남아프리카공화국(2006), 노르웨이, 스웨덴(2009), 포르투갈, 아이슬란드, 아르헨티나(2010)가 뒤를 이었다. 2012년 뉴질랜드와 프랑스가 동성결혼을 합법화하며 대열에 합류했으며 2013년 12월 현재, 전 세계 15개국이 동성결혼을 합법화했다. 동성의 동반자 관계를 혼인 관계와 유사하게 법적으로 보호하는 '시민결합civil union' 제도를 시행하는 나라까지 합하면 30개국 이상이다. 시민결합에 대해서는 찬반양론이 분분한데, "동성 커플을 보편적인 결혼제도에 포섭하지 않고 '시민결합'이라는 또다른 차별적이고 모호한 제도로 수용하는 일은 성 소수자운동이 애초 목표한 평등화 원칙에 위배된다"라는 게 반대 측 주장이다.

2013년 12월 11일, 한국 최초로 동성결혼식을 올린 영화감독 김조광수와 레인보우팩토리 김승환 대표는 서대문구청에 혼인신고서를 제출했다. 그러나 서대문구청은 혼인이 양성 간의 결합임을 전제로 한 헌법 제36조 1항을 들어 이를 받아들이지 않기로 정하고, 12월 13일 불수리 통지서를 발송했다. 이에 대해 김조광수 감독은 "대한민국 헌법과 민법 어디에도 동성결혼을 금하는 조항이 없는데도 신고를 처리하지 않는 것은 명백한 동성애자 차별"이라면서 "변호인단과 상의해 소송을 제기하겠다"고 입장을 밝혔다.

차별금지는 바른 성문화에 위배된다?

'차별금지법'은 헌법에 명시된 평등이념에 따라 성별, 장애, 병력, 나이, 출신국가, 출신민족, 출신지역, 인종, 피부색, 언어, 용모 등 신체조건과 혼인 여부, 임신 또는 출산, 가족형태 및 가족상황, 종교, 사상 또는 정치적 의견, 범죄전력, 보호처분, 성적 지향, 학력, 사회적 신분 등을 이유로 한 정치적·경제적·사회적·문화적 생활의 모든 영역에서 합리적인 이유 없는 차별을 금지하려는 한국의 법률이다. 2007년 10월 2일 입법이 예고되었으나, 의회선교연합이 성적 지향을 포함할 경우 "동성애가 확산되면 안 된다고 교육할 수 없어진다"고 주장하면서 난항에 빠졌다. 이와 함께 개신교는 '며느리가 남자라니 동성애가 웬 말이냐'는 구호를 앞세워 차별금지법 반대운동을 전개했다. 재계 역시 "기업 활동의 자유를 침해한다"면서 반대 입장을 분명히 했다. 결국 법제처는 학력, 성적 지향, 병력, 출신국가 등 일곱 개 항목을 제외하고 심의를 진행했다. 2006년 국가인권위원회의 차별금지법 제정안에 포함된 시정명령권과 이행강제금 부과, 징벌적 손해배상제도 등도 배제했다. 이에 시민단체는 "차별규제법이 아니라 오히려 차별조장법이다"라며 법안에 반대했고, 차별금지법은 결국 국회에서 통과되지 못한 채 폐기되었다.

2010년 4월에 또 한 차례 입법을 시도했다가 무산된 차별금지법 제정은, 2013년 2월 5일 유엔인권이사회가 한국에 대한 '국가별 정례인권 검토'에서 '포괄적 차별금지법 제정'을 권고함에 따라 불가피한 일이 되었다. 이에 2013년 3월 민주당 김한길, 최원식 의원 등 12명이 '차별금지에 관한 기본법'과 '차별금지법'을 발의하여 국회임시회 전체회의에 상정했다. 그러자 2013년 3월 26일부터 4월 9일까지 진행된 입법예고 기간에만 10만 건이 넘는 반대의견이 등록되었는데, 차별금지법이 제정되면 동성애가 조장되고 종북세력이 자유롭게 활보하면서 아이와 나라를 망친다거나, 동성애를 비판하는 설교나 다른 종교에 비해 기독교가 우월하다는 설교를 할 수 없게 돼 헌법에서 보장한 양심과 종교의 자유, 인간의 존엄과 행복추구권 등을 포괄적으로 제한한다는 것이 주요 사유였다.

애초에 차별금지법은 부당하게 해고된 노동자를 변호하기 위해 대두되었다. 실제로 다른 나라의 경우, 노동계의 주도 아래 여성계와 성적소수자가 연합해 만들어지곤 한다. 차별금지법의 금지는 이들에 대한 차별을 정당화하고, 오늘날 한국에서 노동자, 여성, 성적소수자 들이 여전히 '모든 사람'에 놓여 있다는 사실을 명시한다. 차별금지법은 2013년 4월 24일 철회되었다.

ⓔⓣⓢ

20 모든 사람

UNIVERSAL
DECLARATION
of
HUMAN RIGHTS
Article 1.
All human beings are born free and equal in dignity and rights. They are endowed with reason and conscience and should act towards one another in a spirit of brotherhood.
Article 2.
Everyone is entitled to all the rights and freedoms set forth in this Declaration, without distinction of any kind, such as race, colour, sex, language, religion, political or other opinion, national or social origin, property, birth or other status. Furthermore, no distinction shall be made on the basis of the political, jurisdictional or international status of the country or territory to which a person belongs, whether it be independent, trust, non-self-governing or under any other limitation of sovereignty.
Article 3.
Everyone has the right to life, liberty and security of person.
Article 4.
No one shall be held in slavery or servitude; slavery and the slave trade shall be prohibited in all their forms.
Article 5.
No one shall be subjected to torture or to cruel, inhuman or degrading treatment or punishment.
Article 6.

이 이야기는 우리 집에서 가장 가까이 있는
너무 작아서 세계지도에도 표시되지 않는
작은 곳에서부터 시작합니다

Date 2010.11.29. / 2010.12.6.
Director 김한중 | Scriptwriter 박계영
Music 〈Temptation〉 by Moby

당신은 태어날 때부터
자유롭고 존엄합니다

— 제1조

당신은 신체의 자유와 안전을 누릴 수 있습니다

— 제3조

당신의 직업은 당신이 자유롭게 선택할 수 있고
그 일은 언제나 동등한 노동에 동등한 보수가 보장되며

— 제23조

열심히 일한 당신은
정기적으로 휴가를 떠날 수 있습니다

— 제24조

당신이 어디에 살 것인지

— 제13조

당신이 어떤 의견을 가질 것인지

— 제19조

당신의 사생활, 가정, 통신에 대해서
어떤 간섭도 받지 않습니다

— 제12조

당신과 당신의 배우자 두 사람은
언제나 동등해야 합니다

— 제16조

혹시 당신이
통제할 수 없는 상황 때문에
생계가 어려워졌을 때는 사회보장 혜택을 받을 수 있습니다

— 제25조

그리고 어떤 저녁에는
아름다운 예술에 감동하고
과학이 발달하는 만큼
편리한 세상을 누릴 수 있습니다

— 제27조

당신은 이 모든 권리와 자유를 누릴 자격이 있습니다

모든 사람은 이 모든 권리와 자유를 누릴 자격이 있습니다

— 세계인권선언 제2조

© Ryan Rodrick Beiler / Shutterstock.com

1948년 탄생한 세계인권선언
30개 조항

모든 사람이 태어나면서 갖는
최소한의 권리들

권리의 대전제

차별금지

모든 사람은 인종에 따른
피부색에 따른
성에 따른
언어에 따른
종교에 따른
정치적 또는 그밖의 견해에 따른
민족적 또는 사회적 출신에 따른
재산에 따른
출생 기타의 지위에 따른

구별 없이

모든 권리와 자유를 누릴 자격이 있다

그러나
1948년 목록에는 없는 항목
'장애'

2001년 대한민국

장애를 포함한
18가지 차별 금지 항목을 열거
- 국가인권위원회법, 2001년

나이
출신지역
신체조건
혼인 여부
임신 또는 출산 여부
가족형태
전과
성적 지향
병력

점점 드러나는 차별의 영역들

2001년 11월

'크레파스 색깔 가운데 특정색을 살색이라고 표현하는 것은 인종차별이다.'

차별의 발견

2002년 기술표준원
'살색'을 '연주황'으로 개정 고시

그러나
2004년 8월

다시 연주황이라는
색깔의 이름에 문제를 제기한 여섯 명의 아이들

"연주황은 한자 표기여서
그 뜻을 쉽게 알 수 없다.
'살구색' 또는 '복숭아색' 같은
쉬운 표현으로 바꿔달라."

2005년 5월 기술표준원

'연주황'을 '차별'로 인정하고
'살구색'으로 시정한다

공생

은하철도의 밤

의사 장기려

수제자들

그림자 아이들

한잘라

라듐 걸스

시민, 과학자

기타의 전설

새벽의 도시

㞯生

e 共
+ +
人 生

ⓔ⊕㉦

21 은하철도의 밤

Date 2008.1.7. / 2008.1.14.

Director 김진혁 | Scriptwriter 김광원

Music 〈Moonlight Dream〉 by 강수지, S.E.N.S.

"조금이라도 도움이 될 거야."

1896년
일본의 구석진 농촌마을
그의 아버지는
허름한 물건을 담보로
농민들에게 돈을 빌려주는
전당포 주인이었다

"저는요,
가난한 사람들을 이용해서 살고 싶지는 않아요."

부잣집을 박차고 나가 그가 선택한 직업은
농업학교 교사
농민들과 함께하고 싶어
초가지붕 오두막에 살며
농사를 짓는다

"농민이 잘 살려면 농사가 잘돼야 하니까
지금부터 비료를 연구하자."

"농사를 짓다보면 고단할 테니
첼로 연주회도 열고, 시 낭송회도 열고, 연극도 하자."

"세상의 고통을 줄이려면 육식보다는 채식이 좋겠어.
다들 채식을 하라고 해야지!"

농민들의 반응은 싸늘했다

"바빠 죽겠는데 뭔 공연을 보라는 거요?"
"마른 꽁치 한 마리도 못 먹는 판에 채식만 하라고?"
"부잣집 도련님 나리, 꽃으로 밥을 지을 순 없답니다."

결국 그에게 돌아온 건
자신이 그토록 사랑했던 농민들의
냉소와 따돌림…
그래도
어떻게 하면 사람들이 즐거워할까
늘 고민하던 그는
자비로 동화집 한 권을 출간한다

"세상이 조금이라도 행복해지는 데
내 책이 분명 도움이 될 거야."

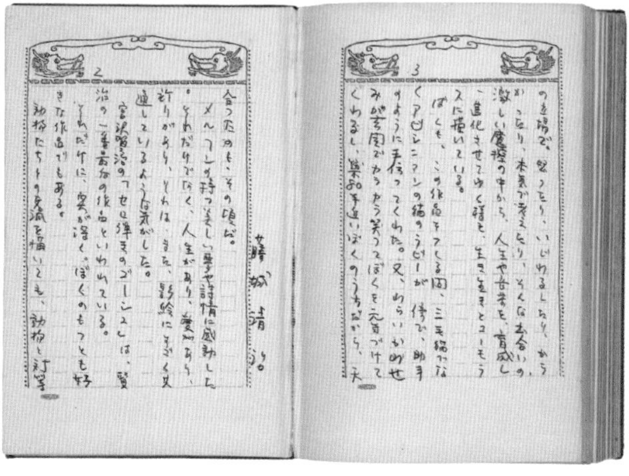

11、3
雨ニモマケズ
風ニモマケズ
雪ニモ夏ノ暑サニモマケヌ
丈夫ナカラダヲモチ

침략전쟁에 분주했던 일본에서
그의 동화책을 산 사람은
다섯 명

고단한 노동과 가난한 생활
그의 진정을 알아주는 이 없이
철저하게 홀로인 삶 속에서
폐결핵이 찾아온다

"그래도 농민들이 먹는 것보다
더 좋은 음식은 먹지 않겠어요."

1933년
농민을 가난에서 구해내지도
그들에게 이해받지도 못한 채
37세의 나이로 숨을 거둔
그의
수많은 메모와 원고들

그 속에서 한 편의 동화가 발견된다

『은하철도의 밤』

가난하고 고독하지만
가족을 사랑하는 소년 조반니와 친구 캄파넬라는
은하철도 여행을 하면서 만나게 된
다양한 사람들의
외로움과 고통을 지켜보며
마침내 깨닫게 된다

"세상사람 모두의 행복을 위해서라면
내 몸을 백 번이라도 불태울 수 있어!"

작가가 스스로
평생을 몸부림치며 지켜내려 했던
바로 그것

'희생하는 삶'의 가치

오랜 시간이 흘러
『은하철도의 밤』은
애니메이션 〈은하철도 999〉의 원작이 되고
그의 책은
일본에서 가장 많이 팔리는 책 중의 하나가 된다

"모두에게 멍청이라 불려도
칭찬도 듣지 않고 골칫거리도 되지 않는
그런 인간이 나는 되고 싶다."

미야자와 겐지 宮沢賢治, 1896~1933

21 별밤 위에 수놓인 소통과 교감의 유토피아

미야자와 겐지는 일본 이와테 현 출신의 시인이자 동화작가, 농업학자이자 교육운동가였다. 문학가로서는 향토적인 작품을 주로 남겼는데, 자신의 작품 중에 자주 등장하는 이상향을 자신의 고향인 '이와테'의 에스페란토식 발음인 '이하토부ihatovo'라 명명했다. 농촌 고향의 토지와 문화에서 출발하여 세계보편의 이상향으로까지 확장시키고자 했던 작가 개인의 사상적 지향이 드러나는 대목이다.

그가 성장한 이와테 현은 도쿄에서 떨어진 변두리 지역이었지만 그의 가정은 유복했다. 친가는 전당포를 경영하고 외가는 대대로 정치가, 사업가 집안이었다. 그러나 그는 가난한 농민을 상대로 돈을 빌려주고 이자를 받는 일을 싫어해 노이로제에 걸릴 정도였다고 한다. "재벌이라고 불리는 사회적 피고에 속해 있다는 계급적 의식에 괴로워했다"는 술회가 있을 정도다. 모리오카 고등농림학교를 졸업하고 여러 가지 문제로 부친과 대립하다가 잠깐 상경했지만 누이동생의 지병이 악화되어 다시 귀향했다. 고향의 농업학교에서 교편을 잡던 시절 주로 시와 동화를 썼다. 1924년에는 생전에 간행된 유일한 시집인 『봄과 수라』와 동화집 『주문이 많은 요리점』을 자비로 출판한다. 이후 농민의 삶을 제대로 알고 싶어 교사직을 포기하고 실천하는 농업을 선택, 농업과학 연구와 농민들을 위한 농사지도를 평생의 업으로 삼게 된다.

그의 작품은 불교적 세계관과 자연, 과학이 융합된 소재를 주로 다뤘는데, 작품의 주인공들은 대개 자신과 다른 이질적인 대상이나 인물들과 아무런 편견 없이 대화를 나누며 깨달음을 얻어나간다. 무생물을 포함한 삼라만상이 모두 연관되어 서로 교감한다는 발상은 미야자와 겐지만의 독특한 작품색이라 할 수 있을 것이다.

동화는 약 100편, 시는 약 400편이 남아 있으며 생전에는 동화집과 시집 각각 한 편씩을 제외하고는 별로 주목받지 못했다. 사후에 그의 고유한 작품세계가 널리 알려지면서 주목받기 시작했는데, 대표적인 작품으로는 『은하철도의 밤』이 있다. 미야자와 겐지는 과로 및 영양실조로 인한 급성 폐렴으로 37세의 젊은 나이에 사망했다.

디스토피아의 미래를 향해 떠나는 환상열차

마츠모토 레이지는 〈우주전함 야마토〉를 시작으로 〈은하철도

999〉 〈천년 여왕〉 〈우주해적 캡틴 하록〉 〈에메랄더스〉 등에 이르기까지 SF와 판타지를 배합시킨 일련의 독특한 작품으로 일본 만화의 황금기랄 수 있는 1970년대를 대표하는 인물이다.

어린 시절 '일본 만화의 신'이라고 불리는 데츠카 오사무의 〈철완 아톰〉에 매료되어 만화계에 입문했다. 초등학교 때부터 만화를 그리기 시작, 지방지에 투고하는 등 습작을 거듭하며 성장했다. 1954년 〈꿀벌의 모험〉으로 잡지 『만화소년』이 공모한 제1회 장편만화 신인왕을 수상한다. 고교 졸업 후인 1958년에는 레코드와 축음기를 전당포에 맡기고 비장한 각오로 상경, 본격적으로 만화가의 길을 걷기 시작한다. 주로 성인취향의 SF판타지를 형상화해왔던 그의 작품 이력은 〈우주전함 야마토〉부터 본 궤도에 오르기 시작한다. 이 무렵 〈우주전함 야마토〉에서 일본 군국주의에 대한 향수가 엿보인다는 이유로 한때 그의 우상이었던 데츠카 오사무로부터 호된 비판을 받기도 했다. '야마토大和'란 일본 고대정권의 명칭이자 2차세계대전 말기에 활약했던 비운의 전함 이름이며, 군국주의 일본을 의미하는 은유적 국호이기도 하다. 한국에서 방영될 때는 〈우주전함 태극호〉로 제목이 바뀌는 웃지 못할 일도 있었다.

이후 세기말의 허무주의를 기반으로 탄탄한 스토리가 돋보이는 작품 〈은하철도 999〉(1977)의 연재와 동시에 마츠모토 레이지는 비로소 인생의 절정기를 맞게 된다. 〈은하철도 999〉는 요절한 동화작가 미야자와 겐지의 『은하철도의 밤』에서 영감을 받은 작품이라고 한다. 〈은하철도 999〉는 어린 소년이 은하철도를 타고 우주를 여행하는 과정에서 다양한 별들의 다양한 인생을 만나 삶의 비의를 깨달아가는 성장주의 서사를 다루며 자본주의, 물질만능주의, 기계주의, 제국주의, 계급화사회에 대한 비판적 알레고리라는 평가를 받기도 한다. 주인공 데쓰로(철이)가 정차하는 '도박의 별' '다툼의 별' '거지들의 나라' '기계의 나라' '나사못 별' '기계 요새' 등을 작가가 비판하고자 하는 현대사회의 일면들로 해석하는 시각도 있다.

마츠모토 레이지는 〈우주해적 캡틴 하록〉에 이어 〈은하철도 999〉를 거치며 고유의 세계관과 시공간적 배경을 어느 정도 완성하게 된다. 〈천년 여왕〉 〈우주해적 캡틴 하록〉 〈은하철도 999〉 〈내 청춘의 아르카디아〉 등 일련의 작품들은 공통된 세계관과 시공간적 배경 속에서 에피소드들을 공유하며 거대한 하나의 서사를 이루고 있다. 〈은하철도 999〉 시리즈에는 열광적인 지지와 함께 혹평도 따라붙었다. 예를 들어 수수께끼의 여인이자 작품 전편에 걸쳐 에로티시즘 코드를 제공하는 '메텔'에 얽힌 미스터리가 해소 없이 모호하기만 하다는 식이다. 이에 마츠모토 레이지는 『은하철도 뉴스』라는 격월간 신문을 창간해 비평가들의 혹평에 맞서는 한편 시리즈가 가진 모순들을 해결해나간다.

1978년 만화 〈은하철도 999〉를 원작으로 한 린 타로 감독의 동명 애니메이션 시리즈가 일본 후지TV에서 방영된다. 1979년 8월에는 극장판으로 개봉하여 큰 성공을 거뒀고, 한국에서도 1981년부터 TV로 방영되기 시작하면서 팬덤을 형성한다. 1997년에는 뮤지컬로도 각색된 바 있다. 마츠모토 레이지는 어느 잡지와의 인터뷰에서 〈은하철도 999〉에 대해 이렇게 말했다.

"나는 〈은하철도 999〉에서 인간의 유한성을 말하고 싶었다. 데쓰로는 유한한 존재인 인간의 운명에 도전하는 인물이다."

ⓔ⊕人

22 의사 장기려

옥탑방
바보의사

Date 2009.12.14. / 2009.12.28.
Director 김한중 | Scriptwriter 곽선희
Music 〈Shine On〉 by Jet

성적 때문에
원하던 사범대학, 공업대학은 꿈도 못 꾸고
그나마 학비도 싸고 성적도 맞았던
경성의전에 진학

졸업 후 조교가 되어서야
비로소 학업에 매진하여
당시 조선인 중 열 명도 안 되던
의학박사가 되었다

"경성의전 교수나 대전도립병원장
자리로 가지 않겠나?"

당시 모든 의대생들이 바라던
보장된 성공의 길…

스승의 제안을 정중히 거절하고
스스로 선택한 병원으로 향한다

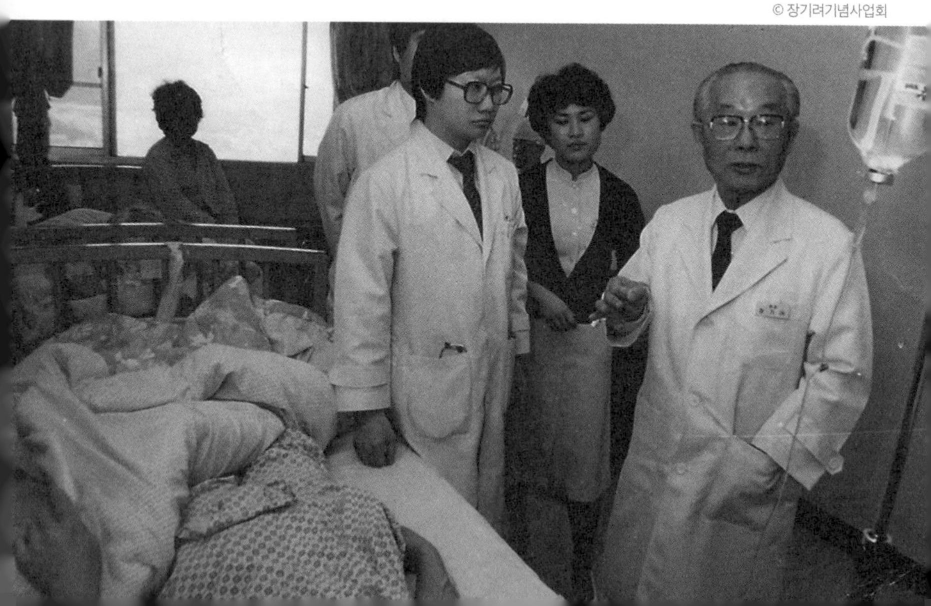

"나를 본 한 할머니는
청진기만 대면 병이 낫는 줄 알고
가슴에 청진기를 한 번만 대달라고
간절히 부탁했다.
치료비가 없어 평생 의사 얼굴 한 번 못 보고
죽는 사람들을 위해 일하고 싶다."

평양의 한 병원에 근무하며
무의촌 진료를 시작하지만
한국전쟁이 발발하자
식구들을 평양에 남겨둔 채
부산으로 피난한다

1951년
피난지 천막에서 시작된 무료병원…
하루에 백 명씩 몰려드는 환자들…
병원 운영이 어려워지자
병원비를 조금씩 받기 시작하지만

"제가 뒷문을 열어줄 테니 어서 가세요."

직원들의 눈치를 보면서도
늘 환자 편에 섰던 병원장

1968년
'청십자의료협동조합' 설립
월 보험료는
당시 백 원 하던 담뱃값만도 못한 육십 원이었다

국가보다 10년이나 앞선
우리나라 최초의 민간 의료보험
1989년 전국민 의료보험이 실시될 때까지
20만 명의 영세민들이 조합의 의료수혜를 입었다

"의사는 진실과 동정을 가지고 환자를 대하면
죽을 때까지 남에게 필요한 존재로 일할 수 있다."

병원 옥탑방에서 홀로 지내며
뇌경색으로 반신마비가 될 때까지
무의촌 진료를 다녔다

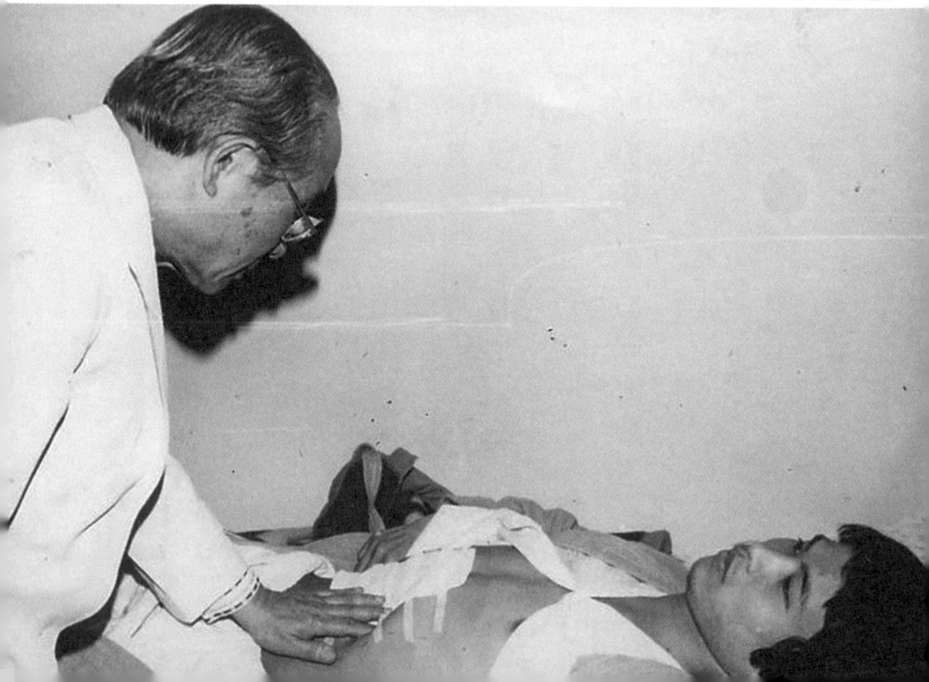

남모르게 돌봐주던 환자에게
바보처럼 웃으며 건넨 마지막 인사

"올 크리스마스에는 못 올 것 같아 미리 왔네."

1995년 12월 25일 새벽
전 재산 1000만 원이 담긴 통장을
간호사에게 선물하고
조용히 눈을 감는다

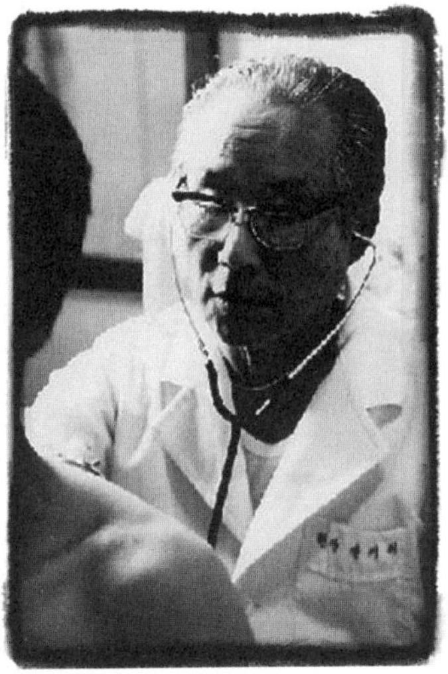

© 장기려기념사업회

못 먹어 병이 난 환자에게
닭 두 마리 값을 내주라 처방한 바보의사

성산聖山 장기려 張起呂, 1911~1995

22 가난한 이들의 아버지

장기려는 1911년 일제강점기의 평안북도에서 태어나 경성의전을 졸업했다. 졸업 후에는 외과의사 백인제 박사의 제자로 수련했다. 1940년 나고야 제국대학에서 의학박사학위를 받고, 귀국해서는 해방 후 조국에서 평양의과대학과 김일성종합대학의 외과교수를 지냈다. 1950년 한국전쟁이 발발하자 아내와 5남매를 북녘에 남겨두고 둘째아들만 데리고 월남, 부산으로 피란했다. 전쟁이 장기화되고 끝내 영구분단으로 이어지리라는 생각을 못 했던 것이다.

부산에 도착한 장기려는 피란민들의 핍진한 생활고에 조금이라도 도움이 되고자 천막을 치고 병원을 세워 무료진료를 시작했다. 이것이 부산 소재 고신의료원의 전신인 복음병원이다. 그는 이 복음병원 원장으로서 1976년 6월까지 25년간 재직했고, 1976년부터는 청십자의료원을 설립하여 환자 진료를 계속했다.

가난한 이들을 위해, 늘 그 자리에 바위처럼

누군가 장기려에게 의사가 된 이유를 물으면 그는 "의사를 한 번도 못 보고 죽어가는 가난한 사람들을 위해 뒷산 바윗돌처럼 항상 서 있는 의사가 되기 위해서"라고 말하곤 했다. 1968년 한국 최초의 사설 의료보험조합인 '부산 청십자의료협동조합'을 설립하는 등 그는 가난한 이들도 부담없이 치료를 받을 수 있는 의료환경을 마련하기 위해 노력했다. 부산 청십자의료보험조합은 자체적으로 진료비를 청구받아 심사하는 '자체 진료비 심사위원회'를 구성하여 적정 진료 및 효과적인 보험 급여 기준을 확립해나갔다. 이후 전국적으로 청십자의료협동조합을 모델로 한 지역 의료보험이 하나둘씩 생겨났다 1989년 전국민의료보험이 실시되자 장기려 박사는 자신의 경험을 정부에 이임하며 조합의 해산을 선언했다. 이외에도 '부산 생명의 전화'를 설립하고 '장애자재활협회 부산지부'의 창립에 앞장서는 등 사회사업에도 매진했다.

장기려는 한국의료사에도 여러 의미 있는 업적을 남겼는데, 특히 간질환 분야에서의 성취가 두드러졌다. 1943년에는 우리나라 최초로 간암 수술에 성공했고, 1959년에는 간암 환자의 간 대량절제술에도 성공했다. 그는 임상뿐만 아니라 간의 혈관과 미세구조 등에 관한 지속적인 연구를 통해 한국 외과학의 미개척분야나 다름없던 간장외과의 발전에 큰 공헌을 했다. 1974년에는 '한국간연구회' 창립을 주도하여 초대회장직을 맡았고, 간질환자 치료모임인 '장미회'를 만들어 환자들의 치료의지와 재활의지를 도왔다. 부산대, 가톨릭대, 서울대 등에서 강의하며 특히 간질환 분야의 인재양성에 기여한 바도 크다.

가슴속에 교회를 품고 다만 예수의 길을 따라 간 의인

1975년 정년퇴임했지만 마땅히 소유한 집이 없어 고신대학교 복음병원이 병원 옥상에 마련해준 20여 평 관사에서 여생을 지냈다. 1995년 12월 25일, 북한에 가족이 살아 있다는 소식을 듣고 재회를 기다리던 중 지병인 당뇨병으로 세상을 떠났다.

장기려는 대한예수교장로회 소속 장로였지만, 신앙과 영성을 나눈 이들은 함석헌, 김교신 같은 무교회주의자들이었다. '종교개혁'

과 같은 기독교계의 큰 변혁이 필요하다는 종교적 신념에 따라 그는 '부산모임'이라는 무교회주의 집회를 자신의 병원 사택과 사무실에서 32년 동안 주관하였다. 그가 평생을 통해 관철해왔던 남다른 인도주의와 무소유는 세속화되고 권력화된 교회의 바깥에서 참그리스도 정신을 실현하고자 했던 종교적 실천에 다름아니다.

일제치하에서 청년 장기려가 창씨개명을 했을 때 그의 영적인 동료이자 사형師兄이었던 함석헌이 그에게 전했다는 메시지는 공교롭게도 이후 장기려의 삶을 고스란히 예견하고 있는 듯한 전율을 남긴다.

"창씨개명을 한 장선생이 여전히 사람을 살리는 의사인 한 장기려는 나의 친구입니다. 하지만 창씨개명을 하지 않았더라도 사람을 살리지 못하는 의사라면 장기려는 나의 친구가 아닙니다. 마찬가지로 창씨개명을 거부하더라도 하나님의 뜻에 충실하지 못한 함석헌은 장기려의 친구가 될 수 없습니다. (…) 잠깐 욕됨을 참고 더 많은 사람들을 구하는 길을 택하세요."

— 『청년의사 장기려』(손홍규, 다산책방, 2008) 중

23 수제자들

© 고양 원더스

Date 2013.6.26.

Director 김수현 | Scriptwriter 박계영

Music ⟨Hall Of Frame⟩ by The Script

"쓸모 없는 선수는 없다.
알아보지 못하는 감독이 있을 뿐."

1984년 이후
국내 프로야구 6개 팀 감독 역임
2007, 2008, 2010 한국시리즈 3회 우승

그리고 2011년
새로운 선택을 하는
일흔 살의 감독

"내가 여태까지 맡은 팀 중에
가장 어려운 팀이다.
세 배는 더 어려울 것 같다."

— 야구감독 김성근金星根, 1942~

프로팀에 한 번도 지명받지 못했거나
프로팀에 들어갔더라도
부진하거나 부상을 당해 방출된
40여 명의 선수들

이들에게 열린
'다시 한번'의 기회

국내 프로야구 1군, 2군
어디에도 속하지 못한 독립구단

1년에 고작 48번의 교류경기
여전히 남아 있는 낙오자라는 한계

NEW
HISTORY
BEGINS
2011

대한민국 최초 독립야구단 고양원더스 창단!
2011년, 대한민국 야구의 새로운 역사가 시작된
KOREA'S FIRST INDEPENDENT BASEBALL CLUB GOYANG WONDERS INAUGURATION CE

그러나

'선수를 버리는 건 쉽다.
부족한 선수를 어떻게 고치느냐가
내가 해야 할 일이다.'

배트 대신 잡은 망치와 빗자루
몸의 감각을 다시 깨우기 위한 방법

하루 14시간 훈련

1퍼센트의 가능성을 놓치지 않기 위해
끊임없이 방법을 바꿔가며 하는 집요한 훈련

"가능성을 발견하는 것은
생각보다 어렵지 않다.
어려운 것은 기다려주는 것이다."

© 고양 원더스

"제게 주어진 마지막 기회잖아요.
하루하루 훈련할 때마다 생각해요.
오늘 하는 훈련이
내 마지막 훈련이 될 수 있다고요."

— 박대원, 고양 원더스 선수

탁 탁 탁 탁 탁
1초에 다섯 장면씩 본다
동작 하나하나…
1센티미터, 1퍼센트를 놓치지 않기 위해서

"주전 선수들이 빠지고 나면 막막하지.
그래도 우린 또 새로운 선수와 함께
도전하면 돼."

독립구단 고양 원더스에서는
창단 후 2년 동안
17명의 선수가 기량을 인정받아
프로팀에 입단했다

23 패자부활을 꿈꾸는 외인外人들의 구단

한국 최초의 독립구단 고양 원더스는 2011년 12월 12일 창단했다. 독립구단은 신인 드래프트에서 지명받지 못하거나 구단에서 방출된 선수 등 재기를 꿈꾸는 야구선수들에게 프로구단 입단 도전 기회를 부여하는 것을 목적으로 한다.

고양 원더스의 구단주는 소셜커머스 '위메이크프라이스' 대표이사 허민이다. 서른 살 무렵 롤플레잉게임 '던전 앤 파이터'를 개발한 '네오플'을 세운 그는, 불현듯 잘나가는 게임과 회사를 매각하고 버클리 음대에 진학한다. 작곡을 공부하는 한편 취미였던 야구에도 집요하게 매달려 미국의 전설적인 투수 필 니크로에게 직접 너클볼을 사사師事하기도 했다.

야구에 대한 허민의 '미친 열정'은 한국에 돌아온 후에도 계속되었다. 사옥 6층에 실내 야구연습장을 갖춰놓았고, 2007년 현대 유니콘스가 해체될 위기에 놓였을 때 인수를 추진하기도 했다. 그러던 2009년 "독립구단은 훨씬 적은 투자만으로도 운영이 가능하다"는 MBC 야구해설위원 허구연의 제안과, "연 8억 원 이상을 쓰면 프로야구 2군 리그인 퓨처스리그Futures League에 편입시켜 100경기 이상을 치르게 해주겠다"는 KBO(한국야구위원회)의 호언에 힘입어 고양 원더스를 만들었다. 캐치프레이즈는 '열정에게 기회를'이다.

고양 원더스가 '패자부활의 장'이 되기를 꿈꾼 허민은 초대감독으로 '야신(야구의 신)' 김성근을 영입했다. 야구단 운영의 대전제는 "야구단을 운영하면서 어떤 수익도 가져가지 않는다. 팀에 기업이름을 넣지 않는다. 구단 운영에 필요한 모든 비용을 사재로 충당한다"였다. 이에 더해 허민은 모든 선수에게 연봉을 지급하고 해외 전지훈련을 지원했다. 선수가 프로팀 지명을 받으면 이적료를 받기는커녕 '발전적 이별'을 축하하며 상여금을 챙겨주는 등 프로구단도 하지 못한 파격행보를 이어갔다. 창단 첫해 고양 원더스는 8억 원을 훌쩍 넘긴 40억 원을 지출했다.

야구감독 김성근은 1942년 일본 교토에서 재일교포 2세로 태어났다. 종전 후 재일조선인이 대부분 그러했듯, 사회 최하층민으로서 가난과 차별이라는 이중고를 겪으며 살았다. 일찍이 야구선수를 꿈꾸었으나 재일이라는 한계와 어려운 가정형편상 명문학교에 진학할 수 없었던 그는, 세상과 승부할 유일한 길은 실력뿐이라는 것을 온몸으로 깨달았다. '지옥훈련'이라 불리는 어마어마한 훈련량, '공 하나에 승부를 걸 뿐 다음은 생각하지 않는다'는 일구이무一球二無 정신 등으로 설명되는 '김성근 야구'의 존재론적 출발점이다.

1962년 김성근은 "국가대표가 되겠다"라는 포부와 함께 한국에 귀화했다. 날카로운 변화구와 빠른 직구가 주무기인 좌완투수로서 제4회 아시아야구선수권대회 국가대표, 1963년 기업은행 창단 멤버, 그해 11월 노히트 노런 기록(대對 인천시청), 1964년 실업야구연맹전 다승 공동2위(20승 4패) 등 화려한 이력을 쌓았다. 그러나 어깨 부상으로 1966년 야수로 전향했고, 1968년 선수생활을 최종 정리했다.

"30퍼센트의 재능, 70퍼센트는 감독의 몫이다."

김성근 야구의 특징은 혹독한 훈련을 기반으로 한 팀플레이로 요약된다. 그는 야구가 "감독의 스포츠"이며 "개인보다는 이기는 게 중요하다"고 생각했다. 감독의 역할은 이길 수 있는 전략을 짜고, 이를 수행하도록 선수를 훈련시키는 거라고 믿었다. 김성근은 열 번만 해도 숨가쁜 펑고fungo(수비훈련)를 매일 200번 이상 감행하고, 부진한 선수는 스타플레이어일지라도 라인업에서 제외했다. 이길 수 있다면 선발이건 마무리건 관계없이 아무 자리에나 투수를 올렸다. 김성근의 야구가 '벌떼야구' '승리만 생각하는 더러운 야구'라고 비난받는 대목이다.

1975년 김성근은 제11회 아시아야구선수권대회에 대표팀 코치로 참가해 우승했다. 1977년에는 충암고를, 1981년에는 신일고를 정상에 올렸다. 1982년 프로야구 출범 이후 OB 베어스 창단 투수 코치로 자리를 옮긴 김성근은 그해 OB 베어스를 원년 우승팀으로 만들었다. 만년 하위권이었던 태평양 돌핀스(1989년)와 쌍방울 레이더스(1996, 1997년)는 창단 이래 첫 포스트시즌을 치렀다. 침체기에 빠져 있던 LG 트윈스는 2002년 한국시리즈에 진출, 준우승을 차지했다. 2007년에는 SK 와이번스에게 창단 첫 우승을 안겼다. 김성근이 '야신'으로 불리는 이유다.

하위팀의 전력을 단기간에 끌어올리는 김성근의 능력은 역시 '이기는 야구'에 저변한다. 이기기 위해 그는 모든 선수의 가능성에 집중했고, 장점을 최대로 끌어냈다. "30퍼센트 재능만 있으면 된다. 나머지 70퍼센트는 감독의 몫이다" "쓸모없는 선수는 없다. 알아보지 못하는 감독이 있을 뿐이다"라는 게 김성근의 지론이었다. 수비 잘하는 선수는 수비를, 공격 잘하는 선수는 공격을 강화한다. 이들이 성장할 동안 감독은 그저 기다려주기만 하면 된다. 이러한 철학을 바탕으로 김성근은 최정, 박정권, 고효준 등 수많은 후보와 '버려진' 선수 들을 팀의 간판으로, 국가대표로 길러냈다. 김성근의 야구가 '재활야구' '화수분야구'로 평가받는 대목이다.

김성근은 총 13개 팀의 감독을 맡았고, 그중 12개 팀에서 해고되었다. 승장의 갸우뚱한 행보에 대해 그는 다음과 같이 자평했다.

"학연과 지연, 연줄에서 자유롭다보니 본의 아니게 싸움꾼이 되고 말았다. 말 잘 들을 때 잠복해 있던 '쪽발이'란 말이 싸움꾼이 되니까 노골적으로 쏟아져나왔다. 한국말이 서툴면 자랑스러운 일본으로 가라고 빈정거렸다. 한국에서 연줄 없는 비주류가 성공하려면 엄청난 시샘과 뒷이야기를 감수하고 견뎌야 한다. 실력이 미천했다면 일찌감치 야구판에서 사라졌을 것이다."

실력이 일천한 프로사관학교?

2012년 고양 원더스는 퓨처스리그 번외경기로 48경기를 소화해 20승7무21패를 기록했다. 창단 첫해 5할에 가까운 승률을 올리며 파란을 일으킨 고양 원더스는 투수 이희성 등 다섯 명을 프로구단에 보냈다.

주축선수가 모두 떠난 2013년에는 27승6무15패로 6할대 승률을 기록했다. 그해 포수 오두철, 투수 여정호 등 12명이 프로팀의 지명을 받아 이적하면서 '프로사관학교'라는 별칭을 얻었다. 1998년 신인왕 출신으로 넥센 히어로즈의 투수코치였던 김수경이 "선수 시절 못다 이룬 꿈을 다시 한번 펼치고 싶다"며 자원 입단했고, LG 트윈스의 '풍운아' 이상훈(1994년, 1995년 다승왕)은 투수 코치로 합류하며 제2의 야구인생을 시작했다. 구단주 허민은 입단 테스트를 거쳐 미국의 독립구단 록랜드 볼더스의 투수가 되었다. 그는 "김성근 감독님의 지도 아래 선수로서 지녀야 할 기본기를 체계적으로 갖춰 꿈을 이룰 수 있었다"고 말했다.

창단 조건으로 퓨처스리그 편입, 100경기 이상 편성을 장담한 KBO의 약속은 지켜지지 않았다. 프로구단들이 "독립구단과 돈을 써가면서까지 굳이 경기를 할 필요를 못 느낀다" "격이 떨어진다"며 불편한 심기를 비친 가운데, KBO는 "고양 원더스가 아직 100경기 이상 뛸 실력을 갖추지 못했다"고 이유를 밝혔다.

2014년 4월 현재, 고양 원더스는 9할대 승률을 기록하고 있다.

ⓔ⊕ⓢ

24 그림자 아이들

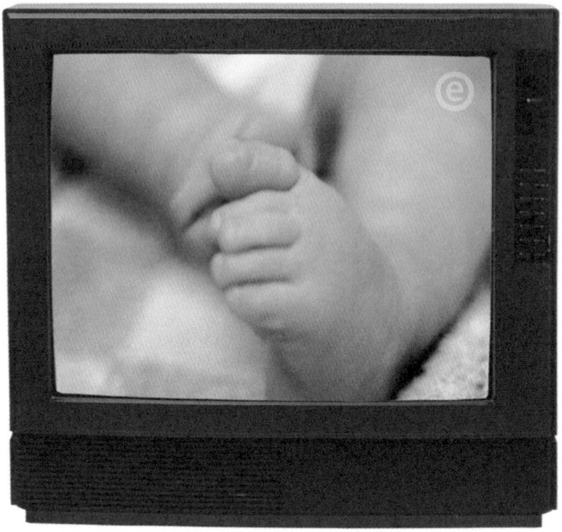

Date 2013.11.12.

Director 김수현 | Scriptwriter 문정실

Music 〈Snow Angel〉 by Tori Amos

엄마 뱃속에서 열 달
세상으로 나온 한 아이

'건강하게 자라서
훌륭한 사람이 되렴.'

아기가 태어나면
예쁜 이름을 지어주고
행복을 바라는 부모의 마음

하지만
갓난아기를 고아로 만든
한 엄마

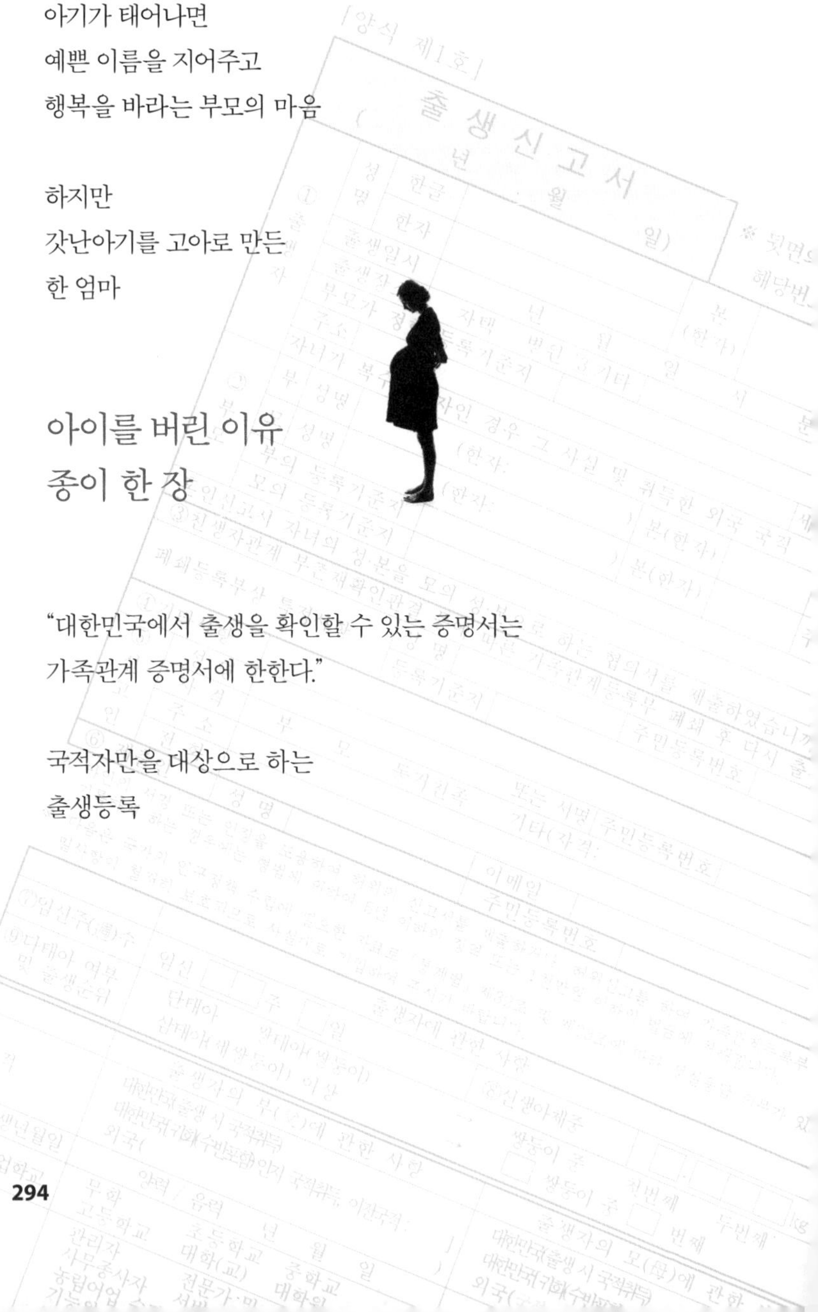

아이를 버린 이유
종이 한 장

"대한민국에서 출생을 확인할 수 있는 증명서는
가족관계 증명서에 한한다."

국적자만을 대상으로 하는
출생등록

체류 자격이 없는

미등록 외국인의 아이

박해를 피해 조국을 등진

난민의 아이

법적으로 존재하지 않아

통계조차 낼 수 없는 아이들

단, 예외적으로 출생등록을 할 수 있는 경우

대한민국에서 발견된 '기아棄兒'

버려져서 부모를 알 수 없는 아동

© 연합

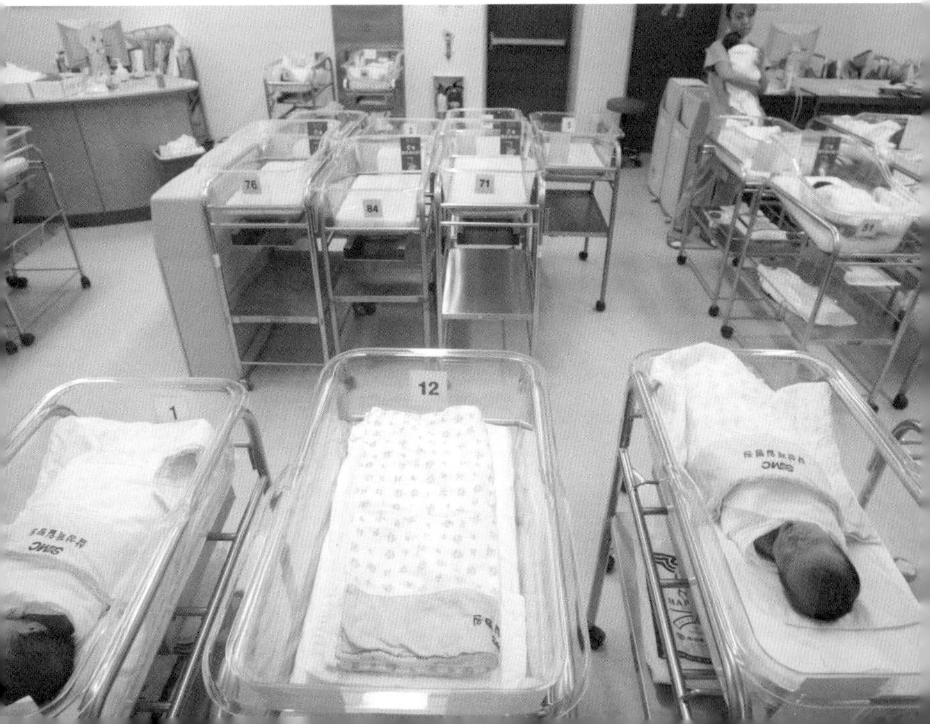

“아이가 어디 있는지 알고 있지만
만날 수 없어요.
베트남 엄마가 있다는 게 밝혀지면
아이가 강제로 추방될 테니까요.”

엄마 뱃속에서 열 달
세상으로 나오는 모든 아이들

‘아동은 출생 후 즉시 등록되어야 하며
이름과 국적을 가질 권리가 있다.’

— 유엔아동권리협약 제7조

‘영국에서 태어난 모든 아동은
등록되어야 한다.’

— 영국 출생및사망에관한법률 제1조

‘미국에서 출생한 모든 사람은
미국 관할권 내에 있으며
미국의 시민이다.’

— 미국 헌법 제14조

그리고

태국의 난민캠프에서
출생증명서를 받는 난민여성들

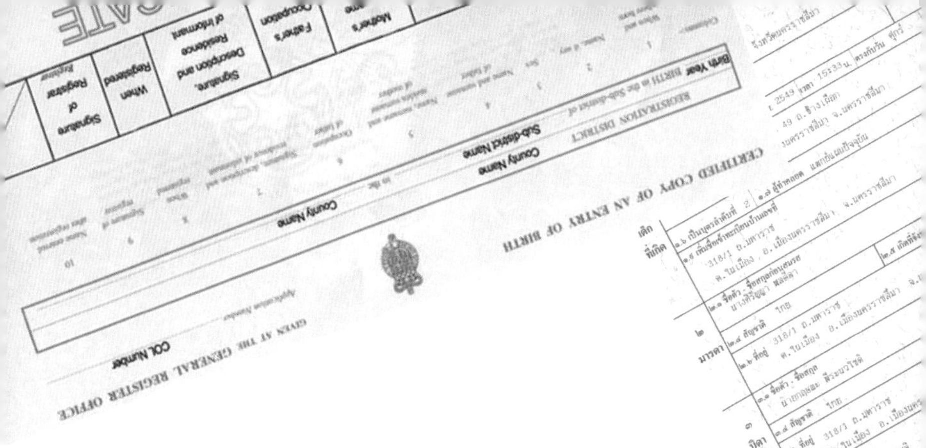

"제 아이가 똑똑하게 자라면
의사가 되어 병원에서 일하면 좋겠어요."

"제 미래는 불확실하지만
새로 태어난 아이에게는 희망을 가질 수 있어요."

'출생등록은 종이 한 장에 불과하지만
아이의 존재를 인정하는 증명이며
침해할 수 없는 인권이다.'

— 데스몬드 투투 주교, 노벨평화상 수상자

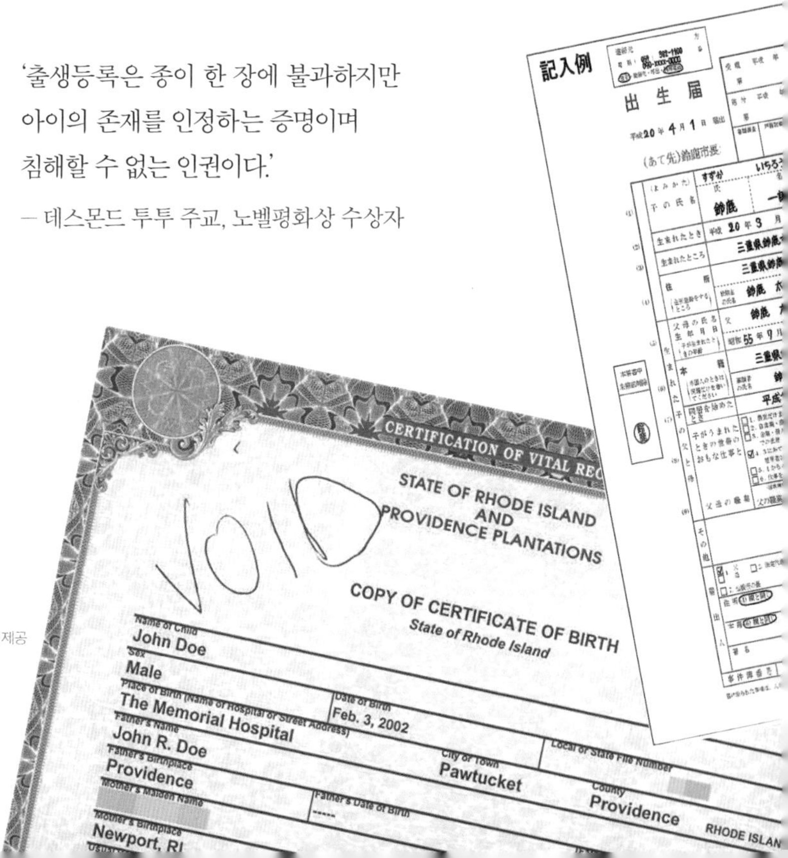

24 법률을 위반하는 제도

출생등록제도는 크게 속지주의와 속인주의로 나뉜다. 속지주의는 '어디에서 태어났느냐'에 주목한 것으로, 시민국가에서 주로 따르는 방식이다. 이에 따라 미국이나 캐나다는 개인의 출생을 중심으로 한 보편적 출생등록제도를 운영하고 있다. 영국과 태국, 이탈리아, 네덜란드 등도 자국에서 출생한 모든 아동을 대상으로 보편적 출생등록을 시행중이다. 특히 이탈리아는 불법체류자들이 모호한 지위 때문에 자녀의 출생등록을 꺼릴까봐, 출생등록에 한해 불법체류자를 발견하는 즉시 통보하도록 하는 공무원의 의무를 면제하고 있다.

민족국가인 한국은 개인의 출생에서 사망까지의 기록을 가족관계 안에서 편제하는 속인주의를 따른다. 호적제도에 바탕을 두고 가족을 중심에 둔 까닭에, 누구의 자식인지 가족관계등록부에 명시하기만 하면 별도의 출생증명서도 발급되지 않는다. 이는 한국 국적을 가진 사람과 그 자녀만 국민으로 승인하고 권리를 부여하겠다는 것으로 "자연인은 출생과 함께 권리능력을 취득한다" "자연인은 태어나는 순간 계급·신분·연령·성별 등에 관계없이 평등하게 재산을 소유할 수 있고, 평등한 가족관계에 들어서게 된다"라고 명시한 민법을 위배한다. 외국인등록제도가 출생 등 개인의 신분을 증명하지 못하는 현 상황에서, 외국인이 가족관계등록부에 오를 길은 결혼이나 입양을 통해 한국 국민과 새로이 가족관계를 만드는 것뿐이다.

1993년 9만 명이 채 안 되던 국내 장기체류 외국인 수는 불법체류자를 포함해 2013년 5월 현재 124만 명에 육박한다. 그럼에도 한국의 각종 제도는 이러한 변화를 따라가지 못한다는 게 인권전문가들의 지적이다. 특히 비국민에 대한 차별 아래 가족 중심으로 구성된 가족등록제도는 난민신청자, 미등록 외국인, 무국적자의 자녀들을 출생기록 없는 '그림자 아이'로 내몰고 있다.

기록이 없으면 아이들은 의료, 교육 등 각종 사회적 공공서비스에서 소외된다. 결혼을 하고, 운전면허를 따고, 투표하고, 일을 하는 등의 권리도 행사할 수 없으며, 불법 인신매매 등 각종 위험에 노출된다. 이들이 자연인에게 허락된 권리를 보장받기 위해서는, 부모가 확인되지 않거나 없는 '기아'로 등록되어 국적을 취득하는 수밖에 없다. 이에 유엔아동권리위원회, 인종차별철폐위원회 등은 한국 정부에 '이주민·난민·무국적 자녀를 포함해, 한국에서 태어나는 모

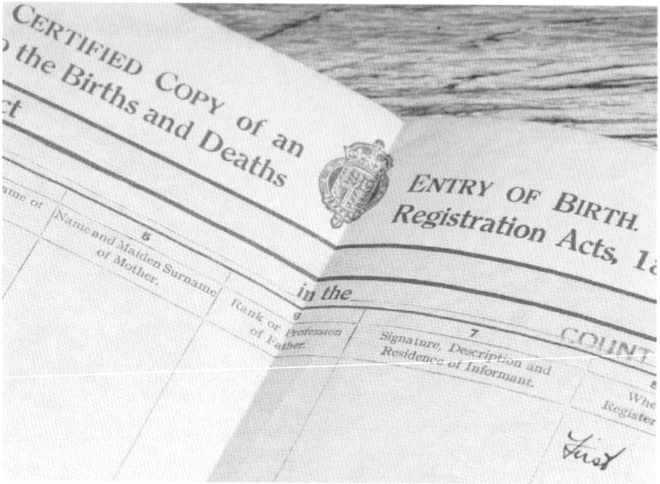

든 아동을 대상으로 하는 보편적 출생등록을 도입하라'고 지속적으로 권고하고 있다.

2012년 집계된 19세 이하 미등록 외국인은 5681명이다. 그러나 국제개발협력 NGO '아시안프렌즈' 김준식 이사장은 "통계에도 잡히지 않는 아이들을 비롯해 한국에서 권리 보장을 받지 못하는 아이들은 만 명이 넘을 것"으로 예상한다. 그럼에도 보편적 출생등록제도 도입에 대한 정부의 방침은 여전히 미온적이다. 법무부 법무심의관실 장준호 검사는 "방향은 공감하나 출생등록제를 받아들이기는 쉽지 않다. 출생등록제로 인해 출생등록을 두려워한 미혼모가 낙태를 하거나 의료기관에 가지 않는 일이 생길 수 있고 문화적인 부분도 있다. 가족관계법이 시행된 지 얼마 안 된 상황에서 당장의 논의는 무리가 있다. 국민적 합의가 이뤄지고 부처 간 협의가 이뤄져야만 가능한 부분"이라고 잘라 말했다.

1992년 '난민협약'에 가입한 한국이 2001년 처음으로 정치적 박해에 의한 난민을 인정하고, 2013년 아시아 최초로 난민법을 시행하면서 한국에 의탁하려는 난민 수가 해마다 늘고 있다. 난민법은 2009년 새누리당 황우여 의원이 난민의 권리를 보장하고, 난민 신청자와 인정자의 처우를 개선하기 위한 법률을 대표 발의한 후 2013년 7월 1일부터 전면 실행되었다.

2013년 8월 현재, 한국의 난민신청자는 5834명이다. 이들 중 340명이 난민협약에 따라 협약난민으로 인정되었고, 176명은 인도적 체류를 허가받았다. 국민이 되지 못한 2700여 명은 무국적자로 지금, 이 땅에 머물고 있다.

나라 없는 사람

난민refugee은 인종, 종교, 국적, 정치, 경제, 사회적인 이유로 박해와 살해 위협을 받아 국적을 갖고 있는 나라 밖에 거주하는 사람이다. 국적국의 보호를 받을 수 없는 자 또는 받기를 바라지 않는 자, 국적국에 돌아갈 수 없는 자 또는 돌아가기를 원치 않는 자는 모두 난민으로 분류된다.

난민의 지위와 처우 등 보호규정을 담은 국제조약은 1951년 7월 28일 제정되었다. 그러나 제1차세계대전 뒤에 발생한 150만 명의 러시아 난민과 2차세계대전 직후 3000만여 명의 전쟁난민은 국적을 박탈당하고 여권은 물론 생존권, 교육권, 주거권 등 어떠한 권리도 갖지 못한 채 유럽을 떠돌았다. 근대에 만들어진 인권개념이 민족주의에 근거한 국민국가의 한계에 부딪히며 모순을 드러낸 것이다. 이에 유엔은 1951년 1월 1일 이전에 발생한 유럽 난민에게 신분증명서를 발급하고 이동의 자유, 재산이전의 자유 등 지위와 신분을 보장하는 '난민 지위에 관한 협약(난민협약)'을 마련한다. '난민협약'은 '세계인권선언' 제14조에 명시된 '모든 사람은 박해를 피해, 타국에서 망명을 구할 권리가 있다'는 보편적 인권을 보장하기 위한 고육지책으로, 난민을 박해받는 나라로 되돌려보내지 않는 '강제송환금지원칙'을 핵심으로 한다. '1951년 이전, 유럽의 난민'으로 시기와 대상을 한정했던 '난민협약'은 1967년 '난민의 지위에 관한 의정서(난민의정서)'로 보완되어 세계 모든 지역, 모든 사람을 대상으로 삼았다.

세계대전 이후 더이상 생기지 않을 거라는 기대 혹은 예상과 달리, 20세기 내내 곳곳에서 벌어진 전쟁과 대량학살은 수없이 많은 난민을 끊임없이 만들어냈다. 자본을 따라 이동하는 제3세계 노동자도 '불법체류자'로 분류되는 순간 난민으로 전락했다(오늘날 전 세계인구 110명당 한 명이 난민이고, 이들 중 80퍼센트는 여성과 아동이다). 망명자, 탈주자, 불법체류자(와 그 자녀)의 형태로 도처에서 출현하는 난민은 근대, 자본주의의 산물이다. 난민은 그 자체로 국경을 초월하는 자본의 힘이고, 모든 사람이 태어나면서부터 갖는다고 선언된 인권이 사실상 국민국가 안에서만 유효한 '가상의' 개념이라는 사실을 증명한다.

"인권개념은 인간존재의 실존이라는 가정에 기초하지만, 그러한 가정은 그것을 믿는다고 고백한 사람들이 인간이라는 사실을 제외한 다른 모든 인간적 특성과 특수한 인간관계를 상실한 사람과 처음 만나는 순간 즉각 무너지고 말았다."

—『제국주의의 기원』, 한나 아렌트

국민국가라는 체제 속에서 인권은, 특정 국가의 '시민'에게 귀속된 '권리'라는 형태를 취하지 않는 순간 전혀 보호받지 못할뿐더러 아무런 현실성도 없다. 여기서 시민은 국가가 권리를 '보장하는' 사람이지 영토 내 거주자가 아니다. 국민국가는 보호해야 할 시민과 버려야 할 난민을 분류하면서 제도의 결속력을 다지고 공고히 하는데, 이때 난민은 다른 나라에서 온 사람이 아니라 국가가 보호할 필요가 없다고 판단한 모든 사람을 가리킨다. 이탈리아 정치철학자 조르조 아감벤은 이들을 '호모 사케르homo sacer(벌거벗은 생명)'라고 명명하면서 국민국가의 자의적인 법 사용과 운영원리, 정치공학을 분석하기도 했다. 아감벤에게 호모 사케르는 공동체의 법적, 종교적 질서로부터 배제된 자다. 문명화된 세계에서 추방된 존재이며, 법적으로 구속되고 보호받는 삶에서 아무런 보호도, 구속도 없는 삶으로 전락한 존재다. 나치 치하의 유대인들, 법적 지위가 없는 난민, 불법 체류자들이 바로 우리 시대의 호모 사케르인 셈이다.

그는 오늘날 세계 곳곳에서 벌어지고 있는 난민과 국민 사이의 힘겨루기는 민족주의뿐만 아니라, 모든 생명에 대한 평등을 보장하고, 태어나는 순간 국민이 된다는 국민국가의 허구성과, 사회적 지위에 따라 생명의 경중을 가늠하는 생명정치의 실상을 폭로한다고 지적한다.

ⓔ⊕㉦

25 한잘라

Date 2009.1.27. / 2009.2.2.

Director 김진혁 | Scriptwriter 김이진

Music 〈Street Spirit〉 by Radiohead

예쁘지도

사랑스럽지도 않은

열 살

나치의 학살로
600만 명의 유대인이 죽었다
뿌리 깊은 차별과 박해에서 벗어날
유일한 희망

땅 없는 민족에게 주인 없는 땅을!

이 세상 어딘가에
유대인만의 국가를 건설하겠다는
절절한 꿈
그러나
이 세상에 '주인 없는 땅'은
그 어디에도 없었다

그곳에는
1000년 이상 올리브를 키우며 살아가던
사람들이 있었다

땅을 지키려는 사람들은 말을 타고
땅을 뺏으려는 사람들은 탱크를 탔다

1948년
남의 땅 팔레스타인 위에
유대인의 나라
이스라엘이 세워진다

집 열쇠를 꼭 쥐고
난민촌으로 떠밀린 사람들…
그 속에 있었던
열 살의
나지 알 알리

"나는 내가 무엇을 해야 하고
무엇을 할 수 있는지에 대해
의무감을 느꼈다."

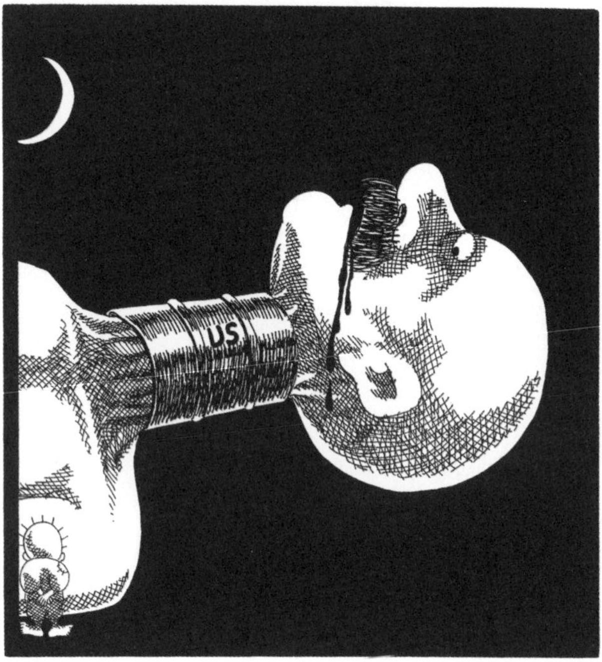

열 살의 아이 나지 알 알리는
난민촌 천막 위에
대피호 벽 위에
매일같이 그림을 그리기 시작한다

"한잘라는 못생겼다.
사랑스럽지도 않다.
맨발의 다른 난민촌 아이들과 다를 바 없다."

세월이 흘러도 변하지 않는
한잘라의 나이는
나지 알 알리가 고향에서 쫓겨났던 나이
열 살이었다

맨발에 뒷짐을 지고
물끄러미 지옥을 바라보는
열 살 한잘라

늘 같은 모습
전혀 움직이지 않던 그 아이가
어느날
마침내 움직이기 시작한다

집과 땅을 잃고
가자지구…
웨스트뱅크(서안지구)…
요르단…
레바논…
낯선 땅을 떠도는
팔레스타인인들은
이스라엘군의 총에 맞서
돌멩이를 들었다

1982년 가을
레바논으로 향하는
이스라엘의 탱크

"팔레스타인 테러리스트들로부터
이스라엘 국민을 보호하기 위해!"

탱크가 난민촌 주위를 포위한 3일 동안
3000명이 죽었고
그중 대부분은
이스라엘이 '잠재적 테러리스트'라 부르는
노인, 여성, 어린이 들이었다

그리고
세계는 침묵한다

"과연 이것이
미국과 유럽이 외쳐온
자유와 인권입니까?"

— 아흐메드 야신, 팔레스타인 지도자

더이상 침묵하지 않고
네모칸 속으로 성큼 들어가
돌멩이를 던지고
꽃을 건네고
두 팔을 번쩍 드는
한잘라

"나는 결코
공포와 절망을 느끼지 않았고
항복하지도 않았다."

그러나 한잘라를 그리던 나지 알 알리는
레바논과 쿠웨이트를 떠돌다
런던에서 괴한의 총에 맞아 살해된다

그의 주검은
고향 팔레스타인으로 돌아가지 못했고
열 살인 한잘라도
고향으로 돌아가지 못했다

© Naji Al Ali

* 2008년 12월 27일부터 3주 동안 이스라엘의 가자지구 침공으로 1305명의 팔레스타인인이 사망했고, 13명의 이스라엘인 사망자 중 5명은 자국군의 오폭이 원인이었다. 1948년 이후 고향으로 돌아가지 못하고 세계를 떠도는 팔레스타인 난민의 수는 약 400만 명이다.

25 공존할 수 없는 세 개의 약속

영국은 1차세계대전 중 오스만터키 제국 치하의 아랍인들에게 독일과 오스만터키 제국에 맞서 싸우는 대가로 팔레스타인을 포함한 아랍지역의 독립을 보장하는 '후세인-맥마흔 서한(1915년 12월)'을 체결했다. 이에 팔레스타인 지역의 아랍인들은 같은 이슬람권이면서도 오직 독립을 위해 오스만터키 제국에 맞선다. 영국은 이 대리전쟁을 지원하고자 T.E 로렌스 대령을 중동으로 파견한다. 당시 오스만터키 제국은 영국 식민경제의 생명줄이라고 할 수 있는 수에즈 운하를 장악하고 있었다.

1962년 영국의 영화감독 데이비드 린이 만든 〈아라비아의 로렌스〉는 1차세계대전 당시 중동에 파견된 영국군 대령 로렌스가 아랍인들의 신망을 얻고 진정한 전쟁영웅이 되기까지의 과정을 광활한 중앙아시아의 자연과 함께 담아낸 영화다. 피터 오툴을 비롯하여 오마 샤리프, 앤소니 퀸, 알렉 기네스 등 기라성 같은 배우들이 출연한 이 영화는 아카데미상 일곱 개 부문을 휩쓸며 당시 최고의 영화로 추서되었다.

그러나 현실 속 영국은 미국의 참전을 유도하고 독일의 내부혼란을 조장하기 위해 전 세계에 흩어져 살고 있던 유대인의 도움도 필요로 했다. 이에 따라 1917년 영국 외상 발포오는 영국의 유대계 은행재벌 로스차일드와 '발포오 선언'이라는 비밀조약을 체결한다. 이 조약에서 영국은 유대인의 참전 대가로 팔레스타인에 유대인 민족국가 창설을 약속해주었다. 1880년대부터 득세했던 유대인들의 국가창설 민족주의운동인 '시오니즘Sionism'에 대한 조건부 지지의사를 밝힌 것이다.

한편, 1916년 영국은 이미 프랑스와 비밀리에 '사이크스-피코 협정'을 체결한 바 있었다. 시리아와 쿠웨이트를 연결하여 북쪽은 프랑스, 남쪽은 영국이 분리지배한다는 내용을 담은 강대국끼리의 정치적 담합이었다. 사실 이는 '현대적 식민주의'가 자리잡아가던 20세기 초에 강대국들 사이에서 유행하던 일이기도 했다. 영국은 중동지역의 주권과 관련하여 서로 철저하게 모순되는 세 개의 비밀조약을 체결함으로써 전후 중동지역에서 계속될 끝없는 분쟁의 서막을 완성했다.

사고치고 뒤로 빠진 대영제국

1차세계대전 이후 열린 1919년 파리국제회의에서 미국 대통령 우드로 윌슨의 민족자결주의가 공식 채택됨에 따라 전 세계적으로 식민지 해방과 독립이 진행되었다. 팔레스타인의 경우, 당시 거주민 50만 명 중 유대인은 겨우 2만여 명에 불과했으므로 민족자결주의 원칙에 따라 아랍국가가 세워져야 마땅했다. 그러나 영국은 발포오 선언을 매개로 유대인들의 전폭적인 지지 아래 1920년 산레모 회의에서 영국의 팔레스타인 위임통치안을 통과시킨다.

영국에 배반당한 팔레스타인의 아랍인들은 이때부터 격렬한 반영투쟁과 독립운동을 전개한다. 영국은 이에 맞서 위임통치권을 이용, 유대인들의 팔레스타인 이주정책을 강행한다. 유대인들의 시오니즘이 현대사 전면으로 가시화하기 시작한 것이다. 1920년 1만 6500명의 유대인이 팔레스타인으로 이주한 것을 시작으로 팔레스타인 위임통치지역에서는 토착아랍인과 이주유대인 간의 갈등이 불거졌다.

당시 영국은 식민통치 방법의 일환으로 두 민족 간의 분열과 갈등을 적당히 부추겼다. 1933년 이후 나치독일이 유대인들에 대한 탄압을 강화하자 팔레스타인으로 이주하는 유대인은 나날이 늘었고, 팔레스타인의 혼란은 걷잡을 수 없는 지경에 이르렀다. 게다가 2차세계대전 발발 이후 나치의 홀로코스트에 직면한 유대인들은 더욱 공격적으로 유대국가 설립을 위한 팔레스타인 이주를 시도했다. 이제 팔레스타인 지역의 혼란과 갈등은 일촉즉발의 지경으로 치달았으나 이에 책임이 있는 영국과 유럽사회는 아무런 조치도 취하지 않았다.

2차세계대전이 끝나고 열린 1947년 11월 29일 유엔총회는 팔레스타인 지역을 분리하여 아랍과 유대, 두 개의 독립국가로 분할하자는 안을 통과시킨다. 찬성 33표, 반대 13표였다. 처음에는 아랍인이 중심이 되는 팔레스타인 연방안이 우세했으나 제3세계에 대한 미국의 집요한 회유와 협박으로 결국 분할안이 통과된 것이다. 이 문제에 관한 한 역사적으로 가장 큰 책임을 갖고 있는 영국은 정작 이 투표에서 기권했다.

유대인들은 모세의 인도 하에 이집트를 탈출한 과거의 역사에 빗대어 2차세계대전 기간 동안의 '유럽 탈출'을 엑소더스Exodus라고 불렀다. 그러나 현대판 엑소더스에도 불구하고 당시 팔레스타인 지역의 유대인 인구비율은 아랍인 대비 3분의 1, 거주면적은 전체의 7퍼센트에 불과했다. 하지만 유엔총회의 분할안은 유대인들에게 팔레스타인 지역의 56퍼센트를 배분한다는 내용이었고, 더구나 경작 가능한 땅 대부분은 유대인 차지였다. 이제 유엔으로부터 국가창설을 공식적으로 인정받은 유대인들은 영국과 미국의 지원 하에 구체적인 건국 작업에 착수하지만, 토착아랍인의 저항이 워낙 완강하여 분쟁은 끊이지 않았고 유대국가 건국은 거듭 지연되었다.

총탄과 탱크에 맞서는 돌멩이의 외침

1948년 4월 9일, 유대인 지하테러조직인 이르군Irgun Zvai Leumi이 예루살렘 서쪽의 작은 마을 데일야신을 야밤에 습격해 아랍주민 254명을 무차별 살해했다. 후일 이스라엘 수상에 오른 메나헴 배킨이 진두지휘한 이 사건 이후로도 유대인들은 거듭 아랍인들을 공격하여, 불과 한 달여 만에 100만 명에 이르는 아랍인들이 인근국가로 피신했다. 팔레스타인 난민 역사의 시작이다.

1948년 5월 14일 마침내 이스라엘 건국이 선언되지만, 건국선언은 곧바로 전쟁으로 이어졌다. 이집트, 요르단, 사우디아라비아, 시리아, 레바논 등 아랍국가 들이 일제히 이스라엘의 독립선포일을 기해 선제공격을 가함으로써 제1차 중동전쟁이 발발한 것이다. 이스라엘과 아랍국가들은 이후 세 차례 전쟁을 더 치르지만 번번이 이스라엘이 승리해, 한때 이스라엘 영토는 독립 당시의 8배까지 늘어나게 된다. 특히 1967년 6월 5일 발발한 제3차 중동전쟁에서는 이스라엘이 시나이 반도와 요르단 강 서안, 골란 고원, 동예루살렘을 단 6일 만에 점령하는 등 압도적 우세를 보였다. 유엔은 그해 11월 결의안을 통해 이스라엘이 모든 점령지에서 철수할 것을 요구했으나, 이스라엘은 이를 묵살하고 점령지 내에 끝내 유대인 정착촌을 세웠다. 그 중 시나이 반도는 1979년 '캠프데이비드협정'에 따라 이집트에 반환되었으나 나머지는 아직도 이스라엘이 차지하고 있어 여전히 분쟁의 불씨가 되고 있다.

1987년 12월, 거듭된 전쟁에도 독립을 얻지 못한 팔레스타인인들이 인티파다(민중봉기)를 일으키자 팔레스타인민족평의회PNC도 이에 맞춰 독립을 선언한다. 팔레스타인인들은 유대인들이 팔레스타인 땅에서 물러날 것을 요구하며 돌과 화염병을 던졌고, 이스라엘군이 무자비한 총격으로 이를 진압하면서 1000여 명의 희생자가 발생했다.

젖과 꿀이 흐르는 땅에서 바리새의 피와 살을 태우다

2009년 2월 현재 팔레스타인을 대표하는 상징적 조직은 단연 하마스다. 아랍어 'Harakat al-Muqaqama al-Islamiyya(이슬람 저항운동)'의 약칭인 하마스는 팔레스타인 점령지를 중심으로 반反이스라엘 투쟁을 전개하는 이슬람 원리주의조직으로 알려져 있다. 1970년대 후반 문화운동으로 시작되었지만 1987년 이후부터는 팔레스타인 해방을 주장하며 무장 게릴라 활동을 개시했다. 지도자는 1989년 이스라엘 군당국에 체포되었다가 1997년에 석방된 이슬람 법학자 아흐메드 야신이다. 어린 시절 불의의 사고로 사지가 마비되었으나 휠체어에 의지한 채 노년까지 팔레스타인의 정신적 지도자로 활동한 그는, 2004년 이스라엘군 공격헬기가 발사한 미사일에 맞아 폭사했다.

하마스의 영향력은 1993년 또 다른 팔레스타인 해방운동 지도자 야세르 아라파트가 이끄는 PLO(팔레스타인해방기구)와 이스라엘이 '오슬로 평화협정'을 체결하면서 다소 위축되었다. 그러나 2001년 2월 강경파 아리엘 샤론이 이스라엘 총리에 취임하고 무력충돌이 다시 격화되자 가자지구를 중심으로 강력한 지지를 얻게 된다. 샤론은 집권기간 내내 PLO를 인정하지 않고 유대인 정착지를 확대하는 등 팔레스타인에 대한 강경책으로 일관했는데, PLO가 이에 제대로 대응하지 못하면서 팔레스타인인들 사이에서 하마스의 무장투쟁주의에 대한 지지는 더욱 공고화되었다.

2006년 하마스는 팔레스타인 총선에서 승리하며 집권당으로서 제도정치 전면에 나섰으나 미국과 이스라엘은 이들의 합법성과 외교권을 인정하지 않았다. 2008년 12월 27일부터 23일간 이스라엘은 하마스의 근거지를 공격한다는 명목 하에 가자지구에 대한 무차별 폭격을 감행했다. 팔레스타인 자치정부 보건부 집계에 따르면, 이 기간 동안 숨진 팔레스타인 주민은 모두 1366명이다. 이 가운데 430명이 어린이, 111명이 여성이고, 부상자 총 5380명 가운데 1870명이 어린이, 800명이 여성이었다. 실종자는 100명에 이른다. 그 외에 팔레스타인 의료진 13명과 유엔 구호요원 여섯 명이 이스라엘군의 폭격에 숨졌으며, 가자지구에서 활동하는 인도주의 활동가들의 피해는 집계가 힘들 정도다. 반면 이스라엘 측은 같은 기간 병사 열 명과 민간인 세 명이 숨졌다고 발표했다.

적이 총을 내려놓으면 곤란한 이유

오랫동안 팔레스타인 문제와 관련하여 대표성을 가지고 있던 아라파트와 PLO의 영향력이 소멸하고 이스라엘의 군사행동이 지속된 데에는 유엔에서 이미 여러 차례 팔레스타인 땅으로 인정한 가자지구를 비롯, 웨스트뱅크, 동예루살렘, 골란 고원 등 네 개 지역의 문제가 걸려 있다. 대부분의 유엔 회원국들은 이스라엘과 팔레스타인이 1967년 6월 시점의 국경을 회복하고 평화공존하기를 바라고 있으나 번번이 미국과 이스라엘의 반대 및 거부권으로 분쟁은 종식되지 않고 있다.

한편, 하마스가 미국의 용인 아래 성장한 조직이라는 주장도 있다. 아라파트가 노벨평화상을 수상하는 등 PLO의 평화적 제안들이 국제사회에서 설득력을 얻자, 미국과 이스라엘이 팔레스타인 내부의 역학구도를 분열시키려고 강경파인 하마스의 부상을 용인했다는 것이다. 그러다가 2004년 하마스가 이스라엘과 미국의 구상을 위협할 정도로 성장하자 지도자인 아흐메드 야신을 살해할 수밖에 없었다는 설이다. 아닌 게 아니라 1993년 오슬로 평화협정과 1994년 팔레스타인 자치정부 수립 이후에도 1967년 시점의 국경복구 문제는 외면한 채 '팔레스타인 무장해제'만을 빌미로 공격을 반복하고 있는 이스라엘에게 평화공존의 의지는 여간해서 찾아보기 힘들다. 하마스의 존재와 성장에 대해 1973년 제4차 중동전쟁 이후 지속해온 이스라엘의 팔레스타인 완전지배를 위한 분쟁지속 전략의 일환이라는 주장이 설득력을 얻고 있는 이유다.

2008년 12월 가자지구 공격의 명분은 팔레스타인 측의 휴전협정 폐기와 하마스 무장해제였다. 그러나 팔레스타인 측의 휴전협정 폐기는 사실상 6개월 동안 이스라엘이 가자지구를 포위하고 식량, 석유, 의약품은 물론 사람들의 이동까지 봉쇄했기 때문에 촉발된 것이다. 오히려 하마스는 다수당으로 집권한 이후 이스라엘 측에 지속적으로 평화공존 제스처를 보내왔다.

미국의 제44대 대통령 버락 오바마는 취임 첫날인 2009년 1월 21일 마무드 압바스 팔레스타인 자치정부 수반에게 전화를 걸어 "중동평화를 위해 전면적인 파트너십을 원한다"라고 말했다. 그러나 오바마 행정부는 취임 직전에 있었던 이스라엘의 팔레스타인 공습과 무차별 살상행위에 대해서는 공식적으로 비판적인 언급을 한 바 없다. 오히려 "이스라엘의 안보는 절대적"이라는 표현을 사용함으로써 국제사회의 혼란만 가중시켰다. 미국의 유대인 집단을 대표하는 미국이스라엘공공문제위원회American Israel Public Affairs Committee의 지원과 지지 없이 미국 대통령에 당선될 수 없다는 말은 미국 정가에서 공공연하다.

독립을 향한 팔레스타인의 분투는 현재진행형이다. 2011년 10월 31일 팔레스타인은 유네스코 정회원국 지위를 얻었으나 미국과 이스라엘의 반대로 무산되었다. 가자지구에서는 공격-보복-재공격의 악순환이 여전히 계속되고 있다. 2014년 4월, 팔레스타인과 이스라엘은 미국의 중재 하에 평화협상을 재개했지만, 팔레스타인 양대 정파인 파타Fatah와 하마스가 통합정부 수립에 합의하고 이스라엘이 이에 반발하면서 결국 결렬되었다. 2014년 6월, 이스라엘의 강력한 반발 속에 팔레스타인 자치정부의 마흐무드 압바스 의장과 하마스는 잠정 통합정부를 출범시켰다. PLO 출범 후 50년 만의 일이다.

배다른 형제의 눈물

철저한 휴머니즘에 기반하여 핍진한 민중의 삶을 사실적 기법으로 묘파했던 러시아의 문호 막심 고리키는 '사람'이란 단어를 항상 대문자로 적었다. '막심 고리키'는 '지독한 쓰라림'이라는 뜻의 필명이다. 팔레스타인 출신 카투니스트 나지 알 알리가 그린 그림 속의 주인공 '한잘라' 역시 '쓰라림'이라는 뜻이다.

> 煮豆燃豆萁 (콩깍지로 불을 질러 콩을 볶는구나)
> 豆在釜中泣 (뜨거워라 콩은 가마솥 안에서 우네)
> 本是同根生 (본시 한 뿌리에서 나왔거늘)
> 相煎何太急 (어찌 이다지도 급하게 볶아대는가)
>
> — 조식, 『삼국지』 중

아브라함은 자식이 없어 몸종인 하갈과 결혼하여 아들을 낳았는데 그 이름이 이스마엘이며, 이후 본처인 사라에게서 다시 자식이 태어나 이름을 이삭이라 했다. 이스마엘은 아랍민족의 조상이 되어 먼 훗날 마호메트를 낳았고, 이삭은 유대민족의 조상이 되어 먼 훗날 예수 그리스도를 낳았다.

기원전 586년 신新바빌로니아의 공격으로 유대왕국이 멸망한 이후 유대인과 아랍인들은 1차세계대전 이전까지 팔레스타인 땅에서 2000년 가까이 평화롭게 공존했다. 이후 팔레스타인은 로마의 속령을 거쳐 16세기부터 20세기 초까지 오스만터키 제국이 지배하던 식민지가 되었다. 이러한 기나긴 역사 속에서 유대인들은 대부분 유럽을 비롯한 전 세계로 흩어졌으며, 일부만 팔레스타인 지역에 남아 아랍인들과 함께 정착했다.

디아스포라Diaspora는 원래 팔레스타인 지역에서 유대의 종교와 문화를 지키며 살아가던 유대인 또는 그들의 거주지를 의미하는 용어였지만, 외세에 의해 '약속의 땅'에서 쫓겨나 세계로 흩어져 떠돌던 유대인들의 신산한 역사를 기억하자는 상징적 의미로 오늘날 더 많이 쓰인다. 그리스어에 어원을 둔 디아스포라는 '분산' '이산'을 뜻한다.

26 라듐 걸스

그녀들은 모두
젊고 건강한 여성들이었다

Date 2013.8.1.

Director 김수현 | Scriptwriter 장현

Music 〈Into Dust〉 by Mazzy Star

1898년 마리 퀴리
방사선을 내뿜은
라듐 발견

2년 후
라듐을 이용한 암 치료법 개발

그리고

손목시계 숫자판에서 빛나는
아주 작은 숫자들

입술로 붓끝을 뾰족하게 만들어
하루에 숫자판 250개를 칠한
페인트공

어느 날부터
이가 빠지고
턱이 썩어 문드러지고
빈혈이 계속되기 시작한다

1924년
U.S 라듐 주식회사의 페인트공
9명 사망

회사는
페인트공의 죽음이 작업과 관련 있다는
과학자들의 조사 결과를 받지만
발표를 거부한다

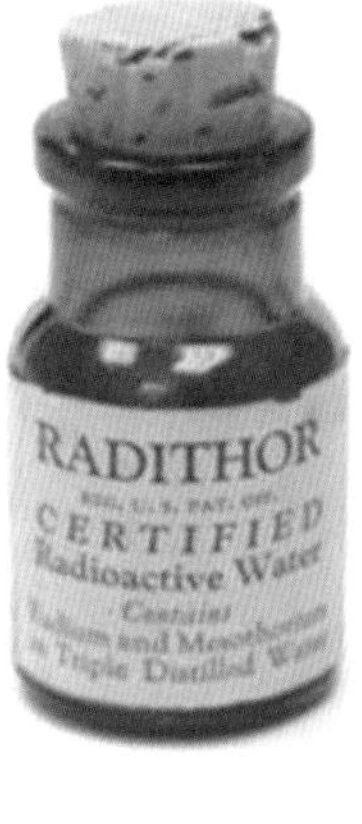

뼈에 구멍을 뚫고
혈액을 만드는 골수로 침투해
빈혈과 백혈병을 일으키는
라듐을 조금씩 삼켜왔던 그녀들

'라듐 걸스 radium girls'
당시 숫자판 페인트공을 부르던 이름

1925년
그레이스 프라이어와 4명의 라듐 걸스
회사를 상대로 소송 제기

공판 날짜를 잡는 데만 3년
그사이 사망한 13명의 여성들

건강이 더 악화된 5명의 라듐 걸스는
1928년 6월 공판을 앞두고
회사가 제안한 적은 보상금에 합의한다

한편
또다른 야광시계 제조회사
라듐 다이얼

1925년과 1928년 두 차례
직원들의 방사능 수치를 조사하지만
검사 결과 은폐

"당신들에게 검사 결과를
알려줬다면
폭동이 일어났을 것이다."

— 루퍼스 리드, 라듐 다이얼 사장

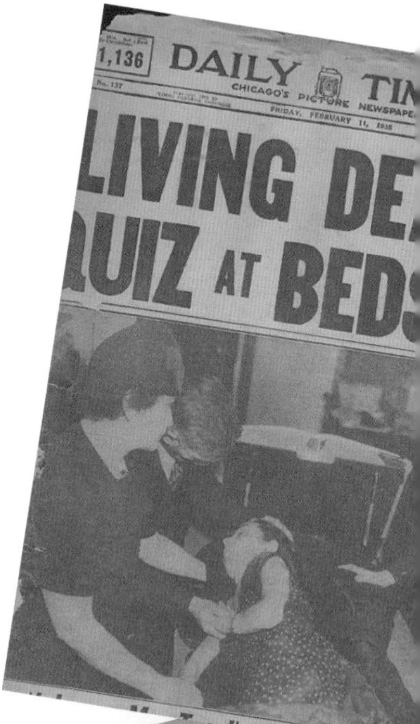
1,136
DAILY TIM
CHICAGO'S PICTURE NEWSPAPE
FRIDAY, FEBRUARY 11, 1938
LIVING DE
QUIZ AT BEDS

1938년
캐서린 도나휴의 고소로
10년 만에 검사 결과 공개

"이 작업을
수천 번도 더 했습니다."

To Finish Recital
Woman Tells How Radium Dooms Her
Collapses as Doctor Prepares to Predict Fatality
DO YOU KNOW?

법정에 늘 실려 들어가야 했던
캐서린 도나휴는
회사가 보상금을 약속한 1938년 사망한다

26 죽음과 입맞춤한 빛나는 영혼들

라듐은 1898년 마리 퀴리와 피에르 퀴리가 발견한 최초의 방사성 원소다. 원자번호 88번, 원소기호는 Ra이며, 우라늄과 토륨의 자연 방사성 붕괴로 생성된다. 염화라듐(RaCl2)을 발견한 공로로 퀴리 부부는 1903년 노벨물리학상을 공동수상했고, 마리 퀴리는 염화라듐을 전기분해해 금속 형태로 결정화하여 1911년 노벨화학상을 받았다.

발견과 함께 라듐은 곧바로 질병 치료에 이용되었다. 특히 암세포를 제거하는 데 탁월한 효과를 발휘하면서 방사선 치료와 방사화학 분야를 개척했다. 의학적 효능이 확인되자 라듐은 치약, 헤어크림, 음식물 등 광범위한 제품 첨가물로 각광받았고, 황화아연과 섞으면 빛을 쬐거나 전기를 통하지 않아도 발광하는 성질로 인해 1950년대까지 야광페인트를 만드는 데 사용되었다.

'라듐 걸스'는 1910년대 미국 뉴저지주 '미연방 라듐공장United States Radium factory'에서 업무중 피폭당한 여성 노동자들을 일컫는다. 시계의 작은 숫자판 글자를 라듐이 섞인 야광페인트 붓으로 칠하는 작업을 해왔던 이들은, 갈라지는 붓끝을 입술로 물어 뾰족하게 다듬으면서 방사능에 노출되었다. 작업장 여성 대부분이 빈혈,

골절, 턱 괴사 등의 증상에 시달리다가 차례로 목숨을 잃었다. 자신들의 병이 일과 관련이 있음을 직감한 노동자들은 진상 규명과 대책을 요구했으나, 회사 측은 라듐과 질병의 연관성을 부인하고 관련 자료를 철저히 비공개에 부쳤다.

'라듐 걸스'의 참혹한 현실은 1925년 그레이스 프라이어 등 네 명이 회사를 상대로 소송을 제기하면서 공론화되었다. 소송이 재판으로 이어지는 데에만 3년. 목숨이 얼마 남지 않은 노동자들은 회사가 제시한 합의금을 수용했지만, 그 자체로 같은 처지에 놓인 수많은 노동자들이 안전과 생명을 위해 투쟁하는 데 디딤돌이 되었다. 한편, 라듐 연구로 오랜 시간 방사능에 노출되었던 마리 퀴리는 1934년 재생불량성 빈혈로 사망했다.

열다섯 살 소년이 수은에 중독된 까닭

1953년 5월 10일 근로기준법이 제정·시행되었으나 한국의 산업 노동자들은 최소한의 안전도 보장받지 못하는 열악한 상황에 놓여 있었다. 1987년 12월, 충남 서산에서 중학교를 막 마친 문송면 군은 야간고등학교를 다니게 해주겠다는 회사 측의 제안을 받고 상경해 온도·압력계 공장 협성계공에 취직한다. 그곳에서 문군이 일한 기간은 두 달. 그사이 수은에 중독된 문송면 군은 산업재해를 인정받고자 노동자사무소를 찾지만, 회사는 "설 연휴에 고향에 내려갔다가 농약에 중독된 것"이라며 협조해주지 않는다. 문송면 군은 여러 병원을 전전하며 치료를 받는다. 몇 달이 되도록 나을 기미가 보이지 않자 가족은 병명이라도 알자며 사재를 팔아 서울대병원에 입원시킨다. 어렵사리 수은에 중독된 사실이 밝혀지면서 문송면 군은 산업재해 병원인 가톨릭여의도성모병원으로 옮겨지지만, 1988년 7월 2일 끝내 숨진다.

열다섯 살 소년의 어린 죽음은 '원진레이온 직업병 투쟁'의 발화점이 된다. 합성섬유공장 원진레이온 노동자들은 근무하는 동안 이황화탄소에 무방비로 노출되었다. 이황화탄소는 호흡기나 피부접촉을 통해 인체에 유입돼 정신이상과 뇌경색, 다발성신경염, 협심증, 신부전증 등을 일으키는 유독물질이다. 회사를 거쳐간 노동자들이 팔·다리마비, 언어장애, 기억력 감퇴, 우울증, 정신이상 등의 증상에 시달리는 동안 회사와 정부는 입막음과 방관으로 일관했다. 그러던 중 문송면 군의 사망소식을 접한 원진레이온 노동자들은 1988년 8월 23일 '원진레이온 직업병 피해자 가족협의회'를 구성하고 대대적인 시위를 기획한다. 서울올림픽을 앞두고 외신에 부정적인 기사가 보도될 것을 염려한 노동부가 적극적으로 협상에 임한 결과, 1989년 8월 마침내 원진레이온 노동자들은 직업병 판정을 이끌어내며 보상과 치료를 보장받는다.

밝혀진 피해자만 1000여 명. 국내 최대의 직업병 사건이자, 세계 최대의 이황화탄소 중독사건은 경제성장의 이면을 폭로하며 사회적·제도적 변화를 이끈다. 노동계가 추천한 전문가가 참여하는 직업병판정위원회 설립, 직업병 인정기준 변경 등이 이때 이루어졌다. 무엇보다 직업병의 원인과 예방에 관한 노동자의 인식변화를 이끌어 산업보건 문제가 노동조합을 통해 자리잡는 데 크게 기여했다. 그사이 원진레이온에서 7년간 일한 노동자 김봉환이 1991년 병고 끝에 숨졌다. 같은 해 권경용은 방에 연탄불을 피워놓은 채 극약을 먹고 자살했다. 1992년 고정자는 정밀검진을 받고 검사결과를 기다리다가 목욕탕 수도꼭지에 목을 맸다. 이들의 죽음은 현재진행형이다. 2013년 6월 18일 원진레이온 직업병 확정을 받은 김아무개씨는 우울증에 시달리다 스스로 목숨을 끊었다.

2010년 산재로 숨진 노동자는 모두 2200명, 부상자는 8만9459명이다. 하루 평균 여섯 명이 사망하고 270명이 부상을 입는다. 이는 원진레이온 사건 이전과 비슷한 수치다. 각종 직업병이나 직업 관련성 질병에 걸린 노동자는 6986명으로 집계된다(그러나 『위험 증폭 사회』의 저자 안종주는 "이 통계는 산재보상보험법 적용을 받는 사업장에서 벌어진 것에 지나지 않는다. 여기서 병원에서 4일 미만 치료를 받은 가벼운 부상은 모두 제외되었다. 뿐만 아니라 실제로 산재를 당한 노동자가 모두 신고가 돼 통계에 잡히는 것도 아니고, 산재에 미가입한 영세사업장도 많으므로 실제 산재 피해자는 훨씬 많을 것이다"라고 단언한다). 치료를 마친 후 원래 직장으로 복귀하는 비율은 30퍼센트이고, 나머지는 새로운 직장을 얻지 못한다. 노동자에게 산재 판정이 목숨만큼 중요한 이유다.

인구 1만명 당 산재사망자는 1.07명으로 OECD 국가 중 1위인 반면, 산재승인율은 해마다 낮아지는 추세다. 2007년 66.4퍼센트였던 질병의 산재승인율은 2011년 54.1퍼센트에 그쳤다. 그러나 이 통계 역시 일부에 한한 것이다. 정규직, 금속노동자를 중심으로 만든 안전보건관련법과 정책은 비정규직노동자, 이주노동자, '굴뚝노동' 밖의 노동자는 대상으로 하지 않는다.

아래로, 아래로 전가되는 위험

2003년 삼성전자 반도체 기흥공장에 입사한 황유미는 2년 후 백혈병 진단을 받고 골수이식을 받는다. 회복기에 접어들 무렵 동료 이숙영이 백혈병에 걸리자 산재를 확신한 황유미는 이 사실을 회사에 알리지만, 삼성전자는 관련 자료를 비공개에 부치는 한편 사표를 요구한다. 2007년 23세로 황유미가 세상을 떠나면서 부친 황상기는 딸의 죽음이 산업재해라는 것을 인정받고자 투쟁을 시작한다. '삼성전자 반도체공장 사건'이 세상에 알려진 계기다. 그해 11월 노동단체와 시민단체 20여 곳이 모여 '삼성반도체 집단백혈병 진상규명대책위원회(이후 '반도체노동자의 건강과 인권지킴이 반올림'으로 개명)'를 조직한다. 2010년 1월 황상기는 삼성전자 반도체 공장에서 일했다가 백혈병 등 희귀병에 걸린 네 명과 함께 근로복지공단을 상대로 소송을 제기하여, 이듬해 6월 황유미, 이숙영 두 명에 대해서만 산재를 인정받는다(근로복지공단은 판결에 불복해 항소했다). 전자산업에 종사했다가 희귀병에 걸린 한국의 '라듐 걸스'는 '반올림'에 제보한 유가족만 헤아려도 200여 명, 사망자는 80여 명에 이른다. 2014년 5월, 삼성전자 권오현 부회장은 삼성반도체 백혈병 문제에 직접 사과하고 피해 보상에 대한 협상 의지를 밝혔다. 6월 현재, 삼성전자와 '반올림'은 3차 협상까지 진행한 상태다.

산업혁명 초기, 여성과 어린이, 구빈원 고아 들이 성장의 조건으로 전제된 재해 위험을 짊어졌다면, 오늘날에는 (이에 더해) '하청'이라는 방식으로 저개발국가, 비정규직노동자, 이주노동자, 소규모 영세 사업장 노동자에게 전가되고 있다. 통계에 따르면, 2010년 비정규직노동자의 산재사망률은 정규직보다 20배 이상 높다. 50명 이하 소규모 사업장 노동자의 산업재해 발생률은 300명 이상 사업장의 세 배를 웃돈다. 여전히 위험은 약자들의 몫이다.

27 시민, 과학자

Date 2013.11.20.

Director 김수현 | Scriptwriter 김민영

Music 〈Simple Plan〉 by Jet Lag

보통 사람의 눈높이에 맞춘
사람을 위한 과학

청년 시절의 꿈

역사에 이름을 남길
위대한 과학자

그를 사로잡은
20세기 과학의 연금술

인체를 투시하고
값싼 에너지를 제공하며
우주여행의 꿈을 이뤄줄
원자핵과학의 세계

1961년
23살 청년은
일본 원전 1세대 연구원이 된다

그러나
측정기가 고장날 정도로
방사능 수치가 높은 원전

수시로 발생하는 안전사고

환경 개선을 제안한 보고서에
침묵을 요구하는 조직

결국
학자로 인정받을 분야를 찾아
대학연구소로 이직한다

'배 타고 태평양 나가서
자료를 채취하고
고래도 보고…'

그러나
원전 밖에서도 그를 쫓아다닌 인공 방사선

바다나 산에 나가서
'지구의 오염이 시작되고 있다'는 걸
실감했을 때 큰 충격을 받았다

32세 젊은 나이에
도쿄도립대학 조교수가 됐지만
핵을 만난 이후 계속된
스스로를 향한 질문

'무엇을 위한 과학인가?'

13년 만에 그가 내린 결론

"기업을 위한 연구도
대학을 위한 연구도
논문을 위한 연구도 아닌
독립적인 학문의 길을 가겠다."

비영리 연구기관을 창설하고
잡지 신문 논문 등으로
국내외에 원전의 현실을 알린 그는
세계적으로 유명한 반핵운동가가 된다

그리고 1998년
암을 선고받은 남자

"이것은 우라늄 펠릿입니다.
이 펠릿을 잘 태우면
한 가정이 1년 동안 쓸 전기가 나옵니다.
암 치사량이라는 관점에서 보면
5만 명 정도의 치사량이 됩니다."

투병중에도
시민을 위한 과학학교를 설립한 시민과학자

‘시민의 지지를 잃은 과학은 죽은 것이나 다름없다.’

다카기 진자부로高木仁三郎, 1938~2000

27 "우리는 어떤 방법으로, 우리에게 필요한 과학을 우리 과학으로 만들 수 있을까"

다카기 진자부로는 1938년 일본 마에바시에서 6남매 중 다섯째로 태어났다. 의사였던 아버지 밑에서 비교적 평탄한 유년시절을 보냈지만, 일곱 살이던 1945년 8월 5일 미군의 공습으로 빨갛게 불타오르던 하늘이 원장면primal scene으로 각인되면서 일상의 미묘한 균열을 감각하기 시작했다. 대동아전쟁 말기 "천황은 신이며, 영미는 귀축鬼畜"이라고 떠들던 교사들이 종전 후에는 "군인들이 야만스러운 전쟁을 일으켰으며, 미군은 해방군"이라고 표변하는 걸 보며 "국가라든가 학교라든가 여하튼 위에서 내려오는 것은 아무것도 믿지 말자, 될 수 있는 한 나 스스로 생각하고 책임을 지는 사람이 되자"던 다짐은, 일평생을 제도권 밖에 있던 그의 인생의 좌표가 되었다.

종전 후 미국은 '기적의 연금술'이라는 대대적인 선전과 함께 핵발전소를 일본에 수출했다. 무너진 국가 기반을 재건하는 데 온힘을 기울이던 일본은 핵을 차세대 에너지원, 국가 발전의 동력으로 삼았다. '과학에서 뒤쳐져 서구에 졌다'는 사회적 열패감은 무수한 인재들을 핵연구로 이끌었고, 1961년 도쿄대학 화학과를 졸업한 진자부로도 대열에 합류했다. 그러나 초창기 핵발전사업을 시작한 도시바東芝 계열 연구소에 취직한 그는 현장을 보고 할 말을 잃는다.

기업이 핵발전시설에 대한 이해가 거의 없었던 탓에 노동자들이 한계치를 초과하는 방사능에 무방비로 노출돼 있었던 것이다. 핵연료가 분열하면서 방출되는 방사성 물질의 양과 휘발 양상은 책에도 쓰여 있지 않았고, 설계는 엉망이었으며, 위기상황에서 안전을 확보할 방법도 전무했다. 핵이 가져올 엄청난 파국을 방관하는 현실에 전율한 진자부로는 "방사성 물질의 거동은 의외로 복잡해서 아직 모르는 게 많다. 기초연구를 더욱 충실히 하지 않으면 안 된다"는 보고서를 상부에 제출하지만, 상업용 핵발전소 건설을 목표로 한 회사는 그의 의견을 묵살해버린다.

이윤 앞에서 비양심을 요구하는 기업의 태도에 환멸을 느낀 진자부로는 도시바를 떠나 대학으로 돌아온다. 모교 원자핵연구소에서 박사학위를 마치고 도쿄도립대학 교수가 되지만, 학문의 자주성과 중립성을 핑계로 사회적 요구에 귀를 닫은 대학의 폐쇄적인 분위기에 질식해갔다. 그러던 때 진자부로는 나리타공항 건설에 반대하는 산리즈카 농민들의 투쟁을 만난다. 무턱대고 땅을 갈아엎는 거대한 불도저와 그 앞을 맨몸으로 막아서는 농민의 모습은, 국가권력이 강탈하는 시민의 인권, 국가폭력이 짓밟는 민주주의, 도시를 위해 희생되는 농촌, 강자가 억압하는 모든 약자의 알레고리였다. 동료교수들이 이 투쟁을 '보상금을 많이 받으려는 수작'으로 치부할 때 그는 "땅을 지키고 싶다"는 농민의 목소리에 귀 기울였고 "왜 우리가 쫓겨나야 하는가. 우리 뜻을 무시한 국가 계획이 있을 수 있는가"라는 질문에 "당신들이 옳다"고 답했다.

산리즈카 농민과 함께 투쟁의 언저리를 서성이던 그는, 이 시기 알게 된 동화작가이자 농민운동가 미야자와 겐지의 "우리는 어떤 방법으로, 우리에게 필요한 과학을 우리의 과학으로 만들 수 있는가"라는 명제 앞에 결국 무릎을 꿇는다. "방사능은 결국 위험한 것이 아니냐"는 촌로의 말에 "허용치 이내는 괜찮다"고 대답한 자신은 누구의 입장을 대변하는가, 방사능의 위험이 이토록 자명한데도 아니라고 말하는 이유가 무엇인가를 자문한 진자부로는, 좁은 실험실을 걸어나와 농민의 입장, 어민의 입장, 시민의 입장에 자신을 세우기로 결정한다.

대학을 나오기 전 잠시 독일을 방문한 진자부로는 핵발전소 반대 운동이 녹색당 운동으로 발전하는 걸 보고 깊은 감명을 받았다. 그는 시민의 눈높이로 과학을 설명하고, 이것이 다시 시민운동으로 이어지는 꿈을 꾸었고, 1975년 원자력자료정보실(이하 정보실)을 설립했다. 사무실 한 칸에서 시작한 정보실은 정부와 기업, 그들의 후원을 받는 대학과 연구기관이 각자의 이익을 위해 함구하던 진실을 쏟아냈다. 그리고 권력의 무시와 비난, 협박에도 아랑곳없이 원자력에 대한 과학적 자료를 통해 논리를 축적해나갔다. 1976년 발생한 일본 미하마 1호 원자로 연료봉 절손사고, 1979년 미국 드리마일 섬의 핵발전소 사고, 1986년 체르노빌 핵발전소 사고로 '핵 안전신화'가 붕괴되었을 때 정보실의 규모와 공신력을 키웠고, 국제단체와 교류하며 전 세계 반핵운동의 이론적 토대를 마련했다. 2011년 3월 11일 후쿠시마 핵발전소 사고 당시 "일본 정부나 도쿄전력의 발표는 못 믿겠다. 원자력자료정보실을 보라"는 글이 인터넷을 '도배'한 가운데 정보실은 3월 14일부터 독자적으로 도쿄 신주쿠의 대기중 방사선량을 측정해 인터넷에 실시간 공개했다.

1997년 진자부로는 정치적 문제에 민감하다는 비판을 받는 노벨 평화상을 대신하기에 '대안 노벨상'이라고 일컫는 '바른생활상The Right Livelihood Awards'을 수상했다. 이미 대장암 선고를 받고 항암 치료를 하던 중이었다. 질병과 수상을 모두 담담하게 받아들인 진자부로는 '바른생활상' 부상으로 받은 상금으로 시민과학자를 양성하는 '다카기 학교'를 만들어, 가난한 시민과학자가 돈의 유혹에 흔들리지 않고 행동할 수 있도록 기반을 다졌다. 2000년 세상을 뜨기까지 반핵운동을 전개했던 그는 한평생의 싸움을 다음과 같이 정리했다.

“나는 원전문제 속에 모든 것이 있다고 생각하며 이 문제에 깊이 관계함으로써 과학기술, 산업기술의 사회적 관련성이나 국제적 관련성을 총체적으로 파악할 수 있게 되었다. 강대국이 경제적으로 전혀 전망이 없는 상황에서 잠재적 위험이 큰 핵산업에 국가주도로 대량투자를 한 것은, 말할 것도 없이 핵무기 개발에서 뒤처지지 않으려는 생각 때문이었다. (…) 뿐만 아니라 원자력과 같은 중앙집권형의 거대 기술을 국가나 대기업이 일단 갖게 되면 핵무기 보유와는 별도로, 에너지 시장이나 에너지 공급관리에 있어서 거대한 지배력, 즉 권력을 갖게 된다. (…) 그 밑바닥에는 거대 테크놀로지와 민주주의가 어디까지 서로 허용할 수 있는가라는 현대의 보편적인 문제가 관계하고 있다. 거대 과학시스템이 공통적으로 갖고 있는, 결코 위험을 ‘제로’로 할 수 없는 파국적 사고의 가능성과 사람의 실수 가능성 등이 원자력에는 응축된 형태로 존재한다.”

28 기타의 전설

Date 2006.4.24.

Director 김진혁 | Scriptwriter 김이진

Music 〈Star-Spangled Banner〉 by Jimi Hendrix

여섯 개의 줄,

플랫,

손가락,

그리고

뜨거운 심장…

"당신은 평화를 원하는가?"

"화려한 코드는 잊고 정신적인 것에 집중하라."

— 존 리 후커John Lee Hooker

"기타만 있다면 나는 언제까지나
무한의 자유를 누릴 수 있다."

— 다임백 대럴Dimebag Darrell

"기타 연주는 곧 진실을 말하는 것이다."

— 비비 킹B. B. King

그리고 기타는
새로운 운명의 상대를 만난다
여섯 줄의 기타가 태어난 지 200년 뒤,
왼손잡이였던 그가 기타줄을 모두 거꾸로 고쳐 메고
사람들에게 이렇게 말했다

"왼손으로 악수합시다.
그쪽이 내 심장과 가까우니까."

1968년 8월 우드스톡 Woodstock

그가
기타를 들고
무대에 섰다
거기 모인 모두가 알고 있는 멜로디
The Star-Spangled Banner,
미국의 국가…

로켓,
미사일,
폭격,
폭격의 괴음,
공황 상태의 인간…

미국 국가에
전쟁의 공포가 실렸다

당시 미국은 베트남전을 벌이고 있었고
많은 젊은이들이
전쟁보다는 평화를 원했다

록밴드의 반주 악기로 만족했던 기타가
그의 손에 들려
무대 전면에 나섰다.

"당신은 평화를 원하는가?"
"국가의 역할은 무엇인가?"

기타에 날개와 심장을 달아준

지미 헨드릭스 James Marshall Hendrix, 1942~1970

"지미 헨드릭스는 일렉트릭 기타의
무한한 가능성을 보여준 인물이다.
현재 록 기타리스트들이 사용하는 연주기법과
무대 매너의 대부분은
지미 헨드릭스로부터 시작되었다."

28 왼손잡이 기타리스트

지미 헨드릭스는 1942년 11월 27일 미국 워싱턴 주 시애틀에서 태어났다. 흑인이라는 혈통적 지위가 알코올 중독자 어머니, 탭 댄스로 생계를 꾸리던 아버지의 생활력과 겹치면서 가난하고 불우한 어린 시절을 보냈다. 일곱 살 때 부모가 이혼한 후 아버지와 함께 살면서 외로움과 차별에 고통받던 지미 헨드릭스는, 열다섯 살에 얻은 싸구려 기타를 해빙구로 삼았다. 그는 오른손잡이용 기타를 뒤집어 반대로 줄을 비끄러메고, 홀로 기타를 익히면서 세상에 대한 분노를 쏟아냈다. 1958년 어머니가 알코올 중독과 결핵으로 사망하고 나서는 더더욱 음악에 몰두했다.

유명 뮤지션들의 노래를 '카피'하면서 음악활동을 시작한 지미 헨드릭스는 일찍부터 자기 밴드를 결성했다. 학창시절 내내 약물과 성적으로 학교와 갈등을 일으켰지만 그 와중에도 밴드 활동은 그만두지 않았다. 학교에서 퇴학당하고 곧바로 군에 입대한 후에도 '캐주얼The Casual'이라는 밴드를 이끌었다. 부상 때문에 조기 제대하고 나서는 그의 재능을 아낀 리틀 리처드에게 캐스팅되어 '리틀 리처드 밴드'에 합류했고, 이후 비비 킹, 로니 영블러드 등 거물급 아티스트의 세션으로 활동하면서 실력과 명성을 쌓았다.

1965년 자기만의 음악을 위해 리틀 리처드와 결별한 지미 헨드릭스는, 이듬해 그의 연주를 눈여겨본 영국의 록 음악가 C. 챈들러와 함께 영국으로 건너간다. 그는 베이시스트 노엘 레딩, 드러머 미치 미첼과 함께 마침내 '지미 헨드릭스 익스피어리언스Jimi Hendrix Experience'를 만들고, 〈Foxy Lady〉 〈Hey Joe〉 〈The Wind Cries Mary〉 〈Purple Haze〉를 발표한다. 짐 모리슨, 제니스 조플린과 함께 록계의 '위대한 3J'로 불리는 뮤지션이 탄생하는 순간이다.

"영혼을 때려 영혼을 여는 종교음악"

지미 헨드릭스의 전설은 1967년 미국의 몬트레이 팝 페스티벌Monterey Pop Festival에서 시작된다. 영국에서의 성공을 등에 업고 고국으로 돌아온 지미 헨드릭스는, 관능적이고 파격적인 주법과 무대 매너로 관중을 사로잡았다. 기타를 머리 위나 등 뒤에서 연주하고, 이로 줄을 물어뜯고, 기타 바디를 다리에 문지르는 등 오늘날 대부분의 록이나 헤비메탈 밴드의 무대 퍼포먼스가 최초로 시도되었다.

〈Wild Thing〉 연주를 마치고는 급기야 기타에 기름을 붓고 불을 질렀다. 마치 의식을 치르듯 불길에 휩싸인 기타 앞에 두 손을 모으고 무릎을 꿇은 헨드릭스의 퍼포먼스는, 영국의 음악전문지 『뉴 뮤지컬 익스프레스』의 말대로 '록 역사상 가장 충격적인 사건'이자, 기성세대에 대한 '앵그리 영 맨Angry Young Man'들의 도발이기도 했다.

이후 지미 헨드릭스는 일렉트릭 기타연주 판도를 완전히 뒤바꾼 기념비적인 데뷔 앨범 'Are You Experienced?'를 발표한다. 지금은 당연한 것이 돼버린 와와 페달이나 퍼즈 박스, 유니바이브 같은 이펙터가 광범위하게 쓰이고, 하울링을 연주로 승화시킨 피드백 주법 등 앰프와 음향장치를 이용한 새로운 연주기법이 선보였다. 블루스의 정형성이 산산조각 났고, 그 자리를 고통으로 흐느끼고 울부짖는 기타 사운드가 메웠다. 지미 헨드릭스는 야수 같은 폭발성과 원초적인 에너지로, 어느 누구도 시도하지 않은 비타협적이면서도 창조적인 음악을 선보였다. 스스로 "영혼을 때려 영혼을 여는 종교음악"이라고 표현한 그의 사운드는 'Axis: Bold as Love'(1967), 'Electric Ladyland'(1968), '지미 헨드릭스 익스피어리언스' 해체 이후 발표한 'Band of Gypsys'(1970)까지 이어지면서 젊은이들과 함께 공명했다.

그것은 위대한 '거부'이자 거대한 '긍정'의 표현이었다

1960년대 후반 미국은 역사상 가장 소란스러운 상황에 놓여 있었다. 정부는 베트남전 딜레마에 허우적거렸고, 대학가와 사회 각 분야에서는 반전, 반인종차별, 반여성차별을 요구하는 목소리가 한꺼번에 터져 나왔다. 그 무렵 1950년대 태동한 로큰롤은 이러한 흐름을 수용하면서 사회적 메시지를 담기 시작했다. 젊은이들의 여가 음악이던 로큰롤은 '저항의 음악'이 되었고, 미국 전역에서 각종 록 페스티벌이 폭발적으로 열렸다.

우드스톡Woodstock은 이러한 시대적 배경과 세대의식, 새로운 음악적 취향이 동시에 분출된 최대 규모의 록페스티벌이었다. 50만 달러가 투자되고 뉴욕의 랭킹 10위 공인회계사 브라우드 아이삭스 앤 컴퍼니가 회계업무를 담당한 상업적 이벤트이기도 했지만, 학생문화와 히피즘이 반전에 합의하여 저마다 총 대신 꽃(과 마약을) 들고 집단주의와 평화와 평등을 노래한 '3일 천하'이기도 했다.

1969년 8월 15일부터 3일간 열린 우드스톡 페스티벌은 지역 당국이 불허하면서 개인 농장에서 진행되었다. 전국의 베이비붐 세대들은 떼 지어 낙농업자 맥스 야스거의 농장에 마련된 공연장으로 모여들었는데, 그 인원이 대략 35~50만 명 정도로 추산되고 있다. 사방 20마일의 도로가 통제되어 식량과 물 공급도 제대로 이루어지지 않았고, 공연일정 내내 비가 내렸지만, 그곳에 모인 젊은이들은 아랑곳없이 진흙 속에 파묻혀 대마초와 LSD, 포크와 로큰롤의 해방구를 연출했다.

지미 헨드릭스는 축제의 마지막 날 마지막 무대에, 오른손잡이용 팬더 스트라토캐스터에 줄을 바꿔 달고 올랐다. 사흘간 먹지도 씻지도 자지도 못한 관중 앞에서 그는 사이키델릭한 폭격음을 뒤섞어 〈성조기여 영원하라The Star-Spangled Banner〉를 연주했고, 이후 미국의 국가는 더이상 이전과 같아질 수 없었다. 미국의 문화비평가 그레일 마커스는 이 사건을 다음과 같이 해석했다.

"(그것은) 전쟁에 대한, 인종차별에 대한, 누구든 사라졌으면 하고 바라는 것에 대한 위대한 '거부'의 표현이었다. 귀를 찢는 불협화음으로 4분 30초 동안 헨드릭스는, 한때 온전한 전체였던 그릇에 새롭게 생긴 보이지 않는 균열을 집요하게 물고 늘어졌다. 고통과 분노와 두려움과 증오와, 거부당한 사랑에 맞서 자신과 음악을 느끼고 탐구하고 시험했다. 그가 연주를 끝내자 결코 한마디로 요약할 수 없는, 그럼에도 계속 머릿속에 어른거릴 국가가 만들어졌다. 결과적으로 그것은 거대한 '긍정'의 표현이었다. 위협인 동시에 유혹이었고, 미국으로 하여금 그 위험과 매혹과 자유에 당당히 맞서라는 초대장이었다."

Rock spirit is never die?

반문화counter culture는 처음 비트 같은 1950년대 집단을 설명할 때 쓰이다가, 1960년대 중후반부터는 중산층 하위문화를 가리키게 되었다. 카를 마르쿠제 같은 사회이론가들이 세대적 단위로 간주하면서 '청년문화'로 불리기도 한다. 반문화 주체들은 출세, 교육, 도덕 같은 전통적인 개념에 도전하고, 자신의 정체성을 가족 외부에서 찾으려 했으며, 약물사용, 자유, 반중산층적 태도에 대한 가치를 공유했다. 1960년대 미국의 히피가 대표적으로, 긴 머리, 공동체 생활, 자유연애, 꽃, 약물과 더불어 사이키델릭 록과 애시드 록은 그들의 상징이었다.

그러나 반문화의 음악, 저항의 음악이던 록은 1970년대에 접어들면서 서서히 본래의 의미와 성격을 잃었다. 록은 음악 산업의 첨병이 되었고, 자본주의와 함께 확고히 발전했다. 광장에서 라이브로,

군중과 함께 불가능한 순간을 만들어내던 록의 힘은 녹음실에서, 중산층적 취향을 지닌 소비자에 맞춰 레코딩되면서 점차 퇴색했다. 우드스톡이 매개한 '사랑과 평화'의 장은 새로운 사회의 가능성이기보다는 오히려 반문화의 종착점이 되었다.

여전히 라이브를 중시한다는 점에서 오늘날 록 음악과 록페스티벌은 그 옛날 공동체적 성격을 희미하게 드러낸다. 그러나 이 역시 자본주의 생산관계 안에서 구현되는 비전일 뿐이다. 미국의 사회학자이자 록 비평가 사이먼 프리스는, 『사운드의 힘』에서 록이 전통적인 대중문화 비판가들이 말하는 수동적인 소비의 영역도 아니지만, 록 마니아나 '신화학자'들의 주장대로 혁명의 메신저도 아니라면서 다음과 같이 단언한다.

"록 음악은 자본주의적 음악이다. 록 음악은 자본주의적 생산관계에서 의미를 끌어내고, 록 음악은 여가활동으로 이러한 관계들을 재생산하는 데 기여한다. 음악은 체제에 도전하는 것이 아니라 체제를 반영하고 조명하는 것이다. 록은 꿈과 꿈의 규제에 관한 것이고, 록의 꿈들의 힘은 상징으로서의 그 꿈들의 힘에서 나오는 게 아니라 노동과 여가의 경험에 대한 그 꿈들의 관계에서 나온다. (…) 록은 대중문화다. 록은 포크나 예술이 아니라 상품화된 꿈이다."

ⓔ⊕ⓢ

29 새벽의 도시

그 계획은 아주 신선하고 이상적이고
희망찬 것이었어요

Date 2013.10.8. / 2013.10.29.
Director 김수현 | Scriptwriter 김민영
Music 〈Krwlng〉 by Linkin Park

종교 정치 국적을 초월한
평화로운 국제도시
오로빌 auroville

비옥한 땅을 만들기 위해 심은
200만 그루의 나무

메마른 땅에서
물을 길어올리는 풍차

"오로빌에서 난 작물이
오로빌 주민의 식탁에 올라온다."

아이들을 가르치고 싶다면 선생님이
빵을 굽고 싶다면 제빵사가

학벌도 자격증도 필요 없는
자유로운 직업 선택

"하루 평균 대여섯 시간의 행복한 노동"

일정 한도 내에서
공짜로 물건을 가져갈 수 있는 가게

"세금도, 화폐도 없는 경제를 추구한다."

초·중·고 전 과정
무상교육
무상급식

학생 수와 비슷한 교사 수

"경쟁도 성적표도 없는 이상적인 교육"

세계 각지에서 온 건축가들이 지은
실험적인 건물들

"100여 개의 공동체, 2000여 명의 사람들이 함께하는 삶을 위한 공간"

숲에 둘러싸인 생태 도시
하고 싶은 일이 직업이 되는 기회의 도시
주민이 함께 아이를 돌보는 아이들의 도시

그러나

'이 모든 것은
오로빌 안에서만 가능하다.'

물질적으로 여유롭지 않은 삶

외부 지원금과 기부금에
의존하는 경제

그럼에도
점점 더해가는 도시의 유명세

늘어나는 인구
치솟는 주변 땅값

지상낙원을 꿈꾸는 오로빌의
수많은 문제들

"기대했던 파라다이스가 아닌데
왜 떠나지 않아?"

여행객의 질문에 돌아온 대답

"세상 어디에도 파라다이스는 없어.
다만 우리가 만드는 것일 뿐."

청년층의 독립을 어떻게 도울 것인가?

매연을 사라지게 하는 방법은?

우리는 옳은 길을 가고 있는 걸까?

모두가 만족하는 결과가 나올 때까지
몇 날 며칠 계속되는 토론

정해진 결론이 존재하지 않는 곳

"지금 이대로의 세상에 만족하는 사람에게
오로빌은 존재 이유가 없다."

— 미라 알파사, 오로빌 창시자

29 지도에 기록되지 않은 미래의 땅

유토피아utopia는 영국의 사상가 토마스 모어가 만든 합성어다. 'u'는 '없다(ou)'와 '좋다(eu)'라는 뜻을 동시에 내포하고, topia는 장소를 의미한다. 따라서 유토피아는 '존재하지 않는 땅'과 '이상향'이라는 두 가지 의미로 해석될 수 있다. 1516년 토마스 모어는 두번째 뜻에 방점을 찍은 저서 『최선의 국가형태와 새로운 섬 유토피아에 관하여』를 발표했다. 이것이 이후 『유토피아』로 알려진 책이다.

지도에 없는 땅으로서 유토피아는 허황된 꿈에 불과하지만, 이상향으로서 유토피아는 현실의 모순을 해결하는 대안적 공간이 될 수 있다. 유토피아는 아직 오지 않은 현실일 뿐, 불가능한 미래가 아니다. 하여, 모어 이후로 많은 작가들이 가능한 세계로서 나름의 유토피아를 상상했다. 프랜시스 베이컨은 학자와 과학자 들이 국가의 통제에서 벗어나 자유롭게 연구하고, 발명하고, 실험하는 『새로운 아틀란티스』를 그렸다. 토마소 캄파넬라는 일체의 사유재산과 화폐를 부정하고 노동을 사회적 책무로 부과한 기독교 근본정신과 계몽주의를 결합하여 『태양의 나라』를 구상했다.

그때에 이리가 어린 양과 함께 살며, 표범이 어린 염소와 함께 누우며, 송아지와 어린 사자와 살진 짐승이 함께 있어 어린아이에게 끌리며, 암소와 곰이 함께 먹으며, 그것들의 새끼가 함께 엎드리며, 사자가 소처럼 풀을 먹을 것이며 젖 먹는 아이가 독사의 구멍에서 장난하며, 젖 뗀 어린아이가 독사의 굴에 손을 넣을 것이라.

– 「이사야」 11장 6~9절(개역개정)

다분히 감상적이고 이상적이었던 유토피아는 프랑스혁명 이후 실천적인 강령을 마련했고, 생시몽, 푸리에 등 공상적 사회주의자를 거치면서 공산주의와 무정부주의로 구체적인 모양새를 갖춰나갔다.

19세기 영국의 사회주의자 로버트 오언은 누적된 이론을 현실로 옮겼다. 산업혁명 절정기, 자본가와 그들에게 착취당하는 노동자의 평화로운 공존을 믿었던 오언은, 사재를 털어 스코틀랜드 글래스고 인근 뉴래너크에 면직공장과 함께 작은 공동체를 세웠다. 쾌적한 마을에는 방이 둘씩 딸린 노동자 가옥이 줄지어 들어섰다. 아이들은 공장 대신 학교에 다녔다. 노동자는 깨끗한 작업환경에서 강제적 규율 없이 자유롭게 일했다. 현실사회의 헤게모니에 정면으로 도전하며 노동자 복지를 실천한 오언의 결기는 엄청난 이윤으로 이어졌다.

이에 오언은 늘 꿈꿔왔던 '공산共産 공동체'를 시험해보기로 결심하고 1827년 모든 재산을 처분해 미국 인디애나 주 뉴하모니로 이주했다. 그곳에서 생산과 분배는 물론 결혼과 육아 등 풍습에서도 완전히 새로운 커뮤니티를 조직하지만 모험은 결국 실패로 끝났다. 오언은 빈털터리로 영국에 돌아왔다. 그러나 급진적 개혁론자로 활동하면서 런던을 중심으로 노동조합운동과 협동조합운동이 시작되는 데 커다란 영향을 미쳤다.

새벽의 건설자들

오로빌은 1968년 2월 28일 인도 남동부의 퐁디셰리 시코로만델 해안 근처 황무지에 '무소유, 무관료, 무종교'를 목표로 건설된 생태공동체다. 인도의 사상가 스리 오로빈도와 그의 사유적 동반자 미라 알파사에 정신적 뿌리를 두고 있다. 1960년대 말 세계를 휩쓴 자유·반전·생태운동의 여파로 유럽의 젊은이들이 자본과 전쟁이 없는 이상향을 찾아 인도로 건너오고, 알파사가 그들에게 자립형 공동체를 제시하면서 시작되었다. 착공 당시 세계 124개국 248명의 청소년이 저마다 가져온 흙을 땅에 부었는데, 이는 오로빌이 문화와 종교, 인종차를 극복하고 인류의 단합을 추구하는 유엔 정신을 담았기 때문이다. 1966년 유네스코는 오로빌 설립을 지지하는 총회결의문을 채택했다. 은하수를 본떠 원형으로 만들어진 이 생태공동체는 유기농법, 대체의학, 에너지 재활용, 내면교육, 무엇보다 인간과 인간관계에 대한 실험을 전개했다.

'물질과 경쟁 대신 자아와 협력이 꽃피는 사회'를 지향한 오로빌의 이상은 2013년 현재, 어느 정도 실현되었다. 황무지는 숲으로 무성해졌다. 고단한 노동과 빈한한 사회 인프라로 한때 수십 명까지 줄었던 주민은 2000명을 넘겼다. 농장에서 생산한 친환경제품은 절반가량이 수출될 정도로 인기가 높고, 공동식당 '솔라키친'에서 쓰는 태양열 집열접시와 바이오 하수처리장치 등 에너지 기술은 세계 여러 나라에 이전되고 있다. 오로빌재단은 대학과 종합병원, 대중교통 같은 복지와 편의시설을 늘려 2016년까지 주민을 3000명까지 늘린다는 계획이다.

물론 난제는 남아 있다. 경계대상 1호인 개인의 욕망은 완벽히 통제되지 못했다. 상대적으로 재력이 없는 청년층이 줄고 장년층 비율이 느는 '세대 불균형'과, 갈수록 확산되는 개인주의와 관료주의도 문제로 지목된다. 빈부격차도 여전하다. 주민들이 살 집은 공동체가 제공하는 게 원칙이지만, 오로빌의 열악한 재정은 주민 스스로 집을 짓게 하고 있다. 오로빌에 이주하기 전 재력에 따라 공동체에서의 출발선이 달라지는 것이다. 재정자립도도 낮아서 해마다 유엔과 EU, OECD, 프랑스, 미국, 독일 등에서 400만 달러(약 52억 원)의 기금을 지원받는다. 오로빌의 실험은 아직 현재진행형인 것이다.

한국에서도 여러 공동체가 현실의 대안을 모색중이다. 서울 마포구 성산동의 성미산마을공동체는 도시공동체로서 1994년 젊은 부부 30여 쌍이 단독주택을 구입해 공동육아를 하면서 시작되었다. 2001년 성미산에 계획된 배수지건설 반대운동을 하면서 널리 알려진 성미산마을공동체는 현재 성미산학교, 두레농협, 주민문화센터 '꿈터' 등을 운영하며 공동체생활을 실현하고 있다. 전남 남원의 실상사 인드라망공동체, 강원도 횡성의 성필립보마을, 전남 장성의 한 마음공동체, 경남 산청군 민들레공동체는 종교에 기반한 생명공동체다. 경기도 화성의 산안마을(야마기시 공동체)은 대표적인 계획공동체로 하루 7~8시간 노동, 연찬(만장일치 의사결정), 연찬학교, 예비참획參劃 같은 시스템을 통해 '상생'과 '무소유'를 실천한다. 전북 부안의 변산공동체는 1995년 동화작가 윤구병이 세웠다. 초기에는 공동소유에 근거한 생활공동체를 지향했지만, 지금은 대안학교를 중심으로 한 생활공동체와 주변 가구들이 느슨하게 네트워크를 형성하면서 농업에 기초한 생태주의를 실천하고 있다.

나우토피아는 지속가능한 해답이 될 수 있을까

공동체는 다양한 크기와 형태, 이념을 표방한다. 어떤 이는 프롤레타리아 없는 도시에서 모든 사람이 높은 수준의 교육을 향유하는 사회를, 어떤 이는 노동에서 해방된 유목민적 생활을, 어떤 이는 인간과 우주의 합일을 꿈꾸며 공동체를 꾸린다. 각각의 추구는 다를지언정 모든 공동체는 반파시즘, 반인종차별, 반자유주의, 반제국주의, 반국가주의 등 현실에 대한 비판을 전제하고 있으며, 유토피아의 허망함과 가능성 사이에 실질적인 좌표를 마련했다는 사실에서 공통점을 갖는다.

유럽의 사회운동가 존 조던과 이자벨 프레모는 글로벌 금융위기가 시작되던 2007년 '또다른 삶은 가능한가'라는 스스로의 질문에 답하고자 유럽에 산재한 11개 공동체를 순회했다. 그리고 이것이 전지구적 자본주의에 맞서 인류가 구현할 수 있는 것은 '나우토피아

nowtopia(지금, 여기의 유토피아)'라는 결론에 도달했다. 그들의 확신대로, 공동체는 오늘날 세파에 지친 사람들의 피난처가 되어줄 수 있을까. 전 지구적으로 맹위를 떨치는 신자유주의에 저항하는 지역적 거점이 될 수 있을까. 주권국가의 요구와 공동체 지향 간의 긴장은 언제까지고 지속될 수 있을까. "(전기, 전화 같은 인프라와 안보 등) 국가 차원에서 얼마나 많은 것이 작동해야 그들이 말하는 '지역적이고 자주적인 공동체'가 작동할 수 있는지 알아야 한다"는 슬라보예 지젝의 지적은 국가주의자의 한낱 냉소로 치부해도 되는 것일까.

ⓔⓣⓢ

30 正生

© 류우종

Date 2007.8.6.

Director 김진혁 | Scriptwriter 곽선희

Music 〈Dream〉 by 이루마

하느님께 기도해주세요

1937년 도쿄 빈민가에서 태어나
나무장수
고구마장수
담배장수
재봉틀가게 점원…
하고 싶은 일보다
할 수밖에 없는 일이 더 많았던 시절
열아홉 살 나이에 늑막염과 폐결핵에 걸렸다

"돈을 벌려고 집을 나간 동생…
부모님께 도저히 그 이상 고생을 시켜드릴 수 없어
차라리 죽길 바라며
밤마다 교회당에 가서 하느님께 기도했다."

1965년
병든 몸으로 홀로 집을 나온 후
걸식과 떠돌이생활…

그러나
깡통에 밥을 꾹꾹 눌러 담아주던 식당 아주머니
길에 쓰러져 있을 때 물을 길어다 준 할머니
공짜로 강을 건네주던 뱃사공 할아버지
자신보다 하등 나을 것 없던 가난한 사람들…
오로지 죽을 생각만 하던 그를
살라며 살라며
다독여주던 그들…

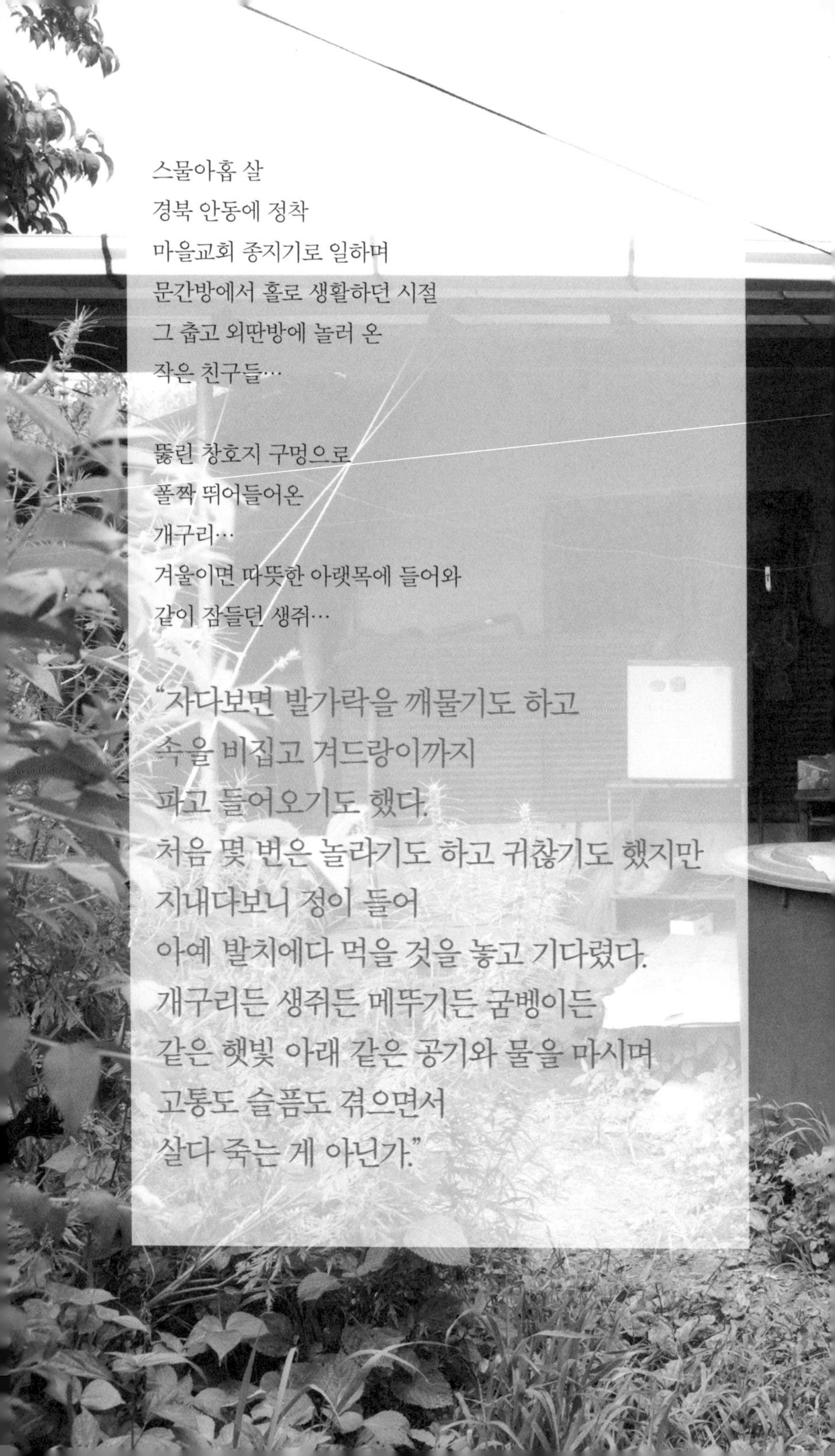

스물아홉 살
경북 안동에 정착
마을교회 종지기로 일하며
문간방에서 홀로 생활하던 시절
그 춥고 외딴방에 놀러 온
작은 친구들…

뚫린 창호지 구멍으로
폴짝 뛰어들어온
개구리…
겨울이면 따뜻한 아랫목에 들어와
같이 잠들던 생쥐…

"자다보면 발가락을 깨물기도 하고
속을 비집고 겨드랑이까지
파고 들어오기도 했다.
처음 몇 번은 놀라기도 하고 귀찮기도 했지만
지내다보니 정이 들어
아예 발치에다 먹을 것을 놓고 기다렸다.
개구리든 생쥐든 메뚜기든 굼벵이든
같은 햇빛 아래 같은 공기와 물을 마시며
고통도 슬픔도 겪으면서
살다 죽는 게 아닌가."

극심한 고통과 고독 속에서
작은 친구들을 벗삼아 글을 쓰기 시작했다

1969년 그의 첫 동화 주인공은
흰둥이가 싸놓고 간
똥

제1회 기독교 아동문학상
제1회 한국아동문학상
제22회 새싹문학상

동화작가로 유명해지고
이제 돈도 제법 벌었지만
그의 평생 생활공간이 된
조그만 흙집에서
계속 태어나던 또다른 주인공들

깜둥 바가지
벙어리
전쟁고아
바보
늙은 소
거지
장애인
외로운 노인
시궁창에 떨어져 썩어가는 배

"동화가 왜 그렇게 어둡냐고요?
그게 진실이기에
아이들에게 감추는 것만이 대수는 아니지요.
좋은 글은
읽고 나면 불편한 느낌이 드는 글입니다."

2007년 5월 17일
조용하고 한적한 마을에
난데없이 자동차들이 줄을 이었다

“우리는 한 동네에 있어도
그 사람이 그리 유명한 줄 몰랐는데…
돈도 많이 벌었다고요?
참 가난했어요.
평생을 한 벌로 지냈는데…”

"하느님께 기도해주세요.
제발 이 세상, 너무도 아름다운 세상에
사람이 사람을 죽이는 일은 없게 해달라고요.
제 예금통장 다 정리되면
나머지는 북측 굶주리는 아이들에게 보내주세요.
제발 그만 싸우고, 그만 미워하고
따뜻하게 통일이 되어 함께 살도록 해주십시오.
중동, 아프리카, 그리고 티벳 아이들은
앞으로 어떻게 하지요.
기도 많이 해주세요.
안녕히 계시오."

正生

아동문학가 권정생 1937~2007

supplement

ⓔ⊕ 樂

음악감독이 뽑은 지식채널ⓔ 명곡 50

음악선곡 **이미성** 지식채널ⓔ 음악감독
음악리뷰 **최세희** 음악평론가

단행본 목차 번호
단행본 목차 제목
싱글 제목
아티스트

06 Zoom out Ground | Lazarus • Porcupine Tree

불평등과 차별로 얼룩진 '아프리칸 드림', 아프리카 축구의 현실을 담아낸 에피소드 내내 물처럼 흐르던 피아노의 아르페지오, 그리고 차분하게 읊조리던 노래. 영국 프로그레시브 록밴드로 1980년대 후반부터 현재까지 활동하고 있는 포큐파인 트리가 2005년에 발표한 싱글로, 미니멀한 선율과 상징주의적인 언어로 자유에 대한 열망을 담담하게 형상화했다.

season ①

17 챔피언 | **Tomorrow** • Salif Keita, soundtrack from <Ali>

"나는 복싱보다 위대하다. 나는 챔피언이다." 무하마드 알리의 어록은 알리 자신의 피와 땀을 잉크 삼아 쓴 치열한 삶의 기록이었다. 아프리카, 말리 태생의 싱어송라이터 살리프 케이타의 이 영창詠唱은 단칼 같았던 그의 선언에 가려진 고독한 투쟁을 위한 것이다. 아프리카와 이슬람을 블루스의 틀 안에서 재해석한 연주는 신묘함을 더한다.

27 그들의 이야기 | **Ederlezi** • Goran Bregovic

〈Ederlezi〉는 유고슬라비아 로마니 집시들의 봄맞이 축제이자 그때 부른 축제가의 이름이다. 유고슬라비아 영화 감독, 에밀 쿠스트리차가 로마니 집시들의 부박한 삶을 그린 영화 〈집시의 시간〉에서 이 축제가는 기구하게 죽은 넋을 달래는 진혼가로 바뀌어 있다. 유고슬라비아의 록 아티스트 고란 브레고비치는 불가리아 여성 중창단의 순진하고도 초월적인 아리아, 웅장한 뉴에이지 음악, 주술적인 효과음 등으로 현대 집시 오페라라고 할 만한 음악을 선보인다. 이는 '광란과 환몽' 없이는 도저히 받아들일 수 없는 발칸반도 역사의 장에서 벌어지는 씻김굿이기도 하다.

38 우주탐험의 또다른 역사 | **Lost Boys Calling** • Roger Waters

혼자서 우주탐사선에 타야 했던 그 개는 죽기 전, 무엇을 보았을까. 인간 대신 우주전쟁에 동원되었던 〈블레이드 러너〉의 안드로이드 전사처럼 '인간이 보지 못한 많은 것'을 보지 않았을까. 우주탐사 실험에 희생된 동물들, 입이 없는 그것들을 위해 입을 빌려준 건 로저 워터스다. 아득하고도 따뜻한 스페이스 블루스에 실린 그의 추모사의 일부는 이렇다. '파도 너머 죽음의 고요 속에서 나는 여전히 잃어버린 아이들이 부르는 소리를 듣네… 넌 말할 수도 없었지, 겁이 나서, 다시 홀로 버려진다는 위험을 받아들여야 하는 것이 두려워서.'

40 마지막 비행 | **Man of the Hour** • Pearl Jam

도약하는 삶의 발판으로 하늘을 삼았던 남자, 불시착한 사막을 오히려 정처 삼아 시상의 우물을 팠던 남자, 의도한 건 아니었지만, 창공의 풍장으로 삶을 마감한 낭만주의자. 그것으로 절망의 중력을 끝내 초월한 생텍쥐페리에게 미국 얼터너티브 록 1세대 밴드, 펄잼이 하늬바람 같은 추도사를 바쳤다. 영화 〈빅 피쉬〉에 주제가로 처음 등장했을 땐 퇴락과 소멸도 우주의 순리라며 반겼던 어떤 아버지를 반추했다. 이 아버지는, 전투기마저 순정한 삶의 비약을 위한 동력원으로 삼았다.

season ②

10 창백한 푸른 점 | **Earth song** • Michael Jackson

인간이 애초 우주탐사에 나선 건 달을 보기위함이었으나, 정작 감탄한 건 달궤도에서 바라본 푸른 지구의 아름다움이었다고, 소설가 줄리언 반스는 말한다. 아득한 우주 공간 속 푸른 '티끌', 그 안에 담긴, 티끌보다 더 작고 허다한 삶, 그래서 더 절실한 감정들. 마이클 잭슨의 노래는 오페라적으로 장엄하면서, 유약한 센티멘털리즘으로 이를 뒷받침한다. 티끌 속에서 들이뛰는 무한한 생명들을 보듬기라도 하듯이.

22 그 길 | **해바라기가 있는 정물** • 산울림

시인 장석남을 빌리면 골목길은 '계단만으로도 한동네'가 되고, '가파름만으로도 한 생애가 된' 공간이다. 그 엄연한 생의 거처들이 편의를 절대가치로 삼는 개발주의에 밀려 사라지고 있다. 천진한 듯, 마음의 결을 섬세하게 내 보이는 김창완의 노래와, 발원이 동요임을 암시하듯 단출한 연주는, '회상하는 것 말고는 그리운 것의 부재를 견딜 길이 없는' 약한 이들에 가 닿아 있다.

season ③

06 은하철도의 밤 | **Moonlight Dream** • 강수지, S.E.N.S

19세기 일본 작가, 미야자와 겐지는 『은하철도의 밤』에서 활자가 표현할 수 있는 감각미를 극치로 끌어올리면서, 도처에 죽음의 그림자를 드리웠다. 그 오색찬란한 비탄의 이미지즘엔 덧없는 삶에 대한 연민과, 그것을 뛰어넘는 희생에의 염원이 담겨 있다. 일본의 연주음악가 S.E.N.S.가 만들고, 강수지가 영어가사로 노래한 이 음악은 고결한 죽음 속에서 영원과 구원을 꿈꿨던 그의 정취를 청순하게 재현한 스페이스팝이다.

13 블루 골드 | Spirit Of The Water • Camel

블루 골드. 이 아름다운 이름은 상품이 된 물의 브랜드네임이다. 동시에 생명 유지를 위한 가장 기본적인 욕구마저 자본주의적 통제 대상이 되었음을 알리는 섬뜩한 통보이다. 영국의 프로그레시브 록밴드 카멜의 목가적으로 초연한 발라드는, 금 따위의 재화가치로 재단할 수 없는 물을, 도도하고 유구한 영혼이 깃든 존재로 묘사하며, 신화로 복원한다.

16 1968 | Don't Let Go • The Rasmus

몽상과 저항의 세포가 파괴되기 전의 청년정신이 주도한 세계 혁명. 역사적 실패로 끝났으나, 세계를 바꾼 반체제 운동. 그리고 지금의 암울한 현실을 극복할 상상적 보루로서의 해방의 기록. 핀란드의 록밴드 라스무스가 낭만적인 파워발라드에 거듭 실어 보내는 메시지는 곧 68혁명의 요체이기도 하다. 저항이 불가능해진 시대가 되었다면 더더욱.

season ⑤

02 어떤 스트라이커의 1승 | Stand Up! • Die Toten Hosen

'항상 혼자 아픔을 뒤집어 썼'고, 그래서 '밤새워 울었'다는 노장 스트라이커, 황선홍에게 '더 좋은 날을 기다려요(Hold on for better days)'라고 말을 건네는 음악은 응원가다. 그 목소리는 어눌한데다 축축하게 젖어있다. 바로 이 코맹맹이의 노래가 응원가의 전형을 얼마간 피하고, 승자의 가려진 상흔을 슬며시 드러낸다. 뒤셀도르프 출신의 펑크록 밴드 디 토텐 호젠은 고함치지 않아도 펑크가 될 수 있는 방법을 아는가보다.

03 텔레비전 | 1984 • David Bowie

1984년 1월 1일 자정, 백남준이 조지 오웰에게 인사를 건넨 순간을, 전 세계는 인공위성 생중계로 지켜보았다. 그리고 텔레비전이 개인의 자유를 억압하는 감시체계가 될 거라는 오웰의 저주에 일말의 희망이 생겼다. 데이빗 보위가 오웰의 동명의 작품에 영감을 받아 1974년에 발표한 "1984"는 극적 구성이 인상적인 사이키델릭 행진가다. 보위의 다음의 전언은 그 저주의 봉인을 푸는 것은 여전히 우리에게 남겨진 숙제라고 말하는 듯하다. '그들(미래의 전체주의 사회)이 네 예쁜 두개골을 쪼개어 공기로 가득채울 거야… 형제여, 자넨 신경조차 쓰지 않게 될 거야.'

06 몸의 학교 | River in the Pines • Joan Baez

내전국에 태어난 어떤 아이들은 춤을 배운다. 그렇게 몸으로 속내의 상처를 말하게 된다. 그 몸짓엔 총알 하나를 막을 힘이 없다. 존 바에즈의 목소리는 그 아이들의 몸짓을 닮았다. 가녀리고 착한 것이 닮았다. 그 목소리로, 꽃 같던 연인이 다만 모진 운명 때문에 일찍 무덤으로 돌아갔다는 이야기를 전한다. 1970년대, 미국 저항운동의 뮤즈로 전설이 된 바에즈를 대표하는 이 음악은 전쟁에 짓밟힌 모든 세대를 위한 진혼가이며, 앞으로 계속 될 전쟁에 대한 멈추지 않는 전언이다.

11 칩코의 여인들 | Musa-Mare Lullaby • Wendy Stark

여성 생태학자들이 주도하는 벌목 반대 비폭력 운동의 이름인 '칩코 안돌란'은 맨 처음, 세상에 내쳐진 여자들이 숲으로 들어가면서 시작되었다. 숲은 그녀들에게 마지막 출구였다. 태어나지 않는 편이 좋았을 삶을 되돌려 그들을 조건 없이 품어준 푸른 자궁이었다. 에냐를 뒤잇는 영국 뉴월드 뮤직의 디바, 웬디 스타크는 청정한 에테르가 가득한 노래로 숲을 대신해 자장가lullaby를 들려준다.

13 Summer Of Love | Knockin' On Heaven's Door • Bob Dylan

1960년대 미국의 히피즘은 역사상 가장 아이러니한 청년반문화 운동의 하나일 것이다. 평화와 자유를 사랑한 청년들은 약물이 주는 환각이 없는 공동체를 꿈꾸지 못했고, 물질적 풍요가 전제되지 않은 체제 이탈은 알지 못했다. 당시 '모두가 다 약에 취해 있는 마당에, 내가 사무치게 외로울 일은 없겠지'라 말했다는 밥 딜런의 이 음악은 히피 송가는 아니었지만 자가당착을 자기도취로 풀려 했던 한 젊은 세대의 예정된 결말을 예리하게 그려냈다.

16 개나리 필 무렵 | Where We Start • David Gilmour

영국의 싱어송라이터 데이빗 길모어가 쉰 살에 발표한 이 음악은 따뜻하고 낭만적이지만, 그 정서는 상실감으로 가득하다. 그것이 봄과 입학과 청운의 꿈이 구겨지고 마는 현실에서, 체념의 블루스가 된다. 기타의 선율은 미지근하고, 길모어의 노래는 서글픈 잠꼬대 같다. '우리의 시작은 곧 우리의 끝/ 우리는 아름답게 발을 내딛지만, 정해진 건 아무것도 없네…' 입학과 동시에 학비를 마련하기 위해 일찍부터 저임금노동시장으로 내몰리는 청춘의 현실이 아프게 다가온다.

02 하늘과 바람과 별과 시 | **Rainbow Leaves** • 양방언

식민지의 지식인이자, 무엇보다 시인이었던 청년. 그가 생전에 소중히 호명했던 밤하늘은 어떤 밤하늘이었을까. 그가 지은 쓸쓸하고 아름다운 시구들로도 달랠 수 없었던 속내를 자유로이 풀어놓을 수 있었던 상상의 지평이었을지 모른다. 한국 연주음악의 대가, 양방언이 런던 필하모닉 오케스트라와 함께한 음악의 하나로, 피아노 재즈를 판타지적으로 극대화한 이 테마는 완전한 독해를 허하지 않는, 그래서 더 아름다운 시신詩神, 윤동주의 영혼에 얼마간 다가가고 있다.

05 군주론 | **Seele In Not** • Lacrimosa

어둠과 퇴폐와 타락 속에서 미적 쾌락을 발견했고, 때로 결박과 굴종이라는 이미지까지 끌어들이는 것으로 뒤틀린 취향을 극화한 고스goth 록의 미학은, 일면, 마키아벨리즘의 전략과 닮아 있다. 마키아벨리는 '권력과 폭력, 악의 문제를 현실적 차원에서 생각한 최초의 인물'이라고 했다. 그렇다면, 중세 대성당에서 지옥의 연회장으로 끌어내린 것 같은 파이프오르간, 항우울제를 먹은 사디스트처럼 노래하는 이 밴드의 시조는 같은 문제를 판타지의 차원에서 만끽한 최초의 인물이리라.

10 의사 장기려 | **Shine On** • Jet

호주의 거라지 록 밴드의 희망가는 상투어로 가득하다. 홀로 남아도 언제나 빛이 당신과 함께할 것이며, 희망이 우리를 속일 리 없다니 말이다. 어쿠스틱 기타도, 피아노도, 소녀의 감성에 친화적인 소년의 목소리도, 여기에 딱히 신선도를 더하진 못한다. 그러나 스스로 선택하지도 않았고, 소명의식도 없었음에도 따뜻한 공감과 진실만으로 한평생 가난한 이들을 위한 의사로 살다 간 한 남자의 신념을 대신할 때, 그 맥락엔 힘이 더해진다.

12 그해 4월, 시인 김수영 | **안개** • BoA(Title Song from 'M')

시인 진이정은 '(세상의) 병이 나으면 시인도 사라지리라'고 했다. 자기 안의 소시민을 객혈하듯 반성했던 시인 김수영은 사라지지 않는다. 그런 그를 담담하게 향수하는 이 음악은 그가 죽기 1년 전(1967), 이봉조가 색소폰 재즈로 처음 만들었고, 열일곱 살의 정훈희가 설익어 처연한 탐미주의로 재현했으며, 이후, 보아가 새롭게 맥을 이었다. 보아의 허무주의는 좋은 의미에서 노회해있다.

01 어떤 설문조사 | Góðan Daginn • Sigur Ros

신자유주의 체제 하에서 아이들에게 가난은 형벌이 되었다. 가난은 '게으름'의 응보라는 도식이 아이들의 도덕이 되었다. 이 아이들은 이제 부자가 되는 것을 새로운 이상적 자아로 여긴다. 이 섬뜩한 현실 위로 아이슬란드의 빙하 빛 목가가 흐른다. 일찍이 '북유럽 천족이 흘리는 황금 눈물'이란 비유가 바쳐진 시규어 로스의 노래는 초월과 영원을 향한다. 그들이 음악으로 빚어내는 이상향은 아름답고 평화로우며, 그럴수록, 돈으로 얼룩진 이곳 아이들의 꿈과의 괴리는 깊기만 하다.

05 달빛요정역전만루홈런 | 절룩거리네 • 달빛요정역전만루홈런

신실하지만 울혈진 노래로 출구 없는 청춘의 현주소를 알렸던 이진원이 세상을 떠난 지도 4년이 흘렀다. 많은 것이 변했다. 수천억 원에 달하는 연수익을 자랑하는 한류, 빌보드 상위권에 진입한 한국 대중음악, 해외 유수 레이블과 계약을 한 인디록밴드도 있다. 그러나 여전히 많은 음악인들이 자신들의 음악에 최저시급에도 못 미치는 대가를 받으며 생활고에 시달린다. 때마침 기타리스트 신대철이 아티스트에게 수익을 더 많이 배분하는 대안(가칭: 바른음원유통협동조합)을 만들었다. 여전히 절룩거리는 많은 이진원들에게 버팀목이 되어주기를.

23 나는 배우가 아니다 | Sonata for Solo Cello, Op. 8:
III. Allegro molto vivace(cello: Frans Helmserson) • Zoltán Kodály

배우와 자연인의 경계를 부수고 자기 몸을, 살아온 시간을 뭉뚱그려 카메라 앞에서 뜨겁게 터뜨렸던 배우, 말론 브랜도. 그런 그도 하나의 '정격正格'이 되었다. 헝가리의 작곡가, 코다이 졸탄이 1915년에 작곡한 무반주 첼로소나타는, 그런 그에게 품위를 부여하는 동시에, 여전히 생동하는 파격의 리듬을 덧대고 있다. 비약적으로 확장한 음역, 미혹 속을 가로지르는 무조無調의, 신경증적인 선율과 리듬의 질감은 여전히 앞서 있다, 브랜도처럼.

27 누렁이를 위하여 | Better • Tom Baxter

'우리의 사랑은 변했어, 예전 같지 않아… 이런 내 감정을 감출 수가 없어. 우리가 함께하는 모든 시간은 영원토록 틀림없이 좋기만 할 테니까.' 이는 애초 사랑에 막 눈을 뜬 연인을 위한 노래였겠으나, 개를 사랑해본 일이 있는, 혹은 지금도 사랑하는 이들에게도 적합한 주제가가 될 만하다. 개가 포실한 앞발을 당신의 손에 밀어 넣는 순간, 당신의 삶은 재편된다. 개가 없을 때를 더는 상상할 수 없게 된 당신. 톰 벡스터의 사뭇 떨리는 목소리가, 마치 개에 대한 애정의 울림처럼 들리는 당신. 왜 아니겠는가. 개란 그런 동물이다.

29 눈물의 룰라 | Miracle Drug • U2

정의와 자유와 평화를 위한 프로파간다를 에두르듯 명백하게, 시적이면서 선동적으로 표현하는데 U2만한 밴드를 떠올리기란 쉽지 않다. 의학의 기적이 한 생명에게 자유를 부여해준 것에 박수를 보내며 '자유에선 갓난아기 정수리에서 나는 향기가 난다'는 가사를 쓰는 록밴드가 얼마나 될까. 어린 시절 중증장애를 앓았으나 의학의 도움으로 살아 작가가 된 친구에 관해 쓴 이 음악이 브라질 민중영웅 찬가로 쓰여도 자연스럽게 느껴진다면 그것 역시 그들의 재량 덕일 것이다.

season 8

01 흔해빠진 사람들 | Dreams • The Temper Trap

헨리 데이빗 소로는 참된 영웅은 '노동자라 불리는 이 시대의 인간'이며 '가장 순박하고, 가장 눈에 띄지 않는 사람'이라 했다. 홉스봄은 그렇게 가려진 사람들을 찾아내, 그들이 일군 이야기를 씀으로써 역사를 재정의했다. 익명의 영웅들을 위한 음악에 아이러니나 역설이 들어설 자리는 없다. '하나의 손이 다른 손을 잡고 서로의 손가락을 깍지 낀 채' 들려주는 '하나의 이야기'란 가사도, 반젤리스 풍의 웅장한 송가도, 참되게 복원된 역사의 주인공들에게 순수한 찬가를 바친다.

03 빅 브라더 | **Run** • Spiritualized

오늘 SNS에 올린 나의 가장 내밀한 고백이 내일 나를 공격할지 모른다. 자청해 웹에 최적화되어가는 우리의 라이프스타일을, 누군가는 우리를 통제할 무기로 활용한다. 그러나 우리는 이제 멈출 수 없다. 스피리추얼라이즈드는 디지털 사운드에 근거해, 환상과 악몽, 도취와 전락, 신명과 무기력이 한 몸의 정서임을 알려준 아티스트답게, 음험한 전자음에 하필이면 춤곡의 비트를 얹었다. '난 끝없이 구르다 사라지네··· 차라리 도망치는 게 차라리 나아'라는 반복된 읊조림은 최면에 걸려 춤을 추는 병자를 연상케 한다. 도망칠 수 없으니 차라리 춤이나 주자는 건가.

06 마요 광장의 어머니들 | **Yo Vengo A Ofrecer Mi Corazon** • Mercedes Sosa

'누가 모든 것을 잃었다 말합니까/나는 내 심장을 바치러 왔습니다/강물은 그토록 많은 피를 흘려보냈으니/나는 내 심장을 바치러 왔습니다···' 메르세데스 소사의 음악에 부연은 필요치 않다. 애초 아르헨티나의 피토 파에즈가 만들고 불렀지만, 이 울림과 깊이는 소사에 와서 생긴 것이다. 죄 없이 짓밟힌 생명들을 말없이, 그러나 온몸 붉게 물들여 흘려보내는 강물처럼, 그 생명들을 헛되이 잊지 않고자, 순하나 결연한 표정으로 마요 광장에 모인 그때의 어머니들처럼.

09 문제는 재미다 | **Silenced By The Night** • Keane

아인슈타인 이후 최고의 물리학자라는 파인만은, 물리학을 뛰어넘은 스타가 되었다. '모든 것은 틀릴 수 있다'는 말 한 마디만으로도 그는 세상의 많은, 닫힌 문들을 열었다. 정언명제에 눈치만 보던 많은 것들은 호기심과 의심과 유희의 날개를 달고 임의의, 무정형의 예측불허가 되었다. 과학에 신명을 더한 것이다. 영롱한 피아노와 청명한 키보드, 순정한 목소리는 굳이 밤하늘 속을 유영하며 불화와 한계를 극복하자는 내용이 아니어도 딱 녹턴이다. 파인만이, 킨이, 유희로 자유로워진 책무와 노동과 반복된 일상이, 다 같이 비상한다.

13 건축가 정기용 | **Alligator Sky** • Owl City

건축가 이일훈은 '밥을 짓는다고 말하듯 집도 짓는다'고 말했다. 정기용에게도 집은 밥이었고, 공간은 곧 삶의 가장 낮은, 그래서 가장 순정한 요구였다. 그것이 중첩된 소박한 역사를 개발의 명목으로 밀어버리는 것은 얼마나 저열한가. 당도 높은 일렉트로-팝으로 디지털 목가를 들려주는 미국의 싱어송라이터 아울시티는 그 역사의 정처를 하늘로 옮긴다. 각박한 콘크리트 세상에서 로켓처럼 날아올라 하늘로 날아가는 자신을 그리며 '구름 위의 집에서 신은 나의 집주인이지'라는 선언을 막을 수 있는 건 없다.

18 어머니의 고백 | **Gravity** • Coldplay

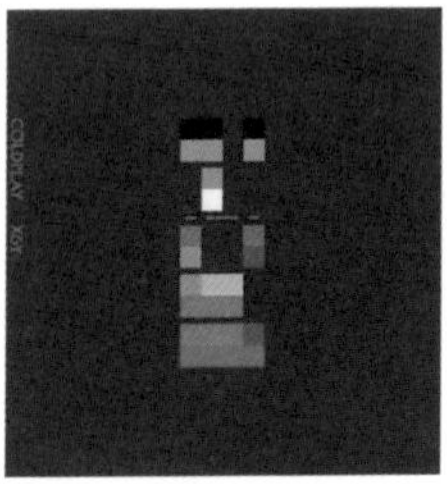

중력이 없었다면 우리는 새가 될 수도 있었겠지만, 우리는 삶의 무게중심을 잃었을 것이다. 영국을 대표하는 록밴드 콜드플레이의 내관적이고 시적인 가사에 담긴 건, 그런 중력의 이중성이다. 이 고즈넉한 피아노 발라드는 가속일로에 있던 자아가 중력 덕에 땅을 디디게 된 중력이 끌어준 사랑 이야기이다. 그것은 아마도 구원이리라. 장애아를 자식으로 둔 딜레마를 가장 숭고하고 저돌적인 삶의 에너지로 발화시켰던 펄 벅의 사례처럼.

21 슈퍼맨의 비애 | **Karma Police** • Dafne

받아들일 수 없고 지탱할 수 없음에도, 죽기 전까지는 조건 없이 짊어져야 하는 삶의 무게. 그것을 때로 '숙명'이라 한다. 불교에선 '업'이라고 한다. 만년에도 최저급 노동에 시달리는 경비원의 일상에 덧씌워진 이 비가는, 지난 세기말, 디지털 시대의 암울한 미래를 가장 암울한 목소리로 예고했던 라디오헤드의 오리지널을 프랑스의 다프네가 다시 부른 것이다. '업을 관장하는 경찰'에게 '나는 내어줄 만큼 내어주었다'고 토로하지만, 돌아오는 건 '이것이 너의 업'이라는 섬뜩한 답이, 더 침울해진 발라드에 실린다.

inside

01 33인 | New Life • Burkhard Dallwitz

움베르토 에코는 가령 작가가 매스미디어를 이기려면 쓸 만큼 다 쓰고 자살하는 방법밖에 없다고 일갈했었다. 33인의 칠레 광부들은 무너진 탄광에 갇혔어도 매몰되지 않는 위대한 정신력을 보여주었지만, 그건 그들이 돌 틈새를 밀고 들어온 카메라 앞에 전시되기 전까지였다. 피아노와 드럼과 현악의 불온한 스타카토는 사상 초유의 리얼리티쇼 스타가 된 그들 개인의 존엄성이, 공동체정신이 변질되는 것과 속도를 같이 한다. 과연, 사생활상업주의를 섬뜩하게 시뮬레이션한 영화의 테마답다.

16 아름다운 사람 | 아름다운 사람 • 김민기

'한국의 밥 딜런' '한국 대중음악의 클래식' '1970년대 노동자와 학생을 대변한 저항음악가' '노래굿 [공장의 불빛]의 제작자' 김민기에 대한 정의는 많고 넘치지만, 그를 통합할 수 있는 설명은 불가능하다. 외려 그를 섣부르고 성급하게 재단하는지도 모른다. 한 가지, 그 이후, 사회의 자장에서 밀려난 사람들을 감싸면서 그만큼의 미학적 성과를 거둔 아티스트는 아직 나오지 않았다는 것은 분명하다. 김민기를 '고전'이란 미명 하에 묻어버려선 안 되는 이유다.

19 연가 Pokarekare Ana **| Pokarekare Ana** • Heyley Westenra

한국 국회가 동성 간 결혼을 허용하는 날, 세상의 중심에서 밀려나 있던 연인들은 어떤 노래를 부를까. 2013년 4월 17일 뉴질랜드의 국회에선 마오리 족의 오랜 민요를 불렀다. 사랑 하나로 모든 것을 불사했던 이를 위한 연가이자, 글로벌 히트송(?)을 여기에선 뉴질랜드의 싱어송라이터, 웨스텐라가 불렀다. 사랑의 청정해역에서 부르듯 청아한 그녀의 노래는, 벅찬 감동에 찬 익명의 합창과 어우러질 때 비로소 온전한 승리가가 된다.

20 모든 사람 | Temptation (original by New Order) • Moby (feat. Laura Dawn)

암전상태에서 밝아지는 화면 위에 뜨는 문장들은 '모든 국민은 인간으로서의 존엄과 가치를 가지며, 행복을 추구할 권리를 가진다'는 헌법 10조 조항을 동화의 언어로 재현한 것이다. 그것이 아이러니한 건 그 당위의 텍스트의 배경화면을 채우는 것이 차별과 단속과 통제가 일상이 된 현실의 면면이기 때문이다. 모비와 로라 던은 댄스플로어 음악을 비애와 상실감의 적소로 삼았던 신스팝의 거장, 뉴 오더의 오리지널을 유혹적인 발라드로 재해석, 그 아이러니를 전면에 내세운다.

23 수제자들 | The Name Of The Game • Crystal Method

Hall Of Frame • The Script

스포츠만큼 재능과 성공의 신화에 재고 없이 열광하는 분야도 드물 것이다. 국내 최초의 독립구단 창단식을 회고하는 장면의 배경음악은 공세적인 래핑이 주도하는 공세적인 댄스 일렉트로니카다. 다수의 영화와 비디오게임에서 음악으로 아드레날린 분출에 일조해온 미국의 일렉트로니카 듀오, 크리스탈 메소드는 이 맹목적이고 가차 없는 엔터테인먼트를 한껏 보필하는 척, 비꼰다. 고양 원더스 팀은 정사에선 독립구단으로 불렸지만, 야사에선 외인구단이었다. 그들의, 가려진 1퍼센트의 가능성이 개화할 때까지 '기다려준' 지도자, 아니 스승 김성근 감독의 미담이 시작되면 아일랜드의 록밴드, 더 스크립트가 바통을 이어받는다. 불똥처럼 튀던 댄스비트가 정갈한 피아노 아르페지오로, 오만한 래핑은 응원가로 바뀐다. '믿는 자, 진정한 구도자, 챔피언이 되라'는 메시지는 '명예의 전당'이란 제목과 함께 김성근을 위한 주석이 된다.

24 그림자 아이들 | Snow Angel • Tori Amos

1990년대 중반, '자기고백적인' 음악과 함께 전성시대를 연 여성 싱어송라이터들의 선두에는 토리 에이모스가 있다. 기타 대신 피아노를, 절규나 냉소 대신 유리막대처럼 깨질 것 같은 노래를 거친 그녀의 고백 중엔 폭력으로 얼룩진 처참한 유년의 기억도 있다. 이 고아한 음악은 그러나 날 것의 악몽 대신 역설적인 동화를 택한다. 모진 겨울, 간절한 아이들, 크리스마스처럼 강림하는 눈의 천사 이야기가 타국 땅에서 존재를 증명할 길이 없어 차라리 버려지는 수많은 아이들에게도 동화가 될 수 있을까.

26 라듐 걸스 | Into Dust • Mazzy Star

20세기 초, 입으로 붓끝을 빨아가며 시계판 숫자마다 라듐 성분의 야광을 입혔던 여성노동자들을 라듐 걸스라 한다. 이 섬세한 여자들은 이후 '세밀화가'가 아닌 '피폭 희생자'로 역사에 기록되었다. 달콤한 포크 멜로디, 어지러운 기타 사이키델리아를 비관적인 감성으로 걸러낸 연주 위로 사랑스럽지만 먼지처럼 가볍고 휑뎅그렁한 여자의 노래는 그녀들의 가만한 귀곡鬼哭처럼 들린다.

27 시민, 과학자 | Atlas • Coldplay

문학소년으로서 핵에 매료되었고, 과학도로서 그 위험을 깨달았고, 휴머니스트로서 반대운동에 앞장섰던 다카기 진자부로. 낭만주의가 문제의식으로 바뀌는 지점에서 음악은 느릿해지고 서늘해진다. 콜드플레이표라고 해도 좋을 몽환적이고 음울한 피아노발라드엔 세상이 폭발 직전에 있음을 고하는 신화 속 거인이 서 있다.

etc.

시험의 목적 | **Come As You Are** • Nirvana

예술문화의 명제들부터 첨예한 시의적 사안까지 철학의 프레임 안에서 재구성하고 주체적으로 사고하게 한다는 바칼로레아는 대학 입학을 위한 시험을 넘어, 프랑스 국민 개인의 자력적인 사유체계로 자리잡았다. 물 속에서 굴절하는 듯 투명한 기타와, 사포에 대고 갈아대는 듯 거친 노래는 '너의 있는 그대로의 모습으로 오라'고 한다. 1990년대 중반, 매너리즘에 빠진 록을 구원한 그런지 록 밴드가 '타의적으로 행동하는 사람에게 보낸' 격려와 응원의 메시지이다.

오늘도 한 수 배우고 갑니다 | **40'** • Franz Ferdinand

On The Other Side • Jay-Jay Johanson

휴머니즘으로 다시 쓴 자기계발서. 한국 최초의 샐러리맨 만화 『미생』. 두 개의 음악은 순서대로 바깥구조에 대한 냉소와, 자기연민으로 이 이야기를 풀어내는 것처럼 들린다. 영국 포스트펑크 록밴드가 앞서서 따뜻하고 기름지지만 일그러뜨린 펑크 스타일의 기타록으로 유연화된 자본주의사회를 유희적으로 조롱하고 나면, 자본의 결정 속에 포획된 노동자를 스웨덴의 싱어송라이터가 멜랑콜리하게 위무한다.

모던 타임즈 | **I Love To Move In Here** • Moby | **Wüstenjagd** • Lassiter

동명의 영화 첫 장면에서, 찰리 채플린은 열차 시간에 맞추려고 기차역 계단을 내려가는 군상을 돼지 떼로 묘사했다. 바야흐로 그 돼지 떼는 오늘도 시계의 초침이 가속화한 일상 속에서 부대끼고 있다. 산뜻한 피아노와 드럼 배트가 음의 공간을 여백 없이 잘게 쪼개던 모비의 음악은 오스트리아 록밴드 라지터로 넘어와서 키치느와르 영화처럼 괴이하게 처진다. 초침에 밀려 키치가 된, 우리처럼.

두 개의 판화 | **Floater** • Waldeck

찰스 디킨스는 『두 도시 이야기』를 '최고의 시절이자 최악의 시절, 지혜의 시대이자 어리석음의 시대. 믿음의 세기이자 의심의 세기. 희망의 봄이면서 곧 절망의 겨울.'이라는 문장으로 열었다. 윌리엄 호가스의 두 장의 판화도 그처럼 시대적 괴리를 담아냈지만, 정작 고통받는 민중에 대한 이해는 없었다. 오스트리아의 프로듀서 클라우스 왈덱의 트립합 음악은 버림받은 그들이 안식과 자멸을 동시에 구했던 진Jin처럼 최면적이며, 목적의식적으로 조야하다.

식물들이 허락만 한다면 | **Spiritual** • Pat Metheny & Charlie Haden

파브르가 곤충의 사절이었다면, 루소는 식물의 사절이었다. 자연으로 돌아가라 했던 18세기의 철학자가 식물에 헌사를 바치고, 식물의 세상 속에서 행복하게 은둔하며 만년을 보낸 건 자연법적으로 아름답다. 그의 산책길에 함께하는 재즈의 기타리스트 거장과 베이시스트 거장은 각자의 가장 순정하고 여유로운 선율과 리듬으로 주단을 깐다.

내 이름은 페페 | **Party** • Zedbazi

우루과이 대통령, 호세 무히카의 진행중인 치적은 현실이 아니라 동화다. 동화 속 어진 임금에게나 가능한 것이다. 그래서인지 감동적이기 전에 낯설다. 이란어로 랩을 하는 청년들만큼. 이란에서 유명세와 논란의 중심에 있는 6인조 랩그룹으로, 그들을 세계에 알린 이 음악은 무히카가 바라본 부조리한 세상과 거기서 발견한 해법을 낯설지만 패기에 찬 파티 힙합으로 해석하고 있다.

카메라 옵스큐라 | **Show Me Everything** • Tindersticks

사진은 귀족계급의 후광효과로 전락한 인물화에 새 숨을 불어넣어 민중도 자신의 얼굴을, 후광이 아닌 진실의 조리개를 통해 볼 수 있게 해준 자유의 예술이었다. 이미지의 민주주의였다. 이를 가능케 한 암흑과 빛 한 줄기의 공간, 즉 암실에 바쳐진 음악은 탐미적인 어둠, 고혹적인 탐닉, 세련된 절박함으로 채워져 있다.

우리들의 뜨거운 고백
Isn't It Strange • Scissor Sisters | **Hold On To Me** • Cowboy Junkies

꿈을 꿔야 마땅할 나이에, 노동시장의 예비인력으로 분리수거 된 공고생들에게 시를 써보라고 하니 꽃향기가 아니라 땜납의 역한 냄새에서 시상을 얻는다. 그러나, 무릇 시란 그래야 하지 않을까. 댄스와 록을 기발하게 '트렌스젠더링'하는 시저 시스터즈는 시를 통해 자신의 소외된 내면을 표출하는 아이들에게 쿨한 연대를 표한다. 그리고 컨트리드림팝 밴드는 내공 깊은 누나처럼 그들을 감싸 안는다.

지식ⓔ inside

1판 1쇄 2014년 7월 22일
1판 6쇄 2021년 3월 15일

제작 방송 EBS
지은이 EBS 지식채널ⓔ 제작팀
출판주관 EBS 미디어
펴낸이 김정순
기획 김소영 형소진
책임편집 김소영
해설 정리 조영주 한정수
디자인 박대성
마케팅 양혜림 이지혜

펴낸곳 (주)북하우스 퍼블리셔스
출판 등록 1997년 9월 23일 제406-2003-055호
주소 04043 서울특별시 마포구 양화로 12길 16-9(서교동 북앤빌딩)
전화번호 02-3144-3123
팩스 02-3144-3121
전자우편 editor@bookhouse.co.kr
홈페이지 www.bookhouse.co.kr

ISBN 978-89-5605-756-9 03810